O incrível garoto da Parada do Apito

Fannie Flagg

O incrível garoto da Parada do Apito

Tradução: Ana Guadalupe

GLOBO LIVROS

Texto fixado conforme as regras do Acordo Ortográfico da Língua Portuguesa
(Decreto Legislativo nº 54, de 1995).

Título original: *The Wonder Boy of Whistle Stop*

Editora responsável: Amanda Orlando
Assistente editorial: Isis Batista
Preparação de texto: Carolina Caires Coelho
Revisão: Jaciara Lima, Luísa Tieppo e Mariana Donner
Diagramação: Abreu's System
Capa: Tereza Bettinardi

1ª edição, 2022

CIP-BRASIL. CATALOGAÇÃO NA PUBLICAÇÃO
SINDICATO NACIONAL DOS EDITORES DE LIVROS, RJ

F595i

Flagg, Fannie, 1944-
O incrível garoto da Parada do Apito / Fannie Flagg ; tradução Ana Guadalupe. – 1. ed. – Rio de Janeiro : Globo Livros, 2022.
320 p. ; 23 cm.

Tradução de: The wonder boy of Whistle Stop : a novel
Sequência de: Tomates verdes fritos no café da Parada do Apito
ISBN 978-65-5987-035-6

1. Ficção americana. I. Guadalupe, Ana. II. Título.

21-75202 CDD: 813
CDU: 82-3(73)

Camila Donis Hartmann – Bibliotecária – CRB-7/6472

Direitos de edição em língua portuguesa para o Brasil
adquiridos por Editora Globo S.A.
Rua Marquês de Pombal, 25 — 20230-240 — Rio de Janeiro — RJ
www.globolivros.com.br

Para Colleen

Prólogo

ESTAÇÃO E TERMINAL FERROVIÁRIO L & N
BIRMINGHAM, ALABAMA
29 de novembro de 1938, 8h10

Era uma manhã fresca de novembro. Dentro da grande estação de trem, feixes de luz do sol entravam pelo teto de vidro enquanto passageiros que chegavam e partiam e carregadores com carrinhos apinhados de bagagens corriam de um lado para o outro pelo piso de mármore branco, todos num verdadeiro alvoroço. Os sons das conversas alegres e dos trens que entravam e saíam da estação ecoavam por todo o prédio.

Na plataforma 7, o *Crescent*, o trem prateado de longa distância que vinha de Nova Orleans, estava pronto para receber seus passageiros de Birmingham, e o sr. e a sra. Arthur J. Hornbeck logo embarcaram com destino a Nova York, em sua viagem anual para compras de Natal.

A sra. Hornbeck, levando seis caixas de chapéu grandes e redondas, três em cada mão, irrompia alegremente pelo corredor, acertando a cabeça de vários passageiros que já dormiam. O sr. Hornbeck, com seu jornal debaixo do braço, andava cinco passos atrás dela.

Cerca de doze minutos e meio depois, quando todas as caixas de chapéu haviam sido empilhadas e o casaco de pele da sra. Hornbeck havia sido guardado no armário da cabine, ela enfim pôde se instalar, relaxar e aproveitar a viagem. Ela olhou pela janela bem quando se aproximavam do cruzamento ferroviário da Parada do Apito, no Alabama. Quando o trem se aproximou, viu um menininho loiro de macacão desbotado ao lado dos trilhos, sorrindo e acenando na direção do trem que passava. A sra. Hornbeck tinha um menininho mais ou menos da mesma idade em casa, então, ao passar por ele, sorriu e acenou. Ao vê-la, o garotinho começou a correr próximo à sua janela, acenando de volta, e assim continuou até não aguentar mais. Ela observou o menino e o cãozinho que corria ao lado dele até que os dois foram diminuindo e se perderam de vista.

Depois de um bom tempo, a sra. Hornbeck virou-se para o marido com um olhar preocupado e disse: "Arthur, acho que aquele menininho lá atrás não tinha um braço".

Sem tirar os olhos do jornal, ele respondeu: "Não me diga!".

Com um suspiro, a sra. Hornbeck voltou a se recostar no banco e começou a mexer em seu colar de pérolas de três voltas. Em seguida, disse:

"Mas que pena... O menino devia ter no máximo sete ou oito anos, e era uma gracinha. Você devia ter visto. Tão alegre, sorridente... Bem, que Deus abençoe o coitadinho. Meu primo Charles não tinha o mindinho de uma mão, imagine um braço inteiro! O que será que aconteceu com o menino?"

O marido olhou de relance para ela. "O que você disse?"

"Eu disse: como será que aquele garotinho perdeu o braço, coitado? O que pode ter acontecido?"

O sr. Hornbeck, que sempre repetia o óbvio, respondeu: "Bem... Alguma coisa deve ter acontecido".

Ela tinha visto o menininho por alguns segundos, no máximo. Mas, a partir daquele dia, todos os anos quando o trem em que estavam passava pelo cruzamento da Parada do Apito, a sra. Hornbeck sempre se inclinava em seu assento e olhava pela janela, torcendo para vê-lo de novo. E todos os anos, notando que ele não estava ali, se virava para o marido e perguntava: "Arthur, o que será que aconteceu com aquele menino loiro tão bonitinho que só tinha um braço?".

"E eu sei?", ele sempre respondia.

Xerife Grady Kilgore

Parada do Apito, Alabama
24 de janeiro de 1991

Grady Kilgore, um homem de setenta e poucos anos que mais parecia um urso, de tão grande e forte, havia sido xerife da Parada do Apito, Alabama, até 1958, quando ele e sua esposa, Gladys, se mudaram para o Tennessee. Nesse dia, Grady tinha ido de carro de Nashville até a Parada do Apito com seu neto e estava em pé nos trilhos do trem, olhando para o outro lado da rua, onde antes ficava o Café da Parada do Apito. Trepadeiras haviam subido pelas paredes das construções e cobriam a maior parte do quarteirão. Seu neto mal conseguiria dizer o que havia por baixo.

Grady apontou para um dos prédios.

"Aquela é a antiga agência do correio que a Dot Weems administrava, e logo ali ficava o café, ao lado do salão de beleza da Opal Butts, onde sua avó ia arrumar o cabelo todo sábado de manhã." Grady ficou ali parado, olhando ao redor, e triste em ver o quanto tudo tinha mudado desde a última vez que estivera ali.

Àquela altura, a nova rodovia interestadual de seis pistas tinha desviado todo o movimento da velha estrada de duas vias que conectava Birmingham à Parada do Apito, e quase tudo nos arredores se tornara um depósito de lixo. Velhos carros e caminhonetes enferrujadas haviam sido abandonados junto aos trilhos, entregues à deterioração. Havia latas de cerveja e garrafas de uísque vazias por toda parte. E Grady notou também indícios de uso de drogas por ali — mais um triste sinal de que os tempos tinham mudado.

A igreja Batista, onde antes ele ouvia o sermão do reverendo Scroggins todos os domingos, agora caía aos pedaços, com os vitrais quebrados e sem nenhum dos bancos. Da cidade, só restavam algumas das construções antigas e a velha casa dos Threadgoode, que também perigava desabar. Vândalos tinham destruído quase todo o resto. Grady virou-se para o neto e balançou a cabeça.

"Quando penso em como esse lugar era antes, e como está agora, fico aborrecido. Nunca foi uma cidade chique, mas era limpa. Agora tem lixo espalhado por todo lado. E a velha casa dos Threadgoode está toda pichada, sem janelas... Olhando agora não dá para acreditar, mas na época era a casa mais linda da cidade. Puxa vida, ainda não consigo entender como a Parada do Apito acabou assim, tão maltratada. Ouvi até que a cidade inteira tinha sido vendida, e que iam derrubar tudo para construir uma fábrica de pneus por aqui."

Mais uma vez Grady olhou para o outro lado da rua e suspirou.

"Não sei por que deixaram o café a deus-dará desse jeito. Isso não está certo. Quando ia ao café, parecia que a gente estava comendo na casa de um velho amigo. Duas moças muito bacanas tocavam o lugar. Idgie Threadgoode e Ruth Jamison. Você ia adorar as duas. Todo mundo da cidade comia lá, todos os trabalhadores da ferrovia e suas famílias. Todo dia de Natal, a cozinheira do café, Sipsey, e as meninas serviam uma mesa farta, e a gente ia lá e comia, abria presentes, cantava canções natalinas."

Então, de repente, Grady deixou escapar um discreto soluço. Ele logo se virou, pegou um lenço no bolso e assoou o nariz, com uma expressão de remorso.

"Desculpe, desculpe. Meu Deus, não posso ficar pensando nos tempos de antigamente... Mas a gente viveu bons momentos naquele café com a Ruth e a Idgie. O filho da Ruth, o pequeno Buddy, cresceu naquele café. Coitado. Perdeu o braço quando tinha mais ou menos a sua idade." Grady dobrou o lenço com cuidado e voltou a enfiá-lo no bolso.

Depois ele disse:

"Olha, você não vai acreditar, mas alguns anos atrás, no dia de Natal, sua avó e eu estávamos em Birmingham para visitar Opal Butts, e, enquanto elas preparavam o jantar, eu saí de fininho e vim até aqui. E eu estava bem aqui, neste mesmo lugar em que estamos agora, quando comecei a ouvir, no começo bem baixinho, um piano tocando e gente rindo, e estava vindo dali, bem de onde o café ficava. Olhei em volta e não tinha ninguém, mas eu juro que ouvi. O que você acha que pode ter sido?"

Seu neto esfregou uma mão na outra e respondeu:

"Não sei, vovô, mas será que a gente pode ir agora? Estou com frio."

Dot Weems

Parada do Apito, Alabama
1935

Dot Weems era uma mulher baixinha e simpática que adorava conversar. Quando era mais moça, almejava uma carreira parecida com a de sua escritora favorita, Edna Ferber, mas, em vez disso, aos dezessete anos, se apaixonou pelo "homem de seus sonhos", Wilbur Weems, e decidiu se casar.

Depois ela passaria a dizer em tom brincalhão que, mesmo não tendo se tornado uma romancista famosa, continuava sendo "uma mulher das letras". Além de ter administrado sozinha a agência do correio da Parada do Apito por dezesseis anos, Dot também escrevia e publicava um boletim semanal que divulgava tudo o que acontecia na cidade sob os seguintes dizeres:

Semanário Weems
(Boletim semanal da Parada do Apito, Alabama)
"Sem fofoca, só fatos, pessoal!"

Dot havia acabado de enviar o boletim da semana, e naquela manhã os moradores da cidade inteira o leram com atenção.

Semanário Weems
(Boletim semanal da Parada do Apito, Alabama)
30 de novembro de 1935

O ladrão de peru

Oi, turma! Espero que todos vocês tenham aproveitado o Dia de Ação de Graças. Sei que o velho cão de caça do Wilbur, Cooter, sem dúvida aproveitou. Pois é, foi ele que vocês viram correndo pela cidade com meu peru recém-saído do forno na boca. O mesmo peru que ele tinha acabado de tirar da mesa no segundo em que virei as costas, deixando um rastro de recheio pelo chão até chegar à sala. Homens e seus cães, francamente! Graças a Deus minha vizinha de porta, Ninny Threadgoode, ficou com dó e nos convidou para jantar na casa dela, senão eu e o Wilbur teríamos ficado sem peru! E não só o peru da Ninny estava uma delícia como saboreamos a torta de batata-doce da Sipsey, que a Idgie tinha mandado lá do café. Então, como diz o sr. Shakespeare, "tudo acaba bem quando termina bem". Nham, nham.

Mas agora vamos às notícias importantes: parece que temos um achado arqueológico raro aqui na Parada do Apito! Onde? Segundo a Idgie Threadgoode, bem aqui no nosso quintal! Quer dizer, no quintal do café. Idgie contou que ela e o pequeno Buddy estavam lá no fundo pegando minhocas para usar de isca para pescar, quando ela desenterrou (se preparem!) um dente de dinossauro de cinco milhões de anos! Idgie o colocou em exibição no balcão do café para todos verem, então, se quiserem dar uma olhada, fiquem à vontade.

O salão de beleza tem boas-novas: fico feliz em anunciar que Opal Butts disse que finalmente consertou o secador de cabelo, então, se você perdeu seu horário na semana passada, ela estará trabalhando dobrado para lhe atender. Sei que as moças que vão ao jantar do Clube Elks sábado à noite vão gostar dessa notícia. E eu também.

Mais boas notícias: o xerife Grady disse que, exceto por alguns contratempos irrelevantes que envolveram alguns dos moradores e muito uísque, tivemos mais um ano sem nenhum crime relatado. Obrigada, Grady.

Sua fiel correspondente,
... Dot Weems...

P.S.: Não se esqueçam de falar para as crianças escreverem as cartinhas para o Papai Noel. Lembrem-nas que o caminho da Parada do Apito até o Polo Norte é muito longo, e o Papai Noel precisa de tempo para fazer todos os brinquedos.

Naquela mesma noite, Wilbur Weems, um homem alto e magro, chegou para o jantar dando risada. Ao entrar pela porta de casa, ele disse: "Graças a você, Dot, toda a população da cidade estava no café para ver aquele bendito dente de dinossauro".

Dot estava colocando uma travessa de purê de batata na mesa, ao lado do prato dele. "Eu sei... Eu me excedi um pouco. Você acha que é de verdade?"

Wilbur se sentou e bebeu um gole de chá gelado. "Se bem conheço a Idgie, duvido muito. Ela adora pregar peças. Lembra daquele sapo de duas cabeças petrificado que ela colocou num vidro ano passado? Depois fiquei sabendo que era de borracha."

"Não, não pode ser..."

"É verdade. Ela me contou que comprou na loja de acessórios de mágica em Birmingham."

"Minha nossa...", Dot disse, sentando-se e passando o pão de milho para o marido. "O que mais essa menina vai inventar?"

"Vá saber! Mas pode *ter certeza* de que vai ser engraçado."

Idgie Threadgoode

Parada do Apito, Alabama

Como todos os moradores da cidade, Dot e Wilbur Weems conheciam e amavam Idgie Threadgoode desde seu nascimento. Idgie sempre havia sido uma moleca, bastante alta para a idade, de cabelos loiros e encaracolados sempre curtos. Desde que aprendeu a andar, ela adorava subir em árvores e praticar esportes com os meninos. Passava quase o tempo todo em cima do imenso cinamomo que ficava no quintal da frente da casa dos Threadgoode, ou sentada no telhado. Sua mãe dizia que Idgie devia ter algum parente macaco, porque era capaz de subir em qualquer coisa.

Quando tinha mais ou menos seis anos, estava brincando perto do pátio ferroviário, e, naquela tarde, quando sua mãe estava varrendo a varanda da frente, ela, por acaso, levantou os olhos quando o trem das cinco para Atlanta estava passando pela casa. Lá estava Idgie sentada em cima de um dos vagões, dando tchauzinho para a mãe.

Sua mãe ficou desesperada, naturalmente, pensando que Idgie acabaria caindo e morrendo. Mas, por sorte, conseguiram avisar a próxima estação por telégrafo e fazê-la descer em Pell City, sã e salva. Quando pequenos, tanto Idgie quanto seu irmão mais novo, Julian, idolatravam seu irmão mais velho, Buddy. Foi ele quem ensinou Idgie a atirar, pescar, jogar futebol americano e beisebol. E se alguém desafiasse Idgie a fazer alguma coisa, ela sempre conseguia. Todo mundo dizia que, para uma menina, ela era muito corajosa.

Uma vez, na escola, quando um garoto jogou uma cobra no banheiro feminino, as meninas saíram correndo, gritando até perder a voz. Todas, menos Idgie. Ela pegou a cobra, perseguiu o menino pelo campo e, quando o alcançou, enfiou o bicho dentro da camisa dele. O reverendo Scroggins, pastor da Igreja Batista, soube da confusão, e seu sermão daquele domingo tinha sido o salmo 133:1: "Como é bom e agradável quando irmãos vivem unidos".

Mas Idgie não ouvira aquele sermão. Como sempre fazia nas manhãs de domingo, estava no rio Warrior pescando bagres com seu irmão Buddy.

Idgie sempre havia sido um pouco rebelde e inquieta, mas, depois que seu irmão mais velho, Buddy, morreu num acidente de trem, ela ficou ainda mais incontrolável. Começou a passar muito tempo no clube de pesca, andando com uma turma barra-pesada, bebendo e jogando pôquer no salão dos fundos. E ninguém podia impedi-la. Isso até que Ruth Jamison chegou à Parada do Apito, aos vinte e um anos, para dar aulas de estudos bíblicos para as crianças durante o verão. Por algum motivo, Idgie ficava comportada perto de Ruth. Sua mãe chegou a dizer que, não fosse por Ruth, ela não sabia o que teria acontecido com Idgie. Mas, depois que Ruth voltou para a Georgia para se casar, Idgie retrocedeu.

Alguns anos depois, no entanto, quando Ruth deixou o marido e voltou para a Parada do Apito, o pai de Idgie lhe deu quinhentos dólares para abrir um negócio. Assim, Idgie comprou o café, e ela e Ruth resolveram tocar o lugar juntas. A mamãe e o papai Threadgoode torceram para que isso ajudasse Idgie a se acalmar. E ajudou mesmo. Na maior parte do tempo. Porque, sendo Idgie, ela ainda fazia algumas coisas que não deveria fazer. Coisas de que Ruth nem desconfiava.

Buddy Jr.

Parada do Apito, Alabama
8 de julho de 1939

No ano em que o menininho de Ruth nasceu, ele foi oficialmente adotado pela família Threadgoode. Ruth lhe deu o nome de Buddy Jr. em homenagem ao filho que os Threadgoode tinham perdido. Todos, inclusive a mamãe e o papai Threadgoode e os irmãos de Idgie, Cleo e Julian, se envolveram e ajudaram a criar o menino.

Ninny Threadgoode, uma moça muito querida que havia se casado com Cleo, irmão de Idgie, morava na mesma rua do café, subindo só um pouco. Nessa época, ela tinha uma gata que acabara de dar à luz oito filhotinhos. Todos os dias, Buddy, então com dez anos, ia até a casa de Ninny e passava horas brincando com os filhotes. Buddy adorava estar com sua tia Ninny, e ela adorava sua companhia.

Certa tarde, quando tinha ido visitar Ruth no café, Ninny disse:

"Aquele seu menino é mesmo um garoto-prodígio."

Ruth sorriu.

"Por que você diz isso?"

Ninny deu risada.

"Porque ele vive tentando entender as coisas ao redor. Por que os gatos ronronam, por que os coelhos têm orelhas compridas? Hoje de manhã, quando estava na minha casa, ele me disse: 'Tia Ninny, queria saber por que as galinhas têm penas e asas, mas não saem voando por aí!', aí eu disse: 'Boa pergunta, querido. Se eu fosse uma galinha e visse a Sipsey vindo na minha direção com uma panela de ferro, eu sairia voando na hora se pudesse'."

Ninny tinha razão a respeito de Buddy. A cada trem que passava, ele se perguntava quem eram as pessoas que viajavam dentro dele. Aonde iam? O que fariam quando chegassem lá?

Idgie, é claro, pensava que toda essa curiosidade era sinal de que Buddy era um gênio destinado aos grandes feitos. E ela nunca deixou de acreditar nisso.

Mesmo depois que Buddy perdeu o braço brincando perto dos trilhos, Idgie fez questão de que ele continuasse fazendo tudo o que fazia antes. Nesse dia, eles estavam pescando no lago. Buddy estava na beira da água, olhando para longe, e de repente disse:

"Ei, tia Idgie, será que eu devia mandar um cartão de Dia dos Namorados para a Peggy Hadley?"

"Ah, por que não? Você gosta dela, não gosta?"

"Gosto, sim."

"Então você devia mandar."

Logo depois, o garoto disse:

"É... mas eu queria saber se ela gosta de mim."

Idgie o encarou.

"Claro que ela gosta de você, Buddy. Você? O menino mais bonito e mais inteligente do mundo? Quem não ia gostar? Além do mais, ela me falou que gosta."

"Falou, é?"

"Falou... mas não conta pra ela que te contei."

Buddy sorriu, e depois de alguns minutos disse:

"Tia Idgie, queria saber por que os bagres têm bigodes."

"Não sei, querido, mas acho que tem um mordendo sua isca agora mesmo."

Buddy arregalou os olhos.

"Nossa!" Com muito esforço, ele pegou o peixe. "Caramba... olha só, tia Idgie. Queria saber quanto ele pesa."

"Ah, eu diria que pelo menos dez quilos."

"Você acha?"

"Não, mas vamos dizer isso para a sua mãe, tá?"

"Tá."

Buddy amava sua mãe, mas a tia Idgie era sua melhor amiga. A amiga que jogava futebol americano e beisebol com ele. A amiga que sempre o levava numa nova aventura.

Havia apenas um mês que Idgie lera no *Almanaque dos Fazendeiros* que aconteceria uma grande chuva de meteoros na terça-feira da semana seguinte. Naquela noite eles estavam sentados nos degraus dos fundos da casa, olhando as estrelas cadentes que riscavam o céu, quando Idgie de repente tirou a luva de beisebol, levantou-se e saiu correndo pelo quintal. Depois de um tempo, ela gritou "Peguei uma!", voltou correndo e entregou algo para Buddy.

"Olha, Buddy, peguei uma estrela da sorte pra você. Você sabe para que serve, né? Você vai ter muita sorte no seu caminho, rapaz."

Era só uma pedra que ela havia pegado no chão, é claro, mas Buddy ficou encantado. O menino não via a hora de descobrir a sorte que seu futuro lhe traria.

Vinte e cinco anos depois

Fairhope, Alabama
21 de dezembro de 1964

Um dia a Parada do Apito havia sido uma cidadezinha ferroviária muito agitada, que ficava a dezesseis quilômetros de Birmingham e empregava mais de duzentos trabalhadores ferroviários. Mas, à medida que a demanda pelas viagens de trem diminuiu, e quando o pátio de manobra da ferrovia foi fechado e transferido dali, as pessoas passaram a procurar trabalho em outros lugares, e assim a população da cidade também reduziu. Com tanta gente indo embora, os boletins semanais de Dot foram ficando cada vez mais curtos ao longo das semanas e meses. Os moradores da Parada do Apito tentaram segurar as pontas, mas, quando Idgie Threadgoode resolveu fechar o café e se mudar para a Flórida de repente, todos souberam que era o começo do fim. Depois disso, velhos e meninos passaram semanas espiando por entre as ripas de madeira que cobriam as janelas do café, torcendo para que não fosse verdade. Mas era. Sem o salão de beleza e o café, e, depois, sem o correio, porque os Correios dos Estados Unidos decidiram fechar a agência da Parada do Apito, o que um dia havia sido uma rua movimentada e o ponto de encontro da comunidade se reduziu a um longo quarteirão vazio. Como não restava quase nada da cidade, aqueles que ficaram se viram isolados na zona rural, no meio do nada, sem emprego nem comércio. Com o passar do tempo, até alguns dos moradores mais antigos e mais teimosos, como Dot e Wilbur Weems, foram obrigados a aceitar o inevitável e deixaram a Parada do Apito.

Dot e Wilbur Weems estavam morando em Fairhope, uma cidade pequena no sul do Alabama, numa casinha branca que ficava na frente da Mobile Bay. Dot gostava do lugar, mas ainda sentia falta dos velhos amigos e vizinhos da Parada do Apito, das pessoas com quem havia crescido e daquelas que tinha visto crescer. E, embora a maioria tivesse se mudado, Dot mantivera contato com todos. Eles, por sua vez, mantiveram contato com ela, fosse por telefone ou por carta, e assim lhe contavam suas novidades.

Apesar de ter deixado de publicar o *Semanário Weems*, Dot passou a enviar todo ano uma carta de Natal para que a comunidade da Parada do Apito não perdesse o contato.

Por isso, como sempre fazia naquela época do ano, Dot, com um lápis atrás da orelha, estava sentada à mesa da cozinha, diante de pilhas e mais pilhas de papéis, cartas, fotos, borrachas e cadernos. Tinha separado um lugar no meio da bagunça para sua velha máquina de escrever Royal e ia começar o trabalho quando seu marido, Wilbur, usando um roupão de banho xadrez em tons de marrom, passou por ela, serviu-se de uma xícara de café e voltou a sair. Ele sabia que era melhor não falar com a mulher quando estivesse ocupada. Assim que Wilbur saiu, Dot começou a escrever.

Natal de 1964

Então, turma,

É difícil acreditar que mais um ano chegou e já está quase indo embora. E eu lhes pergunto: sou só eu, ou o dia 25 de dezembro chega mais rápido hoje em dia? Não era 4 de julho há uma semana? O Natal me pegou de surpresa este ano, por isso mal tive tempo de organizar minhas anotações, mas aqui vai:

Notícias da minha vida: é com satisfação que informo que, depois de ter caído da varanda dos fundos, Wilbur enfim voltou a andar sozinho, mas, pelo menos por enquanto, ainda não deixou de ser esquisito. Ele manda um alô para todos vocês. Gostamos muito dos cartões e cartas que vocês enviaram desejando que ele melhorasse logo. Sem dúvida ajudaram a animar esse velho rabugento!

Como sempre, Idgie Threadgoode deu início às festas em grande estilo enviando vidros de mel artesanal e uma bela caixa de laranjas da Flórida. Idgie conta que o sol está lindo e os negócios vão muito bem! Ela também diz que seu irmão Julian ganhou uma dentadura novinha e agora vive sorrindo para todo mundo.

Gladys Kilgore nos escreveu do Tennessee, contando que o xerife Grady Kilgore finalmente vai se aposentar em maio, e que eles estão planejando viajar para a Flórida para visitar Julian e Idgie, e talvez dar uma passadinha aqui na volta. Estou torcendo.

Uma notícia triste: lamento informá-los que o filho de Ninny e Cleo Threadgoode, Albert, nos deixou esse ano. Era o menino mais querido que conheci. Também lamento informar que a esposa de Jessie Ray Scroggins pediu o divórcio, mais uma vez. É uma pena. Espero que eles se resolvam. Também fiquei sabendo que Sipsey Peavey não tem passado bem e foi morar com seu filho, Big George, e a esposa dele, Onzell. Sipsey completa noventa e oito anos no dia 11 de fevereiro, então, tentem mandar um cartãozinho para ela. Por quantos anos Sipsey trabalhou no café com Idgie e Ruth? Vinte e cinco, no mínimo. E quanto vocês pagariam por um prato de tomates verdes fritos da Sipsey? Se tivesse, eu daria um milhão.

Ronda de novidades: o salão de Opal Butts mudou de lugar mais uma vez, então escrevam para ela em seu novo endereço, em Birmingham: a/c Apartamentos Capri, Highland Ave, 2012. Opal conta que é um condomínio cheio de gente solteira e descontraída e, embora não seja mais nenhuma mocinha, ela está se divertindo a valer. Também tenho o prazer de informar que sua filha, Jewel Ann, seguiu os passos da mãe e começou o curso de cabeleireira. Opal diz que Jewel pretende se especializar em apliques e design de sobrancelhas. Nunca ouvi falar de modelagem de sobrancelhas, mas deve ser a última moda. Já eu continuo fazendo meus cachos com grampos e deixando minhas sobrancelhas crescerem livres.

Puxa vida, turma, não sei por que, mas este ano o Natal está me dando uma saudade da nossa terra... Vocês se lembram dos Natais maravilhosos que a gente fez no café, com a cidade inteira reunida, inclusive gatos e cachorros? Do xerife Grady fantasiado de Papai Noel, entregando os presentes pra todo mundo? E daquelas bolas vermelhas brilhantes que a Idgie pendurava na cabeça de veado que ficava em cima do balcão? Tenho lembranças tão lindas daquela época. Vocês se lembram do presente especial do pequeno Buddy Threadgoode naquele Natal? Eu lembro. Quem poderia se esquecer da carinha que ele fez?

É claro que agradeço por minha vida atual, mas às vezes vocês não queriam ter um tapete mágico para voltar e reviver bons momentos da Parada do Apito? Será que algum de vocês tem idade para se lembrar daquela vez que Idgie Threadgoode, aos sete aninhos, marchou no desfile de Quatro de Julho fantasiada de Tio Sam? Nunca vi Tio Sam tão meigo, nem pais mais orgulhosos que a Mamãe e o Papai Threadgoode naquele dia. E o Clube do Picles, do qual meu marido e Idgie eram membros, e todos aqueles truques que eles faziam? Quem vocês acham que colocou a cabrinha no telhado da casa do reverendo Scroggins? Não tenho certeza, mas aposto que foram Idgie e seus amigos. E a "festa de casamento sem mulher" que o clube criou para arrecadar doações, quando o xerife Grady entrou na igreja, todo gracioso, vestido de noiva? Nossa, essas são só algumas das minhas lembranças... Eu adoraria que vocês me enviassem as suas memórias favoritas da Parada do Apito para a carta do ano que vem.

Vocês bem sabem que gosto de terminar minhas cartas com otimismo, e não é que tenho uma bela notícia este ano? No dia 9 de novembro, Buddy e Peggy Threadgoode deram as boas-vindas a uma nova bebezinha. Eles a batizaram Norma Ruth, e eu sei que sua tia-avó Idgie está dando pulos de alegria. Só gostaríamos que a mãe de Buddy, Ruth Jamison, estivesse viva para conhecer a netinha que ganhou seu nome. Buddy continua na Alemanha, servindo como veterinário dos cães do exército americano, mas Peggy disse que eles esperam voltar para os Estados Unidos no ano que vem. Ela também contou que a última prótese de braço que o exército fez para o Bud é a melhor que o marido já teve. Ele vai precisar dos dois braços para segurar a bebê Ruth no colo, disso não há dúvida! A menininha nasceu com quase quatro quilos.

Ainda custo a acreditar que as duas crianças que víamos correndo descalças pela Parada do Apito agora são adultos e têm uma filhinha. Mas é como dizem... *Semper fidelis*.

Por este ano fico por aqui, mas venham nos visitar se puderem. Moramos bem na frente da Mobile Bay, é só atravessar a rua, e, como diz o Wilbur, "deem um pulinho". Ha ha. Esses homens piadistas...

Então até o ano que vem, Feliz Natal e um ótimo Ano-Novo!

Sua fiel correspondente,
Dot

Dot tirou a folha da máquina de escrever, e, alguns segundos depois, Wilbur, que estava esperando, bateu de leve na porta da cozinha. "Terminou?"

"Acho que sim. Pode entrar."

Wilbur, que estava vestido e pronto para levar a carta à gráfica, onde havia um mimeógrafo, entrou na cozinha, e ela lhe entregou a carta. Como sempre, Dot estava ansiosa para saber o que ele achava do conteúdo. O marido ainda estava lendo a carta quando ela perguntou: "E então... o que achou?".

Ele balançou a cabeça e sorriu. "Achei ótima. Mas, meu bem, acho que aqui você quis dizer '*tempus*', não '*semper fidelis*'."

"Isso não significa 'o tempo voa'?"

"Não, 'semper fidelis' é o lema dos Fuzileiros Navais."

"Ah... É verdade. Hoje eu não estou batendo bem. Muito obrigadinha por ter visto isso."

"Por nadinha, meu bem."

"O que seria de mim sem você?"

"Passei a vida inteira me perguntando a mesma coisa."

Bem-vinda ao mundo

Kissimmee, Flórida
9 de novembro de 1964

Alguns meses depois de ter se mudado para a Flórida, e com uma mãozinha de seu irmão Julian, Idgie Threadgoode abriu um novo negócio chamado Abelha Feliz Mel Fresco e Banca de Frutas. Era só um quiosque de madeira, mas, por estar à beira de uma estrada muito movimentada, a clientela só aumentava.

Era começo de novembro, e Bud e Peggy Threadgoode haviam prometido avisar Idgie no minuto em que o bebê nascesse. Estava chegando a hora, e uma Idgie muito ansiosa passava os dias entre a banca de frutas e sua casa, esperando alguma notícia, quando o telegrama enfim chegou.

Ela logo rasgou o papel para lê-lo, depois correu até a varanda e chamou Julian, que morava na casa ao lado, com um grito.

"Julian! Viva! É uma menina, e eles deram o nome da Ruth. A mãe e a bebê passam bem. Viva!"

Idgie ficou tão animada que voltou correndo para dentro de casa, sentou-se e começou a escrever uma carta.

Caixa postal 346
Kissimmee, Flórida

Querida mocinha Ruth Threadgoode,

Acabei de saber que você chegou ao mundo hoje, com três quilos e meio. Parabéns! Que você seja muito bem-vinda! Ah, como você vai se divertir crescendo com esse seu papai bobão e com tanto amor da sua mãezinha Peggy. Fico tão feliz que tenham te batizado em homenagem à sua avó Ruth. Pois saiba que Ruth Jamison foi a pessoa mais especial do mundo, e sei que ela estaria muito orgulhosa. Seu pai disse que você é igualzinha a ela, com olhos castanhos bem grandes, e lindinha como uma rosa.

Não sei que presente dar a uma bebê, mas vou descobrir. Até lá, desejo tudo de melhor para você, para sua mamãe e seu papai. O tio Julian também.

Com todo meu amor,
Sua tia Idgie

P.S.: Quando você tiver idade para viajar, venha visitar uma senhorinha, que tal?

Idgie colocou a carta na caixa de correio e continuava sorrindo quando voltou para casa. Puxa vida. Agora existia uma pequena Ruth no mundo. Ela ficou tão contente ao pensar nisso que nem sabia o que fazer. Então pegou um chocolate na cozinha, saiu e ficou sentada na varanda, saboreando o doce e pensando no futuro. A bebê ainda não tinha nem um dia de vida, mas Idgie já estava pensando em tudo de bom que poderiam fazer juntas quando uma imagem do passado de repente lhe passou pela cabeça. Era uma cena de um dia de primavera em que Ruth Jamison estava sentada do outro lado de um prado e sorria para ela, tão jovem e tão linda. Nesse momento lhe ocorreu que, se ainda estivesse viva, aquela mesma moça teria se tornado avó naquele dia. Como isso era possível? Idgie se esforçou para imaginar Ruth como uma mulher mais velha, com rugas e cabelo grisalho, mas, por mais que tentasse, ela não conseguiu. Em seus pensamentos Ruth sempre seria jovem e linda. Ela sempre se lembraria de Ruth desse jeito.

De quando em quando, Idgie pensava que, se tivesse o poder de fazer o tempo parar, sabe-se lá como, teria escolhido pará-lo quando as duas eram jovens. Mas, se tivesse feito isso, não existiria um Buddy no mundo, nem sua bebezinha que acabara de nascer. Por mais triste que fosse em tantos momentos, talvez a vida soubesse o que fazia. Idgie não sabia a resposta. Ela finalmente havia desistido de tentar entender tudo e aceitado que a vida era um mistério, e só pessoas muito mais inteligentes poderiam desvendá-lo. Idgie só sabia que uma pequena parte de Ruth continuava viva, e não via a hora de conhecê-la.

Quartel do exército dos Estados Unidos

Baumholder, Alemanha
31 de dezembro de 1964

Fazia cinco graus lá fora e estava nevando quando Peggy Threadgoode, uma mulher ruiva e sardenta, entrou pela porta com uma correspondência entregue pelo serviço postal do exército e disse: "Olha, Bud, acabamos de receber a carta de Natal da Dot".

Um homem alto e loiro de olhos castanhos ergueu o olhar do prontuário que estava analisando. "Ah, que bom. Como eles estão passando?"

"Ainda não sei." Depois de pendurar o chapéu e o casaco, Peggy entrou e sentou-se ao lado dele, abriu a carta e começou a ler.

Depois de alguns instantes ela disse: "Eles estão ótimos. Parece que ainda estão gostando de morar lá em Fairhope. Ela conta que recebeu mel e laranjas que a Idgie enviou da Flórida... O Jessie Ray Scroggins vai se divorciar de novo".

"Puxa, que pena. Coitado."

"Olha, não me surpreende. O pai dele deve estar muito chateado, coitado do reverendo Scroggins. E vejamos... Ah, aqui está. Ela avisou todo mundo que tivemos uma filha e demos a ela o nome de Ruth em homenagem à sua mãe. E disse que tem certeza de que Idgie está muito feliz."

Bud sorriu. "Que legal."

Peggy riu. “Depois, conta que ela e Wilbur se lembram da gente quando éramos pequenos e corríamos descalços pela cidade.”

Buddy se recostou na cadeira e cruzou os braços.

“A dona Dot e o velho Wilbur... Sinto uma falta danada deles, você não?”

Peggy fez que sim. “Sinto, sim. Ela menciona seu braço novo, e fala que sente saudade do Natal no café, do tanto que a gente se divertia. E também pede para a gente contar quais são as nossas lembranças mais felizes da Parada do Apito.” Peggy olhou para Bud.

“Essa é difícil, são muitas...”

“Nem tanto. Eu já sei qual é a minha.”

“Qual?”

Bud abriu um sorrisinho maroto. “Uma certa noite lá no lago Double Springs.”

Peggy ficou envergonhada e começou a corar. “Bud Threadgoode, você não vai contar essa para ela!”

Ele deu risada. “Não, mas confesso que essa é uma bela de uma memória.”

Bem nesse momento a bebê Ruthie acordou da soneca e começou a chorar. Bud foi correndo até o berço e a pegou no colo. Peggy riu e disse: “Assim você vai deixar essa menina muito mimada...”.

“Não me importo. Ela merece ser mimada”, ele respondeu, andando pelo quarto e conversando com a filha com uma voz delicada. “Bom dia, minha Ruthie tão linda. O papai te ama muito, viu?”

Peggy balançou a cabeça. “Meu Deus, Bud, desse jeito parece que essa é a única bebê do mundo.”

“E é mesmo. Igual a essa não existe”, ele respondeu, sacudindo a bebê. “É uma menininha especial. Não é, minha linda?”

Peggy se aproximou e estendeu os braços. “Ela pode até ser especial, mas precisa trocar de fralda.”

“Ah...” Bud, meio a contragosto, entregou a bebê a Peggy.

A verdade era que os dois estavam loucos de amor pela pequena Ruthie. Depois de esperar tanto para ter filhos, eles estavam radiantes. Bud, principalmente. Ele sempre quisera uma menininha, e ela tinha nascido.

Dot Weems

Fairhope, Alabama
Natal de 1970

Mais um ano se passou, pessoal, e continuamos aqui, firmes e fortes. Eu continuo, pelo menos. O Wilbur derrubou um martelo no pé e quebrou o dedão, então não anda lá muito firme. Mas estou feliz em lhes informar que ele finalmente comprou um aparelho auditivo, então não preciso mais gritar. Experimentem jogar bingo com um homem surdo...

E agora vamos às notícias do dia, como dizem.

Recebi uma foto muito mimosa do Bud, da Peggy e da pequena Ruthie. Não acredito como ela cresceu de um ano para cá! Essa nova foto dos três foi tirada na frente da novíssima Clínica Veterinária Threadgoode, que Bud abriu em Silver Spring, Maryland, onde eles estão morando. Acho ótimo, aliás, que eles tenham voltado para os bons e velhos Estados Unidos. Parece um lugar muito bonito, e ficamos muito felizes em ver o nome da família Threadgoode no letreiro. Nosso Bud se deu muito bem na vida, e estamos todos muito orgulhosos dele.

E, por falar nos Threadgoode, minha velha amiga e ex-vizinha Ninny Threadgoode me enviou outra de suas lembranças favoritas da Parada do Apito. Ela conta que se lembra das manhãs de sábado, quando Idgie enfiava todas as crianças naquele carro velho que ela tinha e levava todo mundo para Birmingham, onde iam ao cinema e ela presenteava cada uma com um saco de pipoca e uma Coca-Cola. Ela conta que ninguém amava as crianças tanto quanto a Idgie. Eu concordo.

Uma notícia triste: Grady Kilgore, que esteve em Birmingham para o Dia de Ação de Graças, deu uma passadinha na Parada do Apito e nos conta que alguém deve ter roubado a velha placa do cruzamento ferroviário da Parada do Apito, porque não a viu em lugar nenhum. O reverendo Scroggins escreveu para contar que seu filho Jessie Ray acabou de voltar do serviço militar e bateu o carro de novo. Até agora foram três carros.

Agora uma notícia mais alegre: nossa velha amiga Opal Butts contou que encontrou a neta da Sipsey, Alberta, que agora está morando em Birmingham, e que ela está frequentando uma escola de culinária chique e quer virar chef de cozinha. Que ela tenha sucesso! Talvez ela se torne a próxima Julia Child.

Feliz Natal, turma!

Sua fiel correspondente,
Dot

P.S.: Hoje em dia quase não vamos mais ao cinema. Enviem bons programas de TV para a gente assistir. Eu e o Wilbur gostamos de *Carol Burnett*, *Câmara Indiscreta* e *What's My Line*? E vocês?

A VISITA

KISSIMMEE, FLÓRIDA
Novembro de 1971

LOGO DEPOIS QUE Idgie abriu sua nova banca de frutas e mel, alguém telefonou com uma ótima proposta a lhe fazer. Foi assim que Idgie vendeu o café por telefone. Ela não ganhou muito dinheiro, mas foi o suficiente para comprar a casinha de estuque cor-de-rosa que ficava bem ao lado da casa de seu irmão Julian. A casa tinha uma varanda coberta de tela e um cisne de metal pintado de branco na porta, um detalhe que Idgie adorava.

Ruthie Threadgoode tinha ouvido falar muito da tia de seu pai, Idgie, e recebia um cartão de aniversário dela todos os anos, mas ainda não a conhecia pessoalmente. Quando Ruthie completou seis anos, Idgie lhe enviou uma foto dela tirada numa criação de avestruzes, montada em um dos animais. "Um feliz aniversário de duas penosas velhas!", ela escrevera no verso da foto.

Um mês antes do sétimo aniversário de Ruthie, Bud disse a Peggy: "Querida, será que a gente poderia tirar alguns dias de folga, talvez uma semana, e fazer uma viagem? Eu adoraria ir à Flórida e ver a tia Idgie. Ela está louca para conhecer a Ruthie, e já faz muito tempo que não a vemos. Ruthie precisa conhecer a tia Idgie, não acha?".

Peggy respondeu: "Também acho, sem dúvida".

Então eles planejaram tudo, fizeram as malas e lá se foram os três para a Flórida. Ao descobrir que receberia visitas, Idgie ficou tão animada que saiu dançando pela sala. Quando chegaram, todo mundo na cidade e nos arredores, até mesmo estranhos que estavam de passagem, já sabia que a pequena sobrinha de Idgie estava vindo de Maryland para conhecê-la.

No dia em que chegaram, Idgie e Julian estavam sentados no quintal da frente da casa de Idgie, esperando, ambos bronzeados do sol da Flórida. Bud gostou de ver que, apesar de a tia Idgie ter ganhado algumas rugas e de seu cabelo curto, loiro e enrolado estar agora branco como a neve, seus olhos azuis brilhantes continuavam muito vivos e ardilosos quando ela sorria.

Depois de todos os abraços e cumprimentos, Idgie olhou para Ruthie e disse: "Olha, se você não é uma cópia de sua avó Ruth, eu não sei quem mais seria". Idgie deu uma piscadela para Bud e voltou a olhar para a garotinha. "Ruthie, seu papai um dia pode ter sido o bebê mais lindinho do mundo, mas te digo uma coisa: você roubou o troféu dele. Você é a menininha mais linda do mundo, sem comparação. Acho que você merece uma tigela de sorvete, não é?"

Ruthie deu uma risadinha. "Acho, sim, senhora."

"Então, venha aqui. Seu quarto está pronto e o sorvete está te esperando."

Depois que eles desfizeram as malas e Ruthie abriu um presente que Idgie lhe dera, todos se sentaram na varanda, conversando e bebendo chá gelado. Então Idgie disse "Já volto", se levantou e foi lá para dentro. Poucos minutos depois, ela voltou pela lateral da casa trazendo uma caixinha de papelão branca. Bud cochichou para Peggy "Ixi, lá vem ela". Era o mesmo velho truque que ela fazia com toda e qualquer criança da Parada do Apito.

Idgie deu uma piscadinha para os dois, depois disse à sobrinha: "Ruthie, olha só o que eu achei lá no fundo, no quintal... Quer ver?".

Ruthie, curiosa, correu ao encontro dela. "O que é?" Ela se levantou, muito quietinha, e ficou olhando enquanto Idgie calmamente abria a tampa da caixa. Lá dentro, pousado sobre um pedaço de algodão, havia um dedo humano. Idgie disse: "Olha, Ruthie, alguém perdeu um dedo".

Ruthie arregalou os olhos, encarando o dedo. Então Idgie disse: "Nossa, Ruthie, olha só... Está se mexendo".

Ruthie soltou um gritinho. "Ai, tia Idgie. É o *seu* dedo aí!"

Idgie riu e olhou para Bud e Peggy. "Ela é inteligente demais pra mim. Já percebi que vou ter que rebolar se quiser te enganar, Ruthie Threadgoode."

No dia seguinte, foram pescar, nadar e comer frutos do mar aos montes. Bud, Peggy e Ruthie ficaram queimados de sol.

Todos os outros dias, Idgie levou Ruthie para trabalhar com ela na banca de frutas e a apresentou a todos que passavam por lá. "Essa é a minha sobrinha, Ruthie. Ela é tão inteligente que pode acabar sendo a próxima presidenta dos Estados Unidos, ou uma atriz famosa. A gente ainda não decidiu, né, Ruthie?"

Alguns dias depois, Idgie disse a Peggy e Bud: "Então, tenho uma pergunta para vocês dois. Será que posso pegar a Ruthie emprestada por uns dias? Prometo que cuido dela direitinho".

Peggy respondeu: "Claro, não tem problema".

Naquela noite, depois do jantar, Idgie saiu na varanda e disse: "Senhorita Ruthie, quer fazer uma viagenzinha comigo amanhã?".

"Aonde a gente vai?"

"É surpresa, mas vou dar uma dica. Feche os olhos e só abra quando eu falar." Quando Ruthie abriu os olhos, Idgie tinha colocado um chapéu do Mickey Mouse com grandes orelhas redondas. "Adivinha aonde a gente vai."

"Aonde?"

"Para a Disney! Conheço algumas pessoas que trabalham lá, e temos dois ingressos para passar o dia inteiro fazendo o que a gente quiser. Mas amanhã temos que acordar bem cedo. E aí, quer ir?"

Ruthie começou a saltitar. "Sim! Sim!" Ela olhou para Peggy: "Mamãe, posso ir? Por favor, por favor!".

No dia seguinte, às seis e meia da manhã, Idgie e Ruthie estavam na estrada para Orlando, onde passariam dois dias no Walt Disney World. Um amigo de Idgie era gerente de um dos hotéis do parque e, de surpresa, havia reservado um quarto inteiro para as duas. Logo depois de fazer o check-in e deixar as malas no quarto, as duas entraram no monotrilho, foram para o parque e saíram correndo para aproveitar o dia. Elas passaram dois dias inteiros comendo todas as porcarias que conseguiram. Pipoca, sorvete, bala, cachorro-quente no palito, tudo o que se pode imaginar. Foram em todos os brinquedos, e duas vezes nos do Dumbo e do Peter Pan. Ruthie tirou fotos com a Branca de Neve, o Pateta e a Cinderela, e nas duas noites elas foram ver o show de fogos de artifício do parque e beberam chocolate quente.

No dia seguinte, depois de ir às xícaras gigantes, elas estavam andando pela Main Street U.S.A. quando Idgie viu o próprio Mickey parado num canto, acenando para as pessoas. Na mesma hora ela pegou Ruthie pela mão e foi até lá. "Olá, Mickey! Sou a Idgie, e essa é a minha sobrinha, Ruthie, de Maryland. Eu adoraria tirar uma foto de vocês dois." Mickey respondeu com sua vozinha aguda de Mickey Mouse: "Claro, será um prazer!". Enquanto posavam para a foto, Idgie disse: "A gente adorou a sua casa, Mickey. Acho que deve ser o lugar mais alegre do mundo". Mickey fez uma dancinha e disse: "Obrigado, Idgie, a gente também acha". Depois elas foram para o Country Bear Jamboree, outra atração do parque.

No terceiro dia, quando voltaram para casa, o carro de Idgie estava cheio de bichinhos de pelúcia, balões do Mickey, dois chapéus do Pato Donald, uma caixinha de música que tocava "It's a Small World" e uma bolsa de plástico da Branca de Neve.

Enquanto ajudavam a tirar as coisas do carro, Peggy disse a Bud: "Olha quanta coisa ela comprou para a Ruthie. Desse jeito ela vai acabar estragando a menina".

Bud sorriu. "Ah, deixa ela. Ela só vai ser criança uma vez, e, sinceramente, não sei quem está se divertindo mais, se é a Ruthie ou a tia Idgie."

Na tarde seguinte, Peggy e Bud ficaram observando Ruthie, que estava sentada no quintal da frente conversando com Idgie. Várias das crianças da vizinhança tinham se reunido ali e não tiravam os olhos de Idgie, que contava várias de suas famosas histórias.

Bud disse: "Olha ela, Peggy. Depois desse tempo todo, ela continua sendo o flautista de Hamelin, não é?".

* * *

Na manhã em que voltariam para Maryland, Idgie os acompanhou até o carro. Ruthie estava abraçada à cintura de Idgie com uma carinha triste.

Idgie deu um apertão carinhoso na menina e disse: "Olha, Ruthie, lembra do que eu te disse?".

"Que eu sou a menina mais linda, mais inteligente e mais corajosa do mundo."

"E o que mais?"

"Que meninas corajosas não choram."

"Isso mesmo. E, se algum dia esses dois te aborrecerem, me liga, que a tia Idgie vai lá dar uma bronca neles, ouviu?"

Ruthie abriu um sorriso discreto, assentiu com a cabeça e se acomodou no banco de trás do carro. Idgie se virou para Bud e Peggy. "Obrigada por terem vindo me ver. Estou avisando vocês: essa menininha vai dar o que falar, esperem só. Como eu queria que a Ruth estivesse viva para conhecê-la!"

"Eu também", disse Bud.

Idgie olhou para o banco de trás. "Tchauzinho, Ruthie. Volta logo pra me ver, tá bom?"

À medida que se afastavam, Ruthie ficou olhando Idgie acenar até perdê-la de vista. Depois ela começou a chorar.

"O que foi, querida?"

"Não quero deixar a tia Idgie."

Peggy disse: "Eu sei, meu bem, mas a gente vai voltar".

Eles de fato planejavam voltar. Mas Bud e Peggy ficaram ocupados com a clínica e o tempo passou rápido demais. A cada aniversário, Ruthie esperava ansiosa pela grande caixa de madeira com quatro potes de mel e duas dúzias de laranjas que vinham da Flórida com o bilhete

Para a srta. Ruthie
Que seus dias sejam doces
Com amor, tia Idgie

Mas, alguns anos depois, Ruthie tirou sua foto com o Mickey do espelho de sua penteadeira e a substituiu pela foto do menino que era sua nova paquera. Não demorou para que aquela viagem de duas semanas para a Flórida se tornasse apenas uma vaga lembrança de um momento feliz.

Ruthie e Brooks

Universidade da Virginia

Outubro de 1984

Mitzi Graham, uma jovem bonita e gordinha, estava sentada no térreo, vestindo uma saia cáqui, com as pernas apoiadas nos braços de uma cadeira, fumando um cigarro e reclamando com as amigas da irmandade sobre sua nova colega de quarto. "Só eu mesmo para precisar dividir quarto com a Ruthie Threadgoode, a menina mais bonita do campus. Não é justo! Se eu tivesse as pernas dela com os meus peitos, eu ia dominar o mundo, juro."

Ela soprou a fumaça. "Isso sem falar naqueles cílios enormes e naquela pele que deixa qualquer uma com inveja. Sério, eu preciso passar pelo menos meia hora me maquiando e arrumando o cabelo para poder aparecer, e ela só sai da cama, escova os dentes, coloca qualquer roupa velha e vai, parecendo que saiu de uma revista de moda." Ela tragou o cigarro de novo. "E o pior é que eu tento ter raiva, mas ela é tão legal que nem isso consigo. Que saco! Acho que ela nem sabe como é bonita. Quando vamos para a aula, eu vejo todos os caras olhando para ela, mas parece que ela nunca percebe."

Era verdade. Ao longo dos anos, Ruthie Threadgoode tinha crescido e se tornado uma moça muito bonita. Ela sempre havia chamado a atenção do sexo oposto, mas, quando chegou ao segundo ano da faculdade, começou a recusar mais encontros do que aceitava. Os rapazes eram sempre muito insistentes ou muito desinteressantes ou muito alguma coisa que não a atraía. Ela percebeu que seria difícil, e talvez até impossível, encontrar alguém que fosse tão interessante e divertido quanto seu pai. E, até aquele momento, nenhum dos rapazes por quem havia nutrido algum interesse tinha cumprido os requisitos que ela esperava para um marido. Então Ruthie decidiu parar de perder tempo e se concentrar em sua carreira. Ela se interessava por design de interiores e havia sido chamada para trabalhar na revista *Southern Living* durante o verão, e no ano seguinte tinha outro trabalho programado, dessa vez para a *Better Homes and Gardens*. Mas todos esses planos foram feitos antes de conhecer Brooks Lee Caldwell.

Numa manhã de sábado, Ruthie, de toalha e sabonete em mãos, estava atravessando o corredor para ir ao banheiro tomar banho. Mitzi andava atrás dela, tentando convencê-la. "Você *tem* que ir, Ruthie. Por mim. Por favor? Meu irmão disse que, se você topar sair com o Brooks, ele ia me arranjar com o Tubbs Newsome. Eles fazem parte da mesma fraternidade."

Ruthie fez uma careta. "Ai, querida, você sabe que os caras daquela fraternidade não fazem o meu tipo."

"Por que não? É a melhor fraternidade do campus."

"Ah, sei lá, eles parecem um pouquinho exibidos e arrogantes demais para o meu gosto."

Mitzi a seguiu até o banheiro. "Alguns são, mas não o Brooks. Minha mãe conhece a mãe dele. Ele é muito bacana. Só um encontro, vai... Por favor, Ruthie. Eu acho o Tubbs uma gracinha. Se eu perder minha única chance de sair com ele, é capaz de eu comer seis dúzias de donuts e acabar morrendo. Aí você vai se sentir culpada."

Ruthie deu risada. "Então tá, vai, só um encontro. Mas só por você."

"Ah, Ruthie, obrigada, obrigada, obrigada", Mitzi disse.

"Não tem de quê. Agora posso tomar meu banho?"

Brooks Lee Caldwell, estudante do terceiro ano de administração de empresas, tinha visto Ruthie apenas uma vez. Na ocasião, ela estava correndo pelo campus, atrasada para uma aula. Ao vê-la passar, Brooks deu um soco em seu amigo. "Quem é *aquela ali*?"

"Aquela é a Ruthie Threadgoode."

"Você conhece?"

"Sim, conheci. Ela é colega de quarto da minha irmã. Veio de Maryland, acho. Por quê?"

"Por quê? Acho que me apaixonei, por isso. Será que você consegue me arranjar um encontro com ela?"

"Ah, talvez eu consiga, se você aceitar me emprestar seu carro no próximo fim de semana. Eu e a Alice vamos ficar no apartamento dos pais dela, em Washington, sem ninguém saber."

"Escuta aqui", Brooks disse, "se você me arranjar um encontro com ela, meu carro é seu por um mês. Como é que eu nunca a vi antes?"

"É porque você sempre está com o nariz enfiado em algum livro de economia. Está vendo o que perdeu?"

No fim de semana seguinte, os dois casais foram a um encontro duplo: Ruthie e Brooks, Mitzi e Tubbs. Quando Brooks chegou para buscá-la naquela noite, ele era mais ou menos como Ruthie imaginara. Tinha o mesmo estilo de todos os rapazes engomadinhos da universidade: cabelo liso e penteado para trás, camisa social branca e limpa, mocassins sem meia. Ruthie pensou que ele não fazia seu tipo, mas não dava para negar que era um homem bonito.

Para agradar Mitzi, Ruthie tinha passado o jantar inteiro tentando ser atenciosa e simpática, mas Brooks havia notado que ela olhara o relógio algumas vezes. No fim da noite, quando a acompanhou até a porta, ele disse: "Olha, Ruthie, eu sei que esse encontro só aconteceu porque te chantagearam, e que é provável que eu nunca mais te veja. Mas será que posso pelo menos me despedir com um abraço?".

Ruthie ficou um pouco desconcertada com o pedido. Um abraço não era o que os rapazes costumavam pedir no fim de um encontro, mas Brooks já estava com os braços abertos, e, antes de se dar conta, ela se sentiu derretendo em contato com o corpo dele. Para sua surpresa, Ruthie não sabia mais onde ela terminava e onde ele começava, de tão perfeito que estava o encaixe. Era como encontrar a peça que faltava no quebra-cabeça. Um abraço nem muito forte, nem muito fraco. Apenas funcionava. De repente, ela se sentiu como a Cachinhos Dourados. E, além de tudo, ele ainda era cheiroso.

Depois que o rapaz se afastou, deu boa-noite e começou a voltar para seu carro, Ruthie se ouviu dizer: "Brooks?".

"Sim?", ele respondeu.

"Ah... Será que a gente pode sair de novo, um dia desses?"

Brooks olhou para ela e, com um suspiro de puro alívio, passou a mão na testa e disse: "Ufa... Graças a Deus. Eu estava tentando andar bem devagar. Amanhã à noite?".

Ruthie concordou.

Ele inclinou a cabeça. "Promete que você não vai se casar antes disso?"

"Prometo."

Ruthie ficou olhando Brooks correr para o carro. Quando chegou lá, ele se virou e acenou, depois fez uma reverência. Nesse momento, Ruthie pensou com seus botões: *Ah, não. Além de toda essa beleza, o cara ainda é engraçado*. Ela sabia que ou se meteria numa confusão danada ou estava prestes a viver uma história maravilhosa.

Dot Weems

Fairhope, Alabama
1985

Uma novidade especial: Peggy Threadgoode acabou de telefonar para contar que sua filha Ruthie vai fazer 21 anos em breve e está noiva de um rapaz de Atlanta, sr. Brooks Lee Caldwell, e os dois vão se casar na primavera. Parabéns! O que acham de ser chamados de "vovó" e "vovô"? Preparem-se, porque não vai demorar muito.

Por falar nisso, sou só eu, ou vocês também estão tomando mais remédios do que antes? Hoje de manhã eu olhei todos os frascos de remédios que eu e o Wilbur estamos tomando todos os dias: pressão alta, remédios para o coração, anticoagulantes, diuréticos, cálcio, fibras, remédios para o colesterol, laxantes... Tudo o que vocês imaginarem a gente toma!

Odeio admitir, mas acho que estou ficando velha. Vocês sabiam que os esquilos conseguem se lembrar de onde esconderam mais de dez mil nozes? E eu quase nunca consigo encontrar meus óculos de leitura. Nunca imaginei que um esquilo poderia ser mais esperto do que eu, mas fatos são fatos, pessoal!

Sua fiel correspondente,
Dot

P.S.: Li que os cientistas acham que pode haver vida em Marte. Acho curioso que as pessoas queiram tanto descobrir vida em outros planetas, mas tantas vivem sem conhecer a própria vizinhança!

Histórias de vida muito diferentes

Atlanta, Georgia
9 de novembro de 1985

Ruthie Threadgoode tinha esperado muito tempo para completar vinte e um anos. Tinha sonhado com esse dia por anos. Via-se como uma pessoa calma, descontraída, confiante, uma mulher experiente. Mas, quando seu aniversário de vinte e um anos enfim chegou, ela se sentiu um pouco insegura.

No ano anterior, Ruthie havia se apaixonado por um rapaz maravilhoso, Brooks Lee Caldwell. Eles estavam noivos, e, em teoria, essa deveria ser a fase mais feliz de sua vida.

Ruthie sabia que amava Brooks, mas, quando conheceu a família dele, ficou claro que os dois tinham histórias de vida muito diferentes. Não que a família dela fosse pobre, longe disso. Seu pai não deixava faltar nada. Mas os Threadgoode não tinham riquezas transmitidas de geração em geração como a família de Brooks. Os Lee e os Caldwell eram duas das famílias mais ricas e tradicionais de Atlanta. A casa da família, protegida por imensos portões pretos de ferro, era conhecida por sua elegância e havia aparecido algumas vezes em revistas de arquitetura e decoração.

Depois de passar o primeiro fim de semana na casa da família, na Rotatória Caldwell, número 1, Ruthie achou que o pai de Brooks parecia gostar dela. Mas a mãe dele, Martha Lee, era outra história: embora sempre fosse muito educada, a sogra lhe parecia um pouco indiferente e carregava uma leve aura de desaprovação.

Mesmo depois de várias visitas à casa da família, Ruthie ainda tinha medo de fazer algo errado, derrubar alguma coisa em um dos belos tapetes persas ou quebrar alguma peça valiosa. Ou escolher o garfo errado na hora do jantar.

Tudo ficou ainda mais difícil quando Ruthie descobriu que, depois que se casassem, ela e Brooks se mudariam para a bela e imensa casa do número 2 da Rotatória Caldwell, logo ao lado de seus sogros. Ruthie já havia expressado sua preocupação, dizendo a Brooks que talvez fosse melhor se os dois morassem antes numa casa um pouco menor e talvez não tão próxima à de seus pais. Mas Brooks, que não entendeu qual era o problema, explicou que seria impossível recusar a casa sem magoar seus pais. Ruthie o amava tanto! O que ela poderia fazer? Mas seria muito difícil cuidar de uma casa tão grande e morar tão perto de alguém que a deixava nervosa. E, para dificultar tudo ainda mais, ela amava animais e convivera com eles a vida inteira, mas gatos e cachorros eram absolutamente proibidos na vizinhança da família. Martha Lee tinha uma alergia seríssima a pelos de animais.

Na verdade, Martha Lee não tinha nenhuma alergia, mas havia usado esse argumento para encerrar o assunto. Havia tanta coisa em jogo que uma mentirinha dessas não faria mal nenhum. Ela havia se empenhado muito em colecionar suas belas obras de arte ao longo dos anos e agora não poderia botar tudo a perder. Tinha muitas tapeçarias antigas e caras nas paredes e não queria que nenhum gato afiasse as unhas nelas, nem que um cachorro saísse correndo pela casa e derrubasse seus vasos chineses raríssimos. Ela possuía uma das casas mais requintadas de Atlanta, e era bom que continuasse assim.

Martha Lee Caldwell não era exatamente uma mulher alta, mas sua postura impecável transmitia essa impressão. Não tinha uma beleza natural, mas suas maçãs do rosto proeminentes e seu cabelo preto lustroso, que ela usava penteado para trás num coque baixo muito elegante, lhe davam um ar chique e imponente.

Ela também tinha um certo charme que muitas pessoas invejam e pouquíssimas têm. Seu segredo? Martha Lee gostava muito de ser Martha Lee.

Como qualquer pessoa, ela já havia enfrentado decepções na vida, mas sempre conseguia dar a volta por cima. Não importava qual fosse o desafio, dava um jeito de se animar ao lembrar que, graças à sua bisavó paterna, que era da Filadélfia, ela era descendente direta da bela duquesa Carolyn Lee, esposa do duque Edmond James Lee, dono da majestosa Mansão Lee, em Yorkshire, na Inglaterra, informação que ela fazia questão de encaixar nas conversas mais corriqueiras, inclusive com desconhecidos. Um grande retrato da duquesa Carolyn Lee ficava pendurado sobre a lareira da sala de estar, para que todos que entravam na casa pudessem ver. Era verdade que não passava de uma réplica que ela havia encomendado, mas não tinha importância. Afinal de contas, a duquesa era parte da família.

Na Rotatória Caldwell

Atlanta, Georgia

A notícia do noivado de Brooks havia pegado Martha Lee Caldwell de surpresa. Brooks havia telefonado, muito animado, dizendo que a garota de Maryland aceitara o pedido de casamento, mas Martha Lee mal conseguia acreditar naquilo. Namorar a menina era uma coisa, mas noivado e casamento? Ela exigiu que ele fosse para casa para conversarem sobre o assunto.

Depois que Brooks conversou com seu pai a sós e lhe garantiu que a moça não estava grávida, sua mãe o encurralou na biblioteca e lhe fez dezenas de perguntas. O coitado do Brooks se esforçou para enumerar as muitas qualidades de Ruthie, mas não adiantou.

"Ela pode até fazer parte de uma das melhores irmandades, mas isso muitas garotas fazem", Martha Lee disse.

"Mas, mamãe, ela não só faz parte como é a presidente. E a elegeram rainha do baile de formatura. A Ruthie é uma das meninas mais populares da universidade. É uma moça fora de série. Na verdade, mãe, eu é que tenho sorte de ela querer se casar comigo. Muitos rapazes se interessaram por ela."

"É tudo muito bom, muito legal, mas não sabemos quem é a família dela, de onde eles são."

"Eu já te disse."

"Eu sei que você me disse, mas, Brooks, por favor, pare pra pensar um minuto. Se você dissesse Mobile, Montgomery, ou até Birmingham, eu deixaria passar. Mas Parada do Apito, Alabama? E fico arrepiada só de pensar de onde essas pessoas vieram antes de chegar lá."

"Mamãe, não seja tão esnobe. Além do mais, a família dela não mora na Parada do Apito há anos. Acho que a Ruthie nem chegou a conhecer a cidade. E o pai dela é um médico conhecido em Maryland."

"Ah, Brooks, ele não é médico de verdade. Ele é *veterinário*, pelo amor de Deus... Os pacientes dele são cachorros e gatos... O que eles sabem? O que eu quero dizer é que você é meu único filho. Só estou pensando no seu futuro e no que é melhor para você." Ela fez uma cara triste. "Ah, Brooksie, não tem nenhuma menina de Atlanta de que você goste? Juro que não me importo com sobrenomes, nada disso, mas Threadgoode? Parece nome de marca de pneu."

"Mãe..."

"Está bem. Não tenho vergonha de admitir. As famílias Caldwell e Lee vêm de uma longa linhagem, têm berço, e é nossa obrigação obedecer a certas regras."

Brooks revirou os olhos.

"Não fui eu que inventei isso, Brooks. É a lei da natureza. O pai dela, esse veterinário de que você tanto gosta, concordaria comigo. Ninguém coloca um cavalo de corrida puro-sangue para cruzar com uma égua qualquer."

"Ah, pelo amor de Deus, mamãe, você está vivendo no século errado. Ninguém mais liga para isso. Você precisa conhecer essas pessoas e tirar suas conclusões."

Martha Lee percebeu que não ia conseguir convencê-lo. O filho estava apaixonado e insistiu para que ela conhecesse os pais da namorada.

Algumas semanas depois, após ter conhecido Bud e Peggy Threadgoode, que foram de carro de Maryland a Atlanta só para a ocasião, Martha Lee estava falando com o marido à mesa de jantar.

"Linwood, você tem que falar com o Brooks sobre essa ideia de se casar com aquela menina, antes que seja tarde demais."

"Como assim?"

"Isso que eu acabei de dizer. Tudo bem, parece que os pais dela são boa gente, mas..."

"Chega de 'mas', Martha. O menino já se decidiu e não vai voltar atrás. E nem deveria. Até onde eu sei, a moça é formidável."

"Eu vou te dizer o que ela é. Filha de um veterinário que saiu de onde Judas perdeu as botas, de uma cidadezinha caipira do Alabama de que ninguém nunca ouviu falar."

Linwood fechou os olhos e suspirou. "Martha, eu e você podemos ter nossas ressalvas, mas ele vai se casar com aquela menina. E chegou a hora de nos esforçarmos para receber a moça e seus pais em nossa família."

"Mas, Linwood..."

Ele levantou a mão. "Me deixe terminar, Martha. Quer goste ou não, você vai precisar aceitar que, um dia, os Threadgoode serão avós dos nossos netos. Não sei por que você está tão aborrecida. Acho que eles são pessoas muito dignas. Tive a impressão de que ele é um homem bastante agradável, bem-apessoado, e a esposa pareceu muito simpática."

Martha Lee passou um tempo emburrada. Depois, pousou o garfo e apelou para seu último recurso. "Tudo bem, Linwood, eu não queria precisar te dizer isso... Pedi para a Gerta fazer uma pesquisa sobre o nobre médico e sua esposa, esses que você insiste que são pessoas tão dignas."

Linwood soltou seu garfo. "Ah, não, Martha... Não acredito que você fez isso."

"Fiz, sim. Você sabia que a mãe dele tinha uma espécie de café de ferrovia e ganhava a vida vendendo umas gororobas para o pessoal? E, segundo a Gerta, o pai dele era um fulano da Georgia, um tal de Frank Bennett, que, claro, sumiu do mapa antes mesmo de ele nascer. Abandonou a mãe. E repare que estou falando só da família *dele*. Imagine só o lado da mãe! Os pais dela deviam trabalhar na manutenção dos trilhos do trem, sei lá eu..."

"Então eles trabalhavam para se sustentar. E daí?"

"E daí? Como é que vamos nos relacionar com essa gente? Não temos nada, nada em comum com eles." Ela fez uma careta. "E o pai tem aquele braço estranho. E não posso levar a mãe ao clube, disso não há dúvida."

"Por quê? Ela pareceu tão simpática."

"*Por quê*? Ah, pelo amor de Deus, Linwood. A mulher usa calça de poliéster e coleciona sapos de cerâmica."

"O quê?"

"Você ouviu, *sapos*! A mulher tem mais de duzentos sapos. E me contou que tinha acabado de encontrar um muito lindinho vestido de Batman. Preciso falar mais?" Martha Lee soltou um suspiro profundo. "E pensar que o Brooks poderia ter se casado com uma moça da família da Coca-Cola ou da Georgia-Pacific... Mas não, ele me vem e escolhe uma mocinha qualquer de uma família qualquer de um lugarzinho qualquer." Depois, numa atitude completamente inesperada, Martha Lee caiu no choro, soluçando no guardanapo de mesa de linho branco com suas iniciais bordadas.

Seu marido se aproximou e a abraçou. "Ah, Martha, vai ficar tudo bem. Você vai ver."

Ela o encarou com os olhos úmidos e assentiu. "É que eu estou muito, muito decepcionada, só isso."

Depois do primeiro encontro com os Caldwell na casa da família, tudo o que Bud disse a Ruthie foi: "Querida, você sabe que eu e a sua mãe temos um grande carinho pelo Brooks e não poderíamos estar mais felizes com o casamento de vocês, mas não esquece que você está lidando com gente muito grã-fina".

"Eu sei", disse Ruthie.

"Você acha que está disposta a isso?"

"Acho que sim, papai."

"Então ótimo, você sabe que tem nossa bênção. Eu vou me arrumar todinho e prometo que vou ser o pai da noiva mais bonitão que você já viu!"

Seis meses depois, na cerimônia de casamento, Martha Lee encontrou algum consolo: pelo menos ela pôde apresentar o pai da noiva como "dr. Threadgoode". Ela só rezou para ninguém perguntar qual era sua especialidade na medicina. E a mãe foi muito gentil, mas elas nunca seriam grandes amigas.

Dot Weems

Fairhope, Alabama
1986

Só uma notícia rápida: vocês todos já devem saber do meu acidente a esta altura. A culpa foi toda minha. Eu estava tão distraída olhando minha lista de compras que não vi por onde andava. Mas agora estou bem. E tenho um novo quadril que está funcionando muito bem.

Na editoria "Nunca é tarde para aprender": eu achava que já sabia disso, mas só descobri o quanto a gente depende de outros seres humanos quando um caminhão me acertou no estacionamento do Walmart e quebrei a perna. No mesmo segundo, pessoas que eu nunca tinha visto foram correndo ao meu encontro e se reuniram à minha volta. Uma senhora chamou uma ambulância na mesma hora; outra se sentou ao meu lado e segurou minha mão. Um homem saiu correndo, buscou um cobertor em sua van e me cobriu para eu não entrar em choque. E todos eles, sem exceção, ficaram comigo esperando a ambulância.

Depois me disseram que, se não fosse pela agilidade de todos — desde as pessoas que estavam no estacionamento e o motorista da ambulância aos médicos e enfermeiras do pronto-socorro —, eu poderia ter perdido tanto sangue que acabaria morrendo. Pessoas que eu nunca tinha visto e que não me conheciam, de repente se tornaram as pessoas mais importantes do mundo. Todas ajudaram a salvar a minha vida, e eu não sei quem elas são. Exceto pelo cara que me acertou, coitado. Ele não teve culpa nenhuma, mas me visitou no hospital todos os dias para ter certeza de que eu estava melhorando.

A questão é a seguinte: daqui para frente eu vou deixar os pessimistas falando sozinhos, porque ninguém mais vai me convencer de que o mundo é um lugar horrível e de que as pessoas são ruins. Sei que tem algumas maçãs podres por aí, mas, vão por mim, esse mundão velho, apesar de ter seus defeitos, é muito melhor do que vocês ouvem falar.

Por falar nisso, li uma frase de William A. Ward e pensei em passar adiante. "Deus lhe deu 86.400 segundos por dia. Você usou um deles para dizer 'Obrigado'?"

Eu, sem dúvida, usei, pois sobrevivi para contar a história!

A outra boa notícia é que Bud e Peggy Threadgoode me ligaram para contar que sua filha, Ruthie, acabou de dar à luz sua primeira netinha, uma menina chamada Carolyn Lee. Minha nossa, como o tempo voa! Parece que foi ontem que a Ruthie nasceu. Quantos anos eu tenho? Sobre isso é melhor ficarmos quietinhos.

Enfim, parabéns à mãe e à filha!

Com amor,
Dot

P.S.: A Idgie me mandou uma piada ótima que vou repassar para vocês. Irritado com seus parentes? Lembre-se: até a mais bela das frutas tem bagaço.

Silver Spring, Maryland

1989

Numa manhã de domingo, Bud estava na garagem consertando uma casa de passarinho quando ouviu Peggy gritar bem alto: "Meu Deus, meu Deus... Bud, vem aqui, rápido!".

Na mesma hora, Bud pegou um martelo e correu para dentro de casa, pronto para defender a esposa do que fosse preciso. "Cadê você?", ele gritou.

"Aqui!"

"Aqui" era na mesa da cozinha. Peggy estava sentada diante da janela, se olhando num espelho redondo do tamanho de uma panqueca.

Bud perguntou: "O que aconteceu? Você está bem?".

Ela olhou para o marido como se ele tivesse culpa de algo. "Por que você não me disse que eu estou com pescoço de peru?"

"O quê?"

"Pescoço de peru! Olha o meu pescoço! Está parecendo um pescoço de peru. Aqui, olha... Viu?"

Ele se aproximou e olhou o pescoço dela.

"Está vendo?", ela perguntou, mexendo na pele debaixo do queixo. "Estou com pescoço de peru!"

Ele olhou mais de perto e ficou perplexo. "Não estou vendo nada, querida, talvez só um pouco de flacidez."

"Bud, não é só flacidez. É pescoço de peru! Eu reconheço isso de longe, e sei que é."

Ele percebeu que Peggy já estava decidida e que era inútil se opor. Se concordasse que ela estava com o tal "pescoço de peru", a esposa ficaria chateada. Se não concordasse, ficaria chateada mesmo assim. Ela continuou se olhando no espelho. "Não acredito que você nunca tinha notado. Olha!", disse, virando a cabeça para um lado e para o outro. "Eu *não* estou envelhecendo bem..."

"Querida, para mim você está ótima. Não estou vendo nada de diferente. Para mim, você continua sendo a mesma mulher bonita de sempre."

"É porque você é meu marido e me vê com o olhar generoso de quem ama. Mas confie em mim. As outras pessoas reparam nisso."

Bud viu que Peggy estava muito chateada e se esforçou para pensar em algo que pudesse animá-la. Por fim, ele disse: "Ei, Ruiva, o que acha de eu te levar para almoçar no Country Corner? Um quiabinho frito? Feijão? Um belo pão de milho? De repente você se anima. O que me diz?".

"Ah, claro, Bud... E deixar todo mundo comentar: 'Olha lá o doutor Threadgoode almoçando com a mãe dele!'."

Ele riu e se aproximou para abraçá-la. "Ah, querida, pare com isso... Não é nada tão grave assim. Vá se vestir, e depois do almoço eu te levo ao shopping. Vai dizer que não quer?"

Peggy, de fato, adorava o pão de milho do Country Corner e o shopping, e, depois de pensar por um instante, ela cedeu.

"Então, vamos. Mas me promete uma coisa."

"O quê?"

"Promete que você nunca vai usar óculos."

"Prometo. Vou continuar te vendo como um lindo borrão."

Peggy detestava envelhecer, mas Bud não se importava nem um pouco com isso. Ele achava a esposa linda e gostava até das sardas que ela tanto odiava. Peggy se olhava no espelho e dizia: "Pareço aqueles bonecos de ventríloquo sardentos da TV".

Como Bud diria depois: "As mulheres se olham no espelho e se acham horríveis. Os homens nunca se olham e se acham lindos. E quase sempre ambos estão errados".

Callaway Resort & Gardens

Pine Mountain, Georgia
28 de novembro de 1993

Dot Weems tinha razão: o tempo estava mesmo voando. A filha de sete anos de Ruthie, Carolyn Lee, já tinha um irmãozinho de quatro anos chamado Richard.

Naquele Dia de Ação de Graças, Brooks e Ruthie haviam decidido levá-los para passar uma semana no resort Callaway Gardens, em Pine Mountain, na Georgia, e tinham reservado uma das cabanas maiores à beira do lago. Bud e Peggy tinham vindo de Maryland para passar o Dia de Ação de Graças com eles e haviam acabado de voltar para casa.

Brooks e Ruthie estavam perto do lago, observando os filhos brincarem com algumas outras crianças. Brooks disse: "Você tinha razão. Acho que eu estava precisando descansar e nem sabia. Claro, minha mãe ainda está dando chilique porque não passamos o Dia de Ação de Graças com ela no clube. Mas foi tão bom ver seus pais...".

Ruthie gritou: "Carolyn, pare de bater no seu irmão, e devolve o chapéu dele... Agora, vamos". Depois ela se virou para Brooks e falou: "Foi bom ver os dois. Sei que foi difícil dizer não para a sua mãe, mas eu quero que as crianças conheçam os outros avós também. Eles veem a sua mãe todos os dias".

"Você tem razão."

Brooks se recostou na cadeira, tirou os sapatos e colocou os pés na areia. "Sabe, Ruthie, eu admiro seu pai. Ele me contou que sempre quis ser veterinário, desde que era criança, e insistiu até conseguir."

"Meu pai é assim. Ele sempre disse que todo mundo pode ser o que quiser, que basta se esforçar."

Brooks, com uma expressão um pouco melancólica, respondeu: "Quando era pequeno, eu queria ser... Não dê risada... Guarda florestal".

"É mesmo? Você nunca me contou isso."

"Pois é. Eu passava horas no bosque atrás da minha casa. Eu sempre quis morar num chalé de madeira à beira de um lago, longe da correria da cidade... Mas isso não vai acontecer."

"Por que não? Se você quisesse fazer isso, eu estaria disposta."

Brooks olhou para ela e abriu um sorriso. "Estaria mesmo? Nossa, como fui sortudo de encontrar você. Você é demais."

"Obrigada, mas estou falando sério, meu bem. Não preciso de uma casa imensa, nem nada disso. Quero que você seja feliz com o que faz."

"Eu sei disso. Mas era só um sonho de menino. Além do mais, meu pai está contando comigo para tomar a frente e cuidar dos negócios. Quando tinha a minha idade, ele fez a mesma coisa pelo vovô. E ele é a última pessoa que eu quero decepcionar. Meu pai depende de mim. Eu prometi que, se um dia alguma coisa acontecesse com ele, eu ia tocar a empresa e cuidar da mamãe. Eu sei que é difícil, e sei que você tem tido muita paciência com ela. Mas não vai ser para sempre, eu prometo." Brooks ficou em silêncio por um instante. "Tenho pensado no seguinte. Ruthie, quando as crianças crescerem, vamos só vender a casa e comprar uma casinha menor na montanha e depois sair viajando pelo mundo. Eu adoraria te levar para Paris, Londres, Roma. Talvez só comprar um motorhome e dirigir pelo país vendo tudo."

Ruthie ficou surpresa. "Um motorhome? Imagina a cara que a sua mãe faria se a gente comprasse um motorhome?"

Brooks deu risada. "Nem consigo imaginar, sinceramente. Mas o que acha?"

"Meu bem, se for isso que você quer, a gente vai. Só me promete que você não vai trabalhar tanto. Eu e as crianças mal vemos você hoje em dia."

"Prometo, mas tem sido uma fase mais difícil que a média. Quando meu pai ficou doente, ele deixou muitas coisas que precisam ser resolvidas, e infelizmente eu sou a única pessoa que pode fazer isso."

Naquele exato instante, Carolyn, que estava na beira do lago, deu um grito. "Mãe! Manda o Richard parar de jogar água em mim!"

Richard berrou: "Ela jogou primeiro!".

"Não joguei."

"Jogou, sim."

Ruthie olhou para Brooks enquanto as duas crianças continuavam jogando água e gritando uma com a outra. "Só me ajuda a lembrar uma coisa... Ter filhos foi ideia de quem, mesmo?"

Brooks riu. "Não lembro mais."

Bud em poucas palavras

Silver Spring, Maryland
2009

Embora a essa altura seu cabelo estivesse completamente grisalho, Bud Threadgoode continuava sendo um homem alto e bem-apessoado. Naquela manhã, ele estava sentado diante de sua mesa falando com a filha por telefone, como fazia todos os domingos. E, quando desligava, ele não conseguia evitar sorrir. Ruthie falava coisas muito engraçadas, sempre inventando ideias malucas para o pai. Queria que ele fizesse penteados diferentes, trocasse de óculos, comprasse uma prótese novinha em folha e muito sofisticada para seu braço, parasse de usar seu velho casaco xadrez de lã dos anos 1950, que já estava puído, e começasse a jogar golfe. Nunca era algo que ele quisesse fazer, mas, depois de reclamar o máximo que podia, sempre acabava fazendo o que ela queria. Bem, quase tudo. Ainda usava seu casaco xadrez favorito quando a filha não estava por perto.

Mais tarde, naquele mesmo dia, quando Peggy estava dormindo, Bud pensou que seria melhor já se livrar dessa tarefa, então se sentou diante da escrivaninha e pegou um pedaço de papel branco e sua caneta.

Para Ruthie, Carolyn e Richard, e quem mais quiser dar bola para um velho boboca do Alabama.

Começo minha história de vida, minha autobiografia ou como preferirem chamar, confessando que só a escrevo porque minha filha pediu. Não me iludo, sei que minha vida não é tão importante para ser colocada no papel. Ruthie, no entanto, leu num artigo que todo mundo deveria escrever sua história de vida e deixá-la para sua família. E que é importante fazê-lo enquanto você ainda se lembra dela. Então aqui vai.

Eu em poucas palavras: uma breve história

Meu nome é James Buddy Threadgoode Jr. e tenho hoje setenta e nove anos. Nasci em 14 de dezembro de 1929, na minha casa na Parada do Apito, uma pequena cidade ferroviária no Alabama. Quando cheguei ao mundo, todos me disseram que eu era o bebê mais lindo que já tinham visto, mas desde então tenho visto as pessoas dizendo a mesma coisa a respeito de outros bebês, inclusive alguns que não são tão lindos.

Minha mãe era Ruth Anne Jamison, nascida em Valdosta, Georgia, no ano de 1905. Meu pai era Frank Corley Bennett, também de Valdosta. No momento do meu nascimento, meus pais estavam separados e minha mãe estava morando com amigos no Alabama.

Apesar de nunca ter conhecido meu pai, eu não tenho do que reclamar. Fui adotado pela família Threadgoode e ganhei o nome do Buddy, filho deles que morreu antes de eu nascer. Posso dizer, com sinceridade, que tive uma infância muito feliz. Fui praticamente criado por duas mulheres, minha mãe e sua melhor amiga, Idgie Threadgoode, com muita ajuda da cidade inteira. Minha vida não era muito diferente da vida das outras crianças da Parada do Apito. Perdi metade do meu braço num acidente estúpido nos trilhos do trem quando tinha seis anos, é verdade, mas, pelo que me lembro, fui feliz a maior parte do tempo e sem dúvida fui a criança mais bem-alimentada da cidade. Minha mãe e a minha tia Idgie eram donas e tocavam o café da cidade. Podem apostar: morando nos fundos de um café, ninguém passa fome.

Infelizmente, perdi minha mãe para o câncer em 1947. Depois de me formar no colegial, graças ao estímulo constante da minha tia Idgie — que muitas vezes vinha como uma ameaça de me dar uma surra se eu não estudasse —, comecei a faculdade na Georgia Tech e depois me transferi para a Universidade Auburn para estudar medicina veterinária. Em 1954, eu me casei com a moça mais bonita do Alabama, chamada Peggy Ann Hadley, e nunca me arrependi. Vivi a vida toda com meu benzinho ao meu lado. No ano de 1966, depois de um período servindo o exército americano, nós nos mudamos para Silver Spring, Maryland. Em 1964, eu e minha esposa fomos abençoados com nossa filha, Ruthie, que me deu o maior presente do mundo: dois netinhos para eu mimar.

Ruthie disse que é importante acrescentar alguns fatos históricos, então aproveito para contar que, quando eu era criança, o presidente era Franklin Delano Roosevelt, e eu me lembro de ouvi-lo pelo rádio. Algumas das maiores alegrias da minha infância eram ouvir o rádio e ir ao cinema uma vez por semana. Cresci durante a Grande Depressão, embora isso não tenha me afetado em nada, pelo que me lembro. A tia Idgie plantava seus legumes e verduras no terreno dos fundos do café, e sempre tínhamos um bom número de galinhas e porcos. Eu diria que o momento histórico mais importante que vivi foi o dia da vitória contra o Japão, em 1945, que marcou o fim da Segunda Guerra Mundial. Quando ouvimos a notícia pelo rádio, toda a população da Parada do Apito saiu correndo pelas ruas, gritando e batendo em potes e panelas. E em todos os trens que chegavam à cidade naquele dia tinha gente debruçada nas janelas, gritando o mais alto que podia, feliz que a guerra tinha acabado e nossos meninos iam voltar para casa. Acho que o segundo momento mais importante foi em julho de 1969, quando vi nossos astronautas pousarem na Lua.

Ganhei algum dinheiro nesses anos todos, mas, na minha vida inteira, sempre tive uma coisa que nenhum dinheiro do mundo pode comprar: pessoas que me amaram e que eu amei da mesma forma.

Acho que é mais ou menos isso, a não ser que alguma coisa digna de nota me aconteça nos poucos anos que ainda tenho pela frente, o que duvido muito, já que, aos setenta e nove, meu tempo já passou.

Por fim, quero mandar um alô, como os jovens de hoje dizem, para todos os bisnetos que ainda vão chegar. É uma pena que vocês não possam me conhecer, porque as pessoas sempre me falam que sou o velhinho mais fofo que já viram, além de ser muito engraçado. Então tchau, por enquanto, e desejo a vocês toda a sorte do mundo.

Do velhinho Bud

Bud havia se aposentado do exército como capitão e gostava de brincar que era duplamente "vet", por ser veterano e veterinário. Quando ele expressou sua vontade de virar veterinário pela primeira vez, muita gente duvidou, mas nunca Peggy, nem a tia Idgie. Como sempre, ela o apoiou totalmente. Apenas disse: "Você consegue".

Mas Bud não era bobo. Sabia que ser veterinário com um braço só não seria nenhuma moleza. Ainda assim, isso não era nada em comparação com o que os outros enfrentavam. Ele tinha visto em primeira mão. Em 1945, logo depois da guerra, rapazes tinham voltado para casa com metade do rosto deformada por estilhaços, ou sem os dois braços ou as duas pernas. Outros voltaram com traumas de guerra tão fortes que não paravam de tremer.

Por isso, até onde Bud sabia, não ter um braço às vezes era "uma encheção de saco", uma inconveniência, no pior dos casos. Mas pelo menos não havia sido seu braço direito, e era incrível o quanto ele conseguia fazer com um braço direito funcional e seu novo braço artificial da mais alta tecnologia. Quando perguntavam a Peggy como ele conseguia, ela respondia que Bud tinha um senso de humor muito bom, e que isso ajudava. Embora levasse seu trabalho muito a sério, uma de suas características mais cativantes era que nunca se levava a sério. Como ele sempre dizia, "meio braço é melhor que meio cérebro".

Embora Bud não tivesse o mesmo desempenho físico de outros veterinários, ele se destacava nos diagnósticos e planos de tratamento. Por isso, quando saiu do exército, lhe ofereceram uma clínica própria em Silver Spring, Maryland. De início, ele e Peggy não gostaram da ideia de morar tão longe de Idgie, mas era uma grande oportunidade. Quando Bud telefonou perguntando o que ela achava, Idgie dissera: "Estou feliz por você, Buddy. Parece uma ótima proposta". Quando ele se mostrou preocupado em morar tão longe dela, Idgie só disse: "Não se preocupe comigo. Eu sempre estarei aqui. E quem sabe um dia eu apareço lá e faço uma surpresa pra você?". A tia Idgie era assim mesmo, sempre cheia de surpresas.

A ENCANTADORA DE ABELHAS

PARADA DO APITO, ALABAMA
1936

COMO DE COSTUME, no início da primavera, Buddy Threadgoode Jr., então com seis anos, estava correndo descalço pela cidade, e dessa vez pisou num prego e não conseguiu tirá-lo do pé. Quando ele entrou mancando no café e mostrou o machucado a sua mãe e a Idgie, na mesma hora a tia o pegou no colo, jogando-o por cima do ombro, e o levou até a casa do dr. Hadley. Depois que o médico removeu o prego, limpou a ferida e fez um curativo, Idgie o levou para casa e o deixou no quarto dos fundos. Buddy passou o resto da manhã lendo revistas em quadrinhos com o pé para cima, o que não o incomodou nem um pouco.

Idgie voltou correndo para o café, a tempo de ajudar no fim da correria do café da manhã, e uma Ruth muito preocupada quis saber como Buddy estava. Idgie sorriu, pegando um avental. "Está ótimo. Ele nem chorou. Não deu um pio. O dr. Hadley disse que nunca viu um menino tão corajoso."

"É mesmo?"

"É. Ele estava ótimo, mas eu quase desmaiei quando o doutor estava tirando o prego lá de dentro. Mas o Buddy se saiu muito bem. Eu teria morrido de tanto gritar."

Idgie ficou tão orgulhosa da coragem de Buddy que decidiu fazer uma surpresa especial para recompensá-lo. Naquela tarde, depois de terminar de lavar a louça do almoço, Idgie foi até o quarto dos fundos, pegou o casaco e o chapéu de Buddy e disse: "Ei, rapazinho, coloca isso aqui. A gente vai sair".

"Pra onde?"

"Não importa. Quero te mostrar uma coisa."

"O quê?"

"Não ia ser surpresa se eu te contasse, né? Mas você tem que me prometer uma coisa. Não vai contar pra sua mãe."

"Eu prometo."

"Juramento de escoteiro?"

"Sim."

"Combinado. Então vamos."

Buddy se levantou, todo animado. Aonde quer que ela o levasse, sabia que seria um lugar divertido. Os dois entraram no carro e Idgie avançou junto aos trilhos do trem, indo aonde Buddy nunca havia ido.

"Aonde a gente vai?"

"Logo você vai descobrir, meu menino." Depois de alguns minutos, ela virou numa estrada de terra de mão única e depois parou o carro diante de um grande campo verde, próximo ao lago Double Springs. Então Idgie disse: "É aqui".

Eles saíram do carro, ela o conduziu até uma parte do campo e disse: "Buddy, sente bem aqui. E não se mexa. Aconteça o que acontecer, não se mexa. Promete que não vai se mexer, senão não posso te mostrar a surpresa".

"Prometo", ele respondeu. Foi então que Buddy notou que tinha alguma coisa no bolso esquerdo do casaco de Idgie.

"O que é isso?", ele perguntou.

"Ahh... Isso só eu sei, e você precisa adivinhar. Você fique aí e não me pergunte mais nada. Você está prestes a ver meu truque de mágica secreto." Buddy ficou sentado, observando Idgie se dirigir até uma das árvores do outro lado da campina. Idgie se virou e sorriu para ele, e em seguida tirou um pote de vidro do bolso e enfiou o braço inteiro num buraco que havia na árvore. Buddy mal conseguiu acreditar no que aconteceu em seguida. De repente ele ouviu um zumbido muito alto, e logo a árvore e Idgie estavam cobertas por milhares de abelhas. Ele ficou ali, boquiaberto, enquanto Idgie lentamente tirava o vidro — que agora estava cheio de mel — de dentro da árvore. Então ela se virou e saiu andando, ainda com o enxame de abelhas ao seu redor.

Quando ela voltou, tudo o que Buddy conseguiu dizer foi: "Nossa... Nossa... Como você fez isso, tia Idgie?".

"Eu sou uma encantadora de abelhas nata, só isso."

"É mesmo? Puxa... Mas o que é isso?"

"É uma pessoa de que as abelhas gostam, e que elas não aferroam."

"Ah... Nossa. A mamãe sabe que você é uma encantadora de abelhas?"

Idgie fez uma careta.

"Não! E você não pode contar, está bem?"

"Não vou contar."

"Então agora a gente tem um segredo especial que mais ninguém no mundo sabe. Só a gente."

"Nossa", ele repetiu.

Isso era uma mentira descarada, é claro. Ruth sabia da árvore das abelhas. Idgie a levara até aquela mesmíssima árvore três anos antes. Mas naquele dia, Idgie quis que Buddy se sentisse especial, porque ele era especial para ela. E sempre seria.

A caminho de casa, passaram na casa da tia Ninny e lhe deram o vidro de mel. Ela ficou muito contente. Ninny Threadgoode adorava comer pãezinhos com mel no café da manhã. Quando eles voltaram para o café no fim daquela tarde, Ruth abriu a porta e sorriu. "Por onde esses dois malandros andaram?"

Idgie só passou por ela e disse: "Ah, demos uma voltinha. Não foi, Buddy?".

"Isso mesmo, demos uma voltinha", disse Buddy, segurando o riso.

Naquela noite, depois que Buddy foi dormir, Ruth olhou para Idgie. "Bem, sem dúvida, o Buddy pareceu muito bem-humorado. Aonde você o levou hoje?"

Idgie sorriu e respondeu: "Nunca vou contar. É segredo".

Ruth deu risada. "Ah, *você* e os seus segredos... Eu te conheço. Aposto que você levou o menino àquele salão de bilhar em Gate City, não foi?"

"Minha boca é um túmulo", Idgie disse.

Ter levado Buddy até a árvore das abelhas era um segredinho inocente que Idgie não contou a Ruth. Mas Idgie também tinha outro segredo não tão inocente que escondia da amiga. E não havia outra opção. Ela não podia correr o risco de perder Ruth e Buddy para sempre.

Atlanta, Georgia

2009

Quando recebeu a história de vida que seu pai escrevera e viu que era curta demais, Ruthie ficou um pouco decepcionada, mas não surpresa. Era típico dele minimizar tudo o que tinha conquistado ao longo da vida. Ele não havia nem sequer mencionado que tinha sido o astro do time de futebol americano de sua escola. Ela ainda guardava os artigos elogiosos e as manchetes que tinham sido publicados nos jornais de Birmingham. "Quarterback de um braço só leva o time da Parada do Apito ao campeonato estadual."

Muitas coisas haviam ficado de fora do relato. Bud também não tinha contado que abriu sua própria clínica e atualmente liderava oito veterinários e uma equipe de mais de vinte funcionários. Ruthie era sua única filha, mas, até a associação dos veteranos combatentes no exterior lhe conceder um prêmio importante por suas contribuições, nem ela sabia que o pai, como voluntário, tinha dedicado tanto tempo e dinheiro para ajudar veteranos feridos a se reabilitarem. Ou que, apesar de sua deficiência, ele tinha sido o segundo melhor aluno de sua classe na Universidade Auburn. E ela não saberia de nada disso se sua mãe não tivesse lhe contado. Por toda sua vida, era muito comum que completos desconhecidos aparecessem contando sobre alguma gentileza que seu pai lhes tivesse feito. Quando perguntava por que nunca lhe contava essas coisas, ele só sorria e dizia: "Ah, querida, eu devo ter me esquecido...".

Seu pai também tinha o costume de dar dinheiro para qualquer homem comum que contasse uma história triste, e nunca um animal que entrasse em sua clínica ficou sem tratamento por falta de dinheiro. Sua mãe dizia que essa era uma característica da família Threadgoode. Na época da Grande Depressão, sua tia Idgie tinha dado de comer às pessoas carentes de toda a região.

E, como a mãe de Ruthie sempre comentava, Bud não sabia mentir. Um dia, Peggy lhe disse: "Seu pai mente quando teria sido melhor contar a verdade. Hoje de manhã, entrei no banheiro do escritório e senti cheiro de cigarro. Aí eu disse: 'Bud, você continua fumando depois de me prometer que ia parar?'. Ele me olhou bem nos olhos e respondeu: 'Não estou fumando. Esse cheiro que você está sentindo é de erva-dos-gatos'. Eu retruquei: 'Bud, eu conheço o cheiro de erva-dos-gatos, e é bem diferente do cheiro de tabaco'. E ele: 'Ah, é porque essa é uma erva-dos-gatos muito rara que importam lá da Índia'".

Ruthie teve que rir. "O papai inventa cada uma, né?"

"Inventa. Ele herdou esse talento da tia Idgie. Ela era capaz de passar o dia inteiro contando esse tipo de história de pescador sem mudar de expressão. Uma vez, um dos amigos com quem ia caçar deu a ela uma cabeça de veado empalhado toda velha e carcomida, e ela prontamente a pendurou no café e contou para todo mundo que era a cabeça de um antílope siberiano raríssimo que tinha mais de duzentos anos." Peggy deu risada. "Ela vivia pregando peças em todo mundo. Minha mãe me contou da vez que Idgie entrou escondida na casa do reverendo Scroggins no dia de lavar as roupas e roubou a ceroula dele do varal. Encheu a ceroula de palha, botou um chapéu por cima e a colocou na primeira fila da igreja dele no domingo seguinte. Ela adorava pregar peças nas pessoas."

"Ah, sim, a tia Idgie era mesmo uma figura e, pensando agora, uma mulher muito à frente de seu tempo. Ela era uma mulher independente *muito* antes de o movimento feminista entrar em cena. Tinha o próprio negócio e sempre fazia as coisas do jeito dela. Acho que ela nunca abaixou a cabeça para ninguém, a não ser para sua avó Ruth. Porque a Idgie escutava a Ruth.

Eu me lembro de uma vez que a Idgie começou a beber muito e andar com o pessoal do clube de pesca, jogando pôquer no salão dos fundos até altas horas. Olha, nem sei o que disseram, mas minha mãe me contou que a Ruth deve ter tido pulso firme, porque, depois disso, a Idgie se endireitou rapidinho. Acho que ela nunca mais voltou a pisar no clube."

"Como a vó Ruth era?"

Peggy olhou para a filha e sorriu.

"Ah... era muito parecida com você. Você tem o lindo cabelo volumoso dela, mas o seu é um pouco mais claro. O dela era de um castanho mais escuro. Ela era da sua altura, magra e bonita. E tão doce. Eu ia às aulas de estudos bíblicos que ela dava na igreja, e todo mundo a adorava." Peggy suspirou. "Ela morreu tão jovem. Só tinha quarenta e dois anos. Foi tão triste. A Parada do Apito inteira estava no velório. A Idgie e o coitado do seu pai ficaram arrasados. Ele foi para a faculdade pouco depois disso, o que o ajudou a se distrair. Mas, sabe, acho que a tia Idgie nunca superou totalmente o que aconteceu."

"Como assim?"

"Ah, depois que a Ruth morreu, ela manteve o café aberto. Ela tinha prometido à Ruth que cuidaria para que seu pai terminasse os estudos. Mas, depois que ele se formou, ela só fechou o café e foi embora para a Flórida."

"Algum dia ela voltou?"

"Não, acho que ela nunca chegou a voltar, a não ser para ir a alguns velórios. É claro que Idgie tinha seu jeitinho e, quando se mudou para a Flórida, fez muitos amigos novos por lá. Mas acho que ela nunca mais teve uma amiga tão especial... como sua avó foi para ela."

Dando adeus a Ninny

Parada do Apito, Alabama
Dezembro de 1986

Dot Weems telefonou primeiro para Idgie e Julian, dizendo que tinha acabado de saber que a cunhada dos dois, Ninny Threadgoode, havia falecido. Na manhã seguinte, Julian e Idgie foram resolver alguns problemas no Alabama. Foi uma viagem muito triste para ambos. Ninny fora casada com seu irmão mais velho, Cleo. Ela não só havia sido uma pessoa muito gentil como sempre tivera uma visão de mundo um pouco diferente da dos outros. Parecia ver sempre o lado bom da vida e fazia amigos aonde fosse.

Ninny foi sepultada após uma pequena cerimônia no próprio local, no jazigo da família Threadgoode, no cemitério que ficava logo atrás do que um dia havia sido a Igreja Batista da Parada do Apito. Além de Julian e Idgie, alguns dos amigos dos velhos tempos estavam presentes. Opal Butts e a esposa de Big George, Onzell, e sua filha vieram de Birmingham. Dot e Wilbur Weems vieram de carro de Fairhope, e Grady Kilgore e sua mulher, Gladys, do Tennessee. O filho do reverendo Scroggins, Jessie Ray, que agora também era pastor em Birmingham, foi o responsável pela cerimônia. Foi tão triste ver a velha cidade e a igreja abandonadas e cobertas de tábuas... Mas, felizmente, depois da cerimônia, uma senhora que tinha sido vizinha de Ninny levou todo mundo para sua casa, que ficava perto de Gate City, e serviu comida. Depois de comer, todo mundo se reuniu na varanda da frente, conversando sobre Ninny e sobre os bons tempos de antigamente, quando o pátio ferroviário ainda não havia sido fechado.

Já estava ficando tarde. Jessie Ray Scroggins e sua esposa foram os primeiros a ir embora, e, enquanto seu carro se afastava, Gladys Kilgore disse a Idgie: "Que maneira horrível de passar a Páscoa, não é? Nos despedindo da nossa querida Ninny...".

Idgie não sabia que, em abril de 1988, ela faria mais uma viagem triste até a Parada do Apito, dessa vez para enterrar seu irmão, Julian. Naquele dia, antes de voltar de carro para a Flórida, ela fez uma última parada no velho cemitério e colocou um envelope sobre a lápide de Ruth. Era um cartão de Páscoa com a seguinte assinatura:

Nunca vou me esquecer.
Sua amiga,
A encantadora de abelhas

Uma reviravolta inesperada

Birmingham, Alabama
10 de fevereiro de 2010

Um dia alguém disse: "Só acaba quando termina, e só termina quando a gorda canta". E, no caso de Evelyn Couch, isso era a pura verdade. Ela já tinha passado dos quarenta havia alguns anos, estava acima do peso e ficou muito deprimida quando sua vida tomou um rumo inesperado. Tão inesperado, na verdade, que ninguém, muito menos Evelyn, teria imaginado o que viria a acontecer.

Evelyn tinha sido fruto de uma gravidez tardia e indesejada, filha única de uma mãe pouco afetuosa e de um pai indiferente. A evidente falta de entusiasmo de seus pais fez com que Evelyn crescesse se sentindo um obstáculo, uma inconveniência.

Desde muito cedo ela se mostrou tímida e insegura. No colegial, se tivessem feito uma votação com a categoria "Pessoas que ninguém acha que vão se dar bem na vida", Evelyn teria ganhado. Ela ficava tão desconfortável ao ser notada que passou os quatro anos do colegial tentando não ser vista, sempre de cabeça baixa; tinha tanto medo de errar que, quando um professor chamava seu nome, ficava vermelha feito um pimentão e muitas vezes nem sequer conseguia falar.

Os anos foram se passando, mas quase nada mudou, infelizmente. Quando ela e seu marido compareceram ao evento de reencontro de quinze anos da turma do colegial, poucas meninas se lembravam dela, e nenhum dos meninos. Isso não foi surpresa para ninguém. Evelyn nunca tinha sido o tipo de garota que os garotos chamavam para sair. Depois de enfrentar o desdém dos rapazes por tanto tempo, Evelyn se sentia agradecida por pelo menos ter um marido, embora ele fosse, de certa forma, um marido de segunda mão: sua primeira esposa, chamada Olive, o abandonara para ficar com seu decorador.

Ed Couch, que era muitos anos mais velho do que ela, trabalhava com o pai de Evelyn na loja de pneus Firestone da região. Um dia, seu pai o convidou para jantar, e foi assim que tudo começou.

Não que Ed não fosse uma pessoa bacana; ele era. E ela o amava. Mas, quanto mais tempo passava casada com ele, mais compreendia sua primeira esposa. Ed não era um homem romântico, essa era a verdade. No último aniversário de casamento dos dois, ele lhe dera um conjunto de facas de pão e um cortador de unha. Era evidente que tinha algo faltando na relação dos dois. Talvez fosse melhor se não tivessem tido dois filhos logo depois do casamento. Ed não queria filhos. Ele já tinha um filho chamado Norris com sua primeira esposa, e não gostava muito dele.

Depois que os dois filhos saíram de casa, Evelyn passou a fazer tudo o que podia para salvar seu casamento. Ela chegou até a se inscrever num seminário chamado "Apimente seu casamento", mas, conforme descobriu depois, ninguém consegue fazer isso sozinho. A outra parte envolvida também precisa estar disposta a mudar. E, depois de anos de esforços, ela enfim precisou encarar a realidade: não era que Ed não a amasse, ele amava, mas a questão é que ele preferia assistir aos jogos de futebol e comer. Por isso, não demorou para que a única coisa que faziam juntos fosse comer. Às vezes, ela cozinhava, às vezes, eles saíam para comer na lanchonete. Pelo menos era um consolo.

Mas, à medida que os anos se passaram e ela foi engordando cada vez mais, Evelyn se viu cada vez mais deprimida. Começou então a se perguntar se valia a pena viver mais um dia tedioso em que nada aconteceria e então se arrastar até outro dia igualzinho ao anterior.

Cansada de ficar em casa, ela tinha acompanhado Ed em sua visita semanal à mãe, que morava num asilo. Evelyn foi até a sala para visitantes, onde ficaria esperando o marido, e, por acaso, se sentou ao lado de uma senhora de 86 anos que viera da Parada do Apito, Alabama, e se chamava Ninny Threadgoode. Como Evelyn não demorou a descobrir, Ninny adorava conversar. Ela contou a Evelyn as mais incríveis histórias sobre as duas mulheres que haviam sido donas do Café da Parada do Apito e sobre o garotinho que elas tinham criado juntas, Buddy.

Depois disso, enquanto Ed estava com a mãe, Evelyn encontrava Ninny e, quando se deu conta, tinha feito uma amiga. Por algum motivo desconhecido, ela não ficava tímida com Ninny. E, pela primeira vez na vida de Evelyn, alguém via nela coisas que ela mesma não conseguia ver. Ninny não a achava tão gorda; dizia que tinha uma cara saudável. Ninny também dizia que ela era bonita, que tinha um sorriso lindo e uma ótima personalidade.

Com o passar das semanas, Evelyn contou à amiga sobre a depressão que vinha enfrentando e sobre seu profundo desânimo, e Ninny tentou animá-la, dizendo que ela era jovem demais para desistir da vida. Ela aconselhou Evelyn a voltar a se expor para o mundo e a conhecer gente nova. Talvez começar a vender cosméticos Mary Kay.

Um pouco mais confiante, e graças ao apoio de Ninny, Evelyn resolveu fazer uma experiência e se inscreveu para vender seus primeiros produtos Mary Kay. Seis meses depois, o improvável aconteceu: Evelyn Couch se tornou uma das principais vendedoras da marca, e, antes do final daquele primeiro ano estava dirigindo um Cadillac cor-de-rosa novinho em folha. Evelyn foi quem mais ficou surpresa com esse sucesso. Quando compareceu a uma convenção da marca em Dallas, a própria Mary Kay a puxou de lado e lhe disse por que ela estava se dando tão bem. "Querida, as pessoas *gostam* de você. Você não é uma dessas vendedoras ambiciosas que intimidam todo mundo, você parece uma delas. Como se fosse uma irmã ou uma amiga. Elas confiam em você, e confiam nos produtos." Não muito depois disso, Ed passou a desligar a TV e a prestar mais atenção nela. Como Evelyn estava descobrindo na prática, o sucesso atrai mais sucesso.

Com o dinheiro que ganhou vendendo os produtos Mary Kay, Evelyn Couch comprou uma casa espaçosa nas montanhas, uma casa de praia e um motorhome zero quilômetro com o qual Ed a levava para seminários da marca pelo país inteiro. A sra. Evelyn Couch, de 51 anos, que morava em Birmingham, Alabama, tinha se tornado uma das líderes mais inspiradoras da empresa. Ela e Ed passaram anos viajando e se divertiram muito. Até o dia em que descobriram que Ed tinha diabetes. Precisaria fazer hemodiálise e não poderia mais viajar. Então ela abriu mão de seu emprego na Mary Kay e passou a ficar em casa com o marido. Evelyn sentia falta do trabalho e das viagens, mas, embora não soubesse, mais uma reviravolta estava prestes a acontecer.

Ao longo dos anos, Evelyn tinha sido responsável por tantas vendas de Cadillacs cor-de-rosa para sua equipe de vendedoras que o dono da maior concessionária Cadillac de Birmingham telefonou oferecendo um emprego.

Evelyn estava vendendo carros no showroom havia apenas seis meses quando se descobriu que as vendas da concessionária tinham quase dobrado. Seu segredo era ter trabalhado para a Mary Kay por tantos anos. Ela sabia vender para mulheres. Na época, o que a maioria dos vendedores de automóveis não entendia era que, mesmo quando eram os homens que pagavam, geralmente eram as mulheres que escolhiam o carro. Elas decidiam qual seria o modelo, a marca, a cor. E, graças ao feminismo, mais mulheres estavam entrando no mercado de trabalho, e mais mulheres estavam comprando seu próprio carro. Um ano depois, Evelyn tinha sido promovida a gerente de filial, e depois de um tempo, acabou comprando a concessionária inteira.

"Couch Cadillac" era um nome muito sonoro, ela pensou.

Ela chegou até a estrelar os comerciais de TV da empresa. "Oi, meu nome é Evelyn Couch, da Couch Cadillac, e convido você a vir a uma das minhas concessionárias. É só falar que a Evelyn deu a dica, que eu vou fazer uma oferta imperdível pra você comprar seu Cadillac zero quilômetro." Todo mundo dizia que os comerciais eram um sucesso. E deviam ser mesmo, porque no evento de reencontro da turma do colegial, no ano seguinte, todos os ex-colegas afirmaram que se lembravam dela, principalmente os homens.

E tudo isso aconteceu porque, 25 anos antes, ela havia se sentado, por acaso, ao lado de uma senhora muito gentil chamada Ninny Threadgoode. Evelyn sempre se perguntava por que havia se sentado ao lado dela naquele dia. Será que tinha sido o destino? Obra do acaso? Golpe de sorte? Evelyn escolhia acreditar que tinha sido o destino. E isso a deixava muito feliz.

Até hoje, tantos anos depois de sua amiga Ninny Threadgoode ter falecido, Evelyn ainda guardava uma foto dela em sua mesa e às vezes até conversava com a foto. E aquele foi um desses dias. Depois de desligar o telefone, ela olhou a foto da senhorinha tão simpática de vestido de bolinha e disse: "Ninny, você não vai acreditar, mas um maluco acabou de me ligar oferecendo mais de um milhão de dólares para comprar a Couch Cadillac, e acho que vou acabar aceitando".

Atlanta, Georgia

Mansão Briarwood
2013

Quando Peggy foi diagnosticada com mal de Alzheimer, Bud decidiu vender seu consultório veterinário para ficar com a esposa. Cuidou dela em casa pelo tempo que pôde, até que o médico recomendou que ela fosse internada numa casa de repouso especializada em pacientes com Alzheimer, onde receberia cuidado profissional 24 horas por dia. Mas, como Bud e Ruthie logo descobriram, encontrar uma boa instituição num prazo tão curto era quase impossível.

Por sorte, Martha Lee tinha bons contatos na Mansão Briarwood, uma renomada comunidade de "cuidado constante" para idosos que contava com um excelente centro especializado em Alzheimer no mesmo local, em Atlanta, pertinho de Ruthie. A lista de espera para um paciente ser admitido na Mansão Briarwood chegava a três anos, mas bastou um telefonema de Martha para conseguirem duas vagas no mesmo dia.

Conseguir que entrassem em Briarwood tão rápido não havia sido um ato de generosidade da parte de Martha Lee. Ela não queria que os Threadgoode fossem morar com a filha na casa ao lado. A Rotatória Caldwell era só para os familiares mais próximos. Além disso, ficava apavorada só de pensar que a mãe poderia levar sua coleção de sapos de cerâmica.

Depois que Bud e Peggy se mudaram de Maryland para a Mansão Briarwood, Bud passava todos os dias com ela no centro especializado em Alzheimer, sentado à beira da cama até ela dormir à noite. Mesmo no final, quando a esposa já não sabia quem ele era, Bud continuou fazendo o mesmo. Ela continuava sendo a Peggy que ele amava, e ele ainda podia segurar sua mão.

Bud passou aqueles quatro anos sem pensar muito no futuro. Depois que Peggy faleceu, teve muita dificuldade para se adaptar a uma vida sem ela. Desde seus dezoito anos ele havia sido uma metade de um casal, Bud e Peggy e Peggy e Bud. Era raro que ficassem separados. Ela cuidava da administração da clínica veterinária, então eles ficavam juntos quase vinte e quatro horas por dia. Eram tão próximos que era quase como se tivessem se tornado a mesma pessoa.

Quando sua mãe morreu, Ruthie implorou que o pai saísse da Mansão Briarwood e fosse morar com ela. Ele, no entanto, não achou que era uma boa ideia.

"Mas, papai, eu quero muito que o senhor more aqui", ela disse.

"Eu sei, querida, mas não quero incomodar ninguém, nem dar trabalho. A Martha Lee foi tão gentil, já conseguiu colocar sua mãe e eu aqui. E, se eu só pegasse minha mala e fosse embora, ia parecer ingrato. Eu estou muito bem aqui."

Mas ele não estava nada bem. No fundo, Bud era um rapaz do campo, estava acostumado a viver ao ar livre, na natureza. Agora ele passava quase todo o tempo dentro de seu quarto, tentando decidir o que fazer da vida.

Algumas semanas depois, Bud mais uma vez pegou no sono na frente da TV e acordou quando já era hora de dormir. Ele foi para o quarto, vestiu seu pijama listrado azul e foi para o banheiro escovar os dentes. Ele tinha acabado de devolver a escova ao copo quando, por acaso, olhou para o espelho e se assustou ao ver um velho que ele não conhecia olhando de volta. Quem era aquele cara? Com certeza não era ele. Bud olhou de novo e fez uma careta. Ah, sim, era ele. Meu bom Deus, quando foi que tudo aquilo aconteceu?

Peggy se olhava no espelho todos os dias e quase sempre reclamava de algo que via. Mas, como a maioria dos homens, ele nunca se importou muito com sua aparência... até aquele momento. Péssima hora para começar.

Depois de se deitar, ele não resistiu e riu de si mesmo. Bud tinha ficado chocado com o próprio envelhecimento. Mas, afinal de contas, tinha quase oitenta e quatro anos. O que ele esperava? A gente leva a vida pensando que a idade nunca vai chegar, mas de repente ela chega. E o que se pode fazer? Enquanto pensava nisso, se deu conta de que não fazia tanta questão de ser bonito. Fosse qual fosse o tempo que lhe restava, ele só queria se sentir bem. Seu corpo, no entanto, não vinha cooperando. Antes era tão fácil simplesmente se levantar da cadeira, onde essa habilidade tinha ido parar? Vinha esquecendo nomes e vivia perdendo os óculos, mas, pensou que, enquanto seu cérebro ainda funcionasse e ele pudesse andar, ainda lhe sobraria algum tempo.

Bud também percebeu que talvez fosse hora de pôr em prática um plano que ele havia feito, e era melhor que fosse logo. Aquele velhinho no espelho do banheiro não parecia ter muito tempo a desperdiçar. Precisava tomar uma atitude rápida, antes que fosse tarde demais, e torcer para que ainda desse conta do recado.

Bud fechou os olhos e, como tantas vezes fazia antes de dormir, pensou em Peggy.

A filhinha do papai

Atlanta, Georgia
2013

Ruthie tinha buscado seu pai na frente da Mansão Briarwood e o estava levando para comprar seu café preferido quando ele disse: "Sabe, Ruthie, a única coisa que me entristece nessa história de envelhecer é que, infelizmente, não sou mais motorizado".

"O quê?"

"Não tenho carro. Se quero ir a algum lugar, preciso chamar um táxi ou pegar o ônibus de Briarwood com mais um montão de gente. E, quando chamo um táxi, aquele diretor, o tal do Merris, coloca o focinho para fora do escritório e quer saber aonde vou e a que horas vou voltar. Eu me sinto uma mocinha adolescente."

Ruthie deu risada. "Bem feito, papai. Lembra quando você fazia a mesma coisa comigo? Você falava: 'Chegue antes das dez'."

"Pois é, mas você era adolescente mesmo. E, aliás, não pense que eu não sabia quando você voltava escondida depois das dez."

"Você sabia?"

"Eu sabia, sim, e não só isso. Eu também sabia onde você estava e *com quem* estava."

"Não sabia, não."

"Sabia, sim."

"Como?"

"Não vou contar."

"Tá. Mas você sabia que às vezes eu voltava para casa antes das dez, deixava você me ouvir entrando e depois saía escondida pela porta dos fundos?"

Nesse momento Bud ficou surpreso. "Quando?"

"Ha! Ha! Eu também tenho segredos!"

"Foi quando você estava namorando aquele idiota do Hootie Reynolds?"

Ruthie ficou surpresa. "Como você soube que eu namorei o Hootie?"

Bud olhou para ela. "Era difícil não saber. Você escrevia 'Hootie, Hootie, Hootie' no seu caderno inteiro, com marcas de batom e corações bem grandes. Só fiquei assustado quando você escreveu 'sra. Ruthie Reynolds' na página inteira. Foi bom você ter terminado com ele, senão eu ia precisar matá-lo."

Ruthie sorriu. "Coitado do Hootie. Ele era bonito, mas era um idiota, não era? Eu me pergunto o que me aconteceria se eu tivesse me casado com ele."

"Você não teria se casado com ele. Eu não ia deixar. Nesse departamento você se saiu muito bem. O Brooks foi o melhor marido que você poderia ter."

"É verdade. Ainda sinto falta dele todos os dias, pai."

"Eu sei, querida. Eu ainda sinto falta da sua mãe."

Depois que Bud comprou seu café, Ruthie estava levando o pai de volta quando disse: "Queria saber o que aconteceu com o Hootie".

"Ouvi falar que ele teve uma boa carreira esportiva. Foi até para as olimpíadas."

Ruthie ficou surpresa. "É mesmo? Mas que esporte ele praticava?"

"Lançamento de dardo."

"Ah, papai... É invenção sua."

"É, mas poderia ser verdade."

* * *

O marido de Ruthie, Brooks, havia morrido de infarto fulminante três anos antes. Na época, seus dois filhos, Carolyn e Richard, ainda moravam em Atlanta, e isso a ajudou a superar. Mas, depois, quando Carolyn se casou e se mudou para Washington, D.C., e Richard e sua namorada, Dotsie, se mudaram para Oregon, a única família que Ruthie ainda tinha em Atlanta era seu pai, e ela não saberia o que fazer se algo acontecesse com ele. Ela o venerava, e, mesmo depois de tanto tempo, ele ainda conseguia fazê-la rir.

O ASSUNTO QUE TODOS QUERIAM EVITAR

ATLANTA, GEORGIA

MARTHA LEE NUNCA chegou a aceitar Ruthie como parte da família Caldwell, mas isso não aconteceu com seus netos, Carolyn e Richard. No dia em que cada criança veio ao mundo, Martha Lee tinha chegado ao hospital impecavelmente vestida e recebido os parabéns de todos pelo nascimento de seus netos.

Antes mesmo de as crianças nascerem, Martha Lee já escolhera o nome do meio de cada uma, as escolas que frequentariam e as aulas que teriam. Balé para Carolyn; tênis, golfe e natação para Richard. E era sagrado que passassem os domingos e todas as refeições festivas com Martha Lee no clube. E, quando estavam no clube, as apresentações aos amigos de Martha eram da seguinte forma:

> Vocês conhecem meu filho, Brooks, é claro, e esta é minha neta maravilhosa, Carolyn Lee, e meu lindo neto, Richard... e a esposa do Brooks.

Ruthie sempre se esforçara ao máximo para tratar Martha Lee com respeito, por consideração a Brooks e às crianças, mas isso se tornava cada vez mais difícil. E então aconteceu o casamento de Carolyn.

Ruthie era a mãe da noiva. Era *ela* quem, por tradição, deveria cuidar dos detalhes do casamento da filha. Mas, como de costume, Martha Lee tinha tomado as rédeas da situação. No primeiro dia em que Ruthie e Carolyn se encontraram para planejar a cerimônia, Martha Lee foi até a casa e declarou a Ruthie: "É claro que vamos usar a empresa de bufê que sempre contrato, e a festa precisa ser na minha casa. Seu quintal é muito pequeno... Eu cuido da banda e do aluguel das tendas".

Ruthie tinha conseguido dizer apenas uma palavra: "Mas...".

Martha Lee não a deixou terminar de falar. "E, Carolyn, já sei com quem vamos encomendar os convites. Não sei em que data você e o Brian estavam pensando, mas não vamos fazer em junho. É muito comum. Vou ligar para a empresa e marcar para o final de maio."

Algumas semanas depois, quando Ruthie foi com Carolyn escolher o modelo de talheres, Carolyn disse que precisava perguntar a opinião de sua avó antes de decidir.

Conforme o grande dia se aproximava, e tudo era feito sem sua presença, Ruthie ficou tão frustrada e chateada que implorou para Carolyn: "Eu sou sua mãe. Por favor, querida, me deixa fazer alguma coisa!".

"Ah, mãe... Não sei por que você está tão incomodada. A vovó quer fazer. Você só precisa estar lá e ficar bem bonita. A vovó encomendou o bolo de casamento mais lindo do mundo. Ela me mostrou uma foto. Espera só pra você ver! Hoje à tarde vamos olhar vestido para as madrinhas. A vovó disse que precisamos tomar muito cuidado com a cor. Ela quer algum tom primaveril, mas não muito chamativo. Disse que cores muito vivas desviam a atenção da noiva. Ela está pensando num lavanda-claro, ou talvez um rosa-bebê, e, nos pés, um sapato baixo creme ou bege. Nada branco, claro." Não adiantava. Ruthie entendeu que acabaria sendo só mais uma convidada no casamento da filha.

Quando o dia chegou, Ruthie usou um vestido bege-claro. Mas, como era de se esperar, Martha Lee — desobedecendo seu próprio conselho — chegou em grande estilo com um vestido de organza verde-limão combinando com um enorme chapéu. Afinal de contas, ela era a protagonista de qualquer situação... não era?

* * *

Ruthie tinha que admitir que, por mais que ela esperasse ver uma mudança, nada tinha mudado. Desde que tinha cinco anos, se Carolyn estivesse insatisfeita com algo em sua casa, ela fazia sua malinha e ia marchando para a casa da vovó. Martha Lee ficava exultante em receber a netinha, é claro. E era sempre uma verdadeira batalha fazer a filha voltar para casa.

"Ela é *minha* filha, Martha. Ela precisa voltar."

"É, mas ela é *minha* neta!"

"Eu entendo, mas ela precisa aprender que as coisas nem sempre vão ser do jeito dela."

"Por quê? Não vejo motivo para ela não ter tudo o que quiser. Além do mais, ela me contou que você praticamente a matou de fome. Não é à toa que ela quer vir para cá."

"Ah, Martha, não estamos matando a Carolyn de fome. Ela vai para a sua casa porque você a mima. Uma menina de seis anos não pode comer duas ou três sobremesas. E tanto açúcar faz mal para ela, e, já que estamos falando disso, peço que você não dê mais vinho para ela durante as refeições. Ela é muito pequena para beber álcool."

"Eu discordo. Na França, todas as crianças bebem vinho."

"Ótimo, Martha, mas a gente mora em Atlanta."

"Ela vai precisar aprender a escolher bons vinhos, mais cedo ou mais tarde."

"Bem, se você não se importar, eu prefiro que seja mais tarde."

Esta última frase deixou Martha Lee muito contrariada, então ela ligou para Brooks em seu trabalho. "Sua mulher está me acusando de transformar minha única neta numa alcoólatra. Não quer que ela beba nem um golinho de vinho durante o jantar."

Brooks suspirou. Ele já tinha ouvido essa história. "Mãe, não dê vinho para a Carolyn, por favor, e não me envolva nessa situação."

"Onde já se viu? Nunca tivemos um alcoólatra na nossa família, nem do meu lado, nem do seu pai. Que ideia absurda!"

Brooks não respondeu. Era sua maneira de dizer que não queria brigar por uma coisa como aquela.

Um pouco depois, Martha Lee disse: "Entendi, vocês venceram. Então, para fazer a vontade da sua esposa, sua filha não vai mais beber vinho. Mas uma coisa eu digo: acho muito triste que sua mulher não tenha a mínima noção do que é a arte da gastronomia, algo que eu estava tentando transmitir à Carolyn".

Brooks não disse nada, mais uma vez.

Depois de uma pausa, ela continuou: "Sem querer fazer fofoca, mas, quando você viajou na semana passada, eu vi uma van de delivery de pizza saindo da sua casa. Não só uma vez, mas duas. Acho que isso já diz tudo".

Brooks desligou o telefone se sentindo cansado e desolado. Ele não sabia se seria capaz de suportar aquela situação por muito mais tempo. Depois da morte do pai, ele havia assumido a diretoria da empresa num momento de recessão econômica, e vinha se sentindo estressado desde então. A empresa estava perdendo dinheiro em velocidade recorde. Para piorar, agora ele estava sempre sendo envolvido naquele cabo de guerra nas questões de criação dos filhos. Amava as duas, e não queria ser obrigado a escolher um lado. Ele se serviu de um copo de uísque. Ruthie sempre tivera razão.

Eles nunca deveriam ter ido morar naquela casa, para começo de conversa. Não tinha sido fácil morar lado a lado com Martha Lee por todos aqueles anos. E, depois da morte de seu pai, a tensão entre as duas mulheres crescia cada vez mais. Mas eles não tinham saída. Não podiam vender a casa naquele momento.

Ninguém sabia, mas, para que a empresa não fosse à falência, Brooks tinha feito dois empréstimos dando a casa como garantia. E ele sabia que, se perdesse uma das antigas casas dos Caldwell, sua mãe morreria de desgosto.

E agora?

Atlanta, Georgia

A Rotatória Caldwell ficava bem no centro de Tuxedo Park, o bairro mais nobre de Atlanta. A rotatória era uma ampla rua sem saída particular e fechada que consistia em três casas: a primeira casa dos Caldwell, onde Martha Lee morava, e duas casas menores, uma de cada lado. A casa de Ruthie e Brooks ficava à direita, e sua tia por parte de pai morava com o quinto marido na casa à esquerda. Só que eles nunca ficavam em casa. Eles, como Martha Lee dizia, "viajavam".

Martha Lee fazia questão de contar que a família Caldwell morava na rotatória havia mais de cem anos. O primeiro Caldwell, um financista da Carolina do Norte, tinha comprado 250 acres de terras e se estabeleceu ali, em 1898. Atualmente, a rotatória era tudo o que restava da antiga propriedade dos Caldwell.

Era um lugar muito agradável para morar, com um paisagismo requintado e belas árvores ao redor de cada casa. O que incomodava Ruthie era que, embora houvesse outras casas em volta, ela se sentia isolada do resto do mundo. Brooks sempre tinha ficado entre ela e Martha Lee, absorvendo todo o impacto. Mas, agora que Brooks não estava mais por perto, Martha Lee nem sequer fingia ser agradável com Ruthie.

Com os dois filhos morando longe, Ruthie se sentiu mais solitária do que nunca. Ela pensou em adotar um cachorro ou um gato para lhe fazer companhia, mas isso estava fora de questão, infelizmente, por causa das alergias de Martha Lee. Ruthie sabia que precisava pensar em alguma coisa para ocupar seu tempo livre. Tentou fazer aulas de tango, mas o professor lhe causou uma péssima impressão. Era óbvio que Ricardo vivia procurando uma viúva rica para se casar, e, assim que ela entrou na sala, ele foi direto na direção dela. Ricardo não sabia, mas ela não era uma viúva rica. Na verdade, quando Brooks morreu, foi uma surpresa descobrir que tinha sobrado pouquíssimo dinheiro. A casa estava totalmente refinanciada. Mas, com um sobrenome como Caldwell, as pessoas logo concluíam que ela era rica. Instituições continuavam lhe pedindo doações; ainda era convidada para eventos beneficentes cujas entradas custavam quinhentos ou mil dólares nos quais esperavam que ela desse lances nos itens leiloados. Parecia que, sempre que telefonavam para sua casa, era alguém querendo que ela doasse algo ou algum valor para alguma entidade. Ela sabia que Martha Lee não iria gostar que soubessem que alguém da família Caldwell tinha perdido dinheiro, então ela pouco a pouco se afastou desse círculo social.

Apesar de estar solitária, essa distância foi um alívio, de certa forma. Mas ainda tinha muitos anos pela frente. E o que faria com eles? Já não era esposa nem mãe; seus dois filhos tinham crescido e se casado. Então quem ela era?

Deveria ter terminado a faculdade. Ela se lembrou da vontade que tinha de ser designer de interiores. Tinha até feito um curso de teatro na faculdade e se saía muito bem na cenografia. Mas, enquanto se dedicava à criação dos filhos, o mundo a deixara para trás. A menos que entendesse de informática, ninguém tinha nenhuma chance de conseguir um bom emprego. E, quando se tratava das tecnologias modernas, Ruthie ainda estava na Idade Média. Sua médica lhe havia receitado uma espécie de antidepressivo, mas eles a deixavam ansiosa, então ela parou de tomar as pílulas. Preferia ficar deprimida a ficar ansiosa.

Ruthie estava numa encruzilhada. Ou ela virava à esquerda ou à direita, ou ficava sentada no lugar de sempre e esperava sua vez de ir para a Mansão Briarwood, ou, como seu pai costumava chamá-la, "a salinha de espera de Deus".

O Semanário Weems

(Boletim semanal da Parada do Apito, Alabama)
28 de abril de 1954

O salão de beleza vai fechar

Opal Butts me contou que, como a maioria de suas clientes eram as esposas dos trabalhadores ferroviários, e, devido à falta de clientes pagantes, ela vai precisar fechar o salão de beleza e se mudar para Birmingham. Sinal dos tempos, acho eu. Lembro que, quando eu era pequena, trinta ou mais trens passavam por aqui todos os dias, e agora são só quatro ou cinco. O xerife Grady disse que é porque hoje em dia as pessoas vivem muito apressadas e preferem entrar num avião a pegar um trem. Já eu falei para o Wilbur que não entraria numa daquelas latas voadoras nem se me pagassem uma fortuna.

Idgie Threadgoode diz que o movimento do café também diminuiu muito. Espero que ela consiga se manter. O que seria de nós sem o café? Vou torcer para que uma daquelas rodovias enormes de que tanto falam venha para o nosso lado e traga muita gente nova para a cidade.

Algo mais otimista: Idgie me contou que seu irmão Julian se mudou de Marianna, na Flórida, para Kissimmee e comprou um laranjal de dois acres. Também fiquei sabendo pela Idgie que o Buddy Threadgoode continua sendo um dos cinco melhores alunos de sua classe na universidade e pretende se tornar veterinário. E um outro passarinho (a mãe da Peggy) me contou que Buddy e Peggy logo trocarão votos na igreja. Como todos nós sabemos, a vida do Buddy não começou tão bem, mas parece que ele vai ganhar o final feliz que merece.

Por hoje minhas novidades acabaram, então, se tiverem alguma, me enviem. Tentem mandar notícias boas, se puderem. Estamos precisando mais do que nunca.

... Dot Weems...

P.S.: Eis um dado interessante para vocês: Sabiam que, até 1913, a lei americana permitia que se enviassem crianças pelo correio? Puxa vida! Que bom que eu não trabalhava entregando cartas naquela época!

Mansão Briarwood

Atlanta, Georgia
Dezembro de 2013

A mulher relativamente jovem de pele rosada e cabelo vermelho e frisado ajeitou os óculos com um gesto ágil enquanto examinava a lista de contatos que havia no computador do sr. Merris.

O sr. Merris, visivelmente preocupado, havia acabado de entrar em sua sala e dado a notícia, pedindo que ela ligasse para a filha do sr. Threadgoode "agora mesmo" e lhe contasse. Depois, ele havia saído por onde entrou, deixando-a com aquela bomba. Quando chegou aos nomes começados com C, ela foi tomada por um súbito pavor. Meu Deus, como ela desejou nunca ter aceitado esse emprego. Trabalhava na Mansão Briarwood havia apenas três meses, mas já estava arrependida. Se não tivesse acabado de comprar um Toyota *hatch* novinho, teria pedido as contas na primeira semana. O emprego exigia muito do emocional. Ela fazia a contabilidade e a folha de pagamento da empresa sem nenhuma dificuldade, mas odiava a obrigação de ter contato direto com as famílias, ainda mais quando precisava ser a portadora de más notícias. E por que o sr. Merris precisava que ela ligasse para a filha "agora mesmo"? Por que ele não esperava e fazia ele mesmo o telefonema? Ele se saía bem nisso, e estava acostumado. Ela, não.

Depois de encontrar o nome e as informações, ela respirou fundo e discou o número. Sentia o suor começando a se acumular sobre seu lábio superior. "Tomara que caia na secretária eletrônica, aí eu deixo uma mensagem." Mas, infelizmente, depois de três toques, uma pessoa de verdade atendeu.

"Alô?"

"É a sra. Brooks Caldwell?"

"Sim, é ela", respondeu uma voz agradável.

"Ahn... Sra. Caldwell, aqui é Janice Pool, diretora-assistente da Mansão Briarwood. Nos conhecemos da última vez que você esteve aqui, na recepção... Tenho cabelo vermelho, lembra?"

"Ah, sim. Tudo bem com você?"

"Ah, ahn... Não tão bem neste momento. Sinto muito por precisar lhe dar essa notícia, mas perdemos seu pai hoje de manhã, infelizmente."

"O quê?... Ah, não..."

"O sr. Merris me pediu para avisá-la o quanto antes."

Ruthie, que estava em pé diante da pia da cozinha, terminando de beber seu chá gelado, de repente se sentiu fraca. Ela foi até a mesa e se sentou.

"Sra. Caldwell? Ainda está na linha?"

"Estou, sim... Ah, meu Deus."

"Eu sinto muito."

"Meu Deus... O que aconteceu? Eu falei com ele ontem à noite."

"Ele não falou. Só sei que o sr. Merris parecia muito chateado e disse que foram circunstâncias muito incomuns. Ele me pediu para te avisar que vai ligar em uma hora para mais detalhes."

"Você não sabe as informações?"

"Não, desculpe... Não tenho."

"Onde meu pai está agora?"

"Não sei."

"Ah... mas... o sr. Merris não pode pegar o telefone e falar comigo agora?"

Janice olhou pela porta e viu que o sr. Merris continuava do lado de fora, na calçada, falando com o policial.

"Ele ainda está falando com as autoridades. Mas tenho certeza de que ele vai ligar assim que estiver livre. E, mais uma vez, eu sinto muito..."

Depois de desligar, Janice olhou pela janela mais uma vez. Sem dúvida havia alguma coisa estranha acontecendo. Ela nunca tinha visto o sr. Merris tão chateado. E por que ele havia ligado para a polícia? Isso era muito esquisito. Será que ele desconfiava de um crime?

Perdendo o papai

Quando desligou o telefone, Ruthie sentiu que tinha levado um soco no estômago. Depois, quando o susto inicial foi passando, ficou anestesiada. Como já havia passado por isso duas vezes, ela entendeu que estava em choque. Infelizmente, esse tipo de notícia devastadora não era incomum em sua vida.

Alguns meses antes, ela havia recebido aquele mesmo telefonema do sr. Merris, que lhe avisou que sua mãe falecera. E, três anos antes disso, uma amiga em comum ligou para lhe dizer que Brooks, seu marido de 48 anos e amor de sua vida, tinha morrido de repente durante uma partida de golfe. Como naquele dia, ambas as ligações tinham sido completamente repentinas. Ela sabia que um dia receberia essa ligação, mas, por mais que tentasse, ninguém estava de fato preparado para isso.

Ruthie sentia seu coração batendo acelerado, e suas mãos tremiam. Olhou o relógio de parede. Era quase meio-dia. O que deveria fazer? Será que deveria ligar para os filhos? Ou deveria só esperar a ligação do sr. Merris? Não, ela não ia ligar. Ia esperar até ter mais... informações. A menina tinha dito que acontecera naquela manhã. Depois ela se perguntou por que tinham demorado tanto para ligar. Não pareceu que o pai tinha morrido enquanto dormia. Será que ele ainda estava no quarto? Tinha sido algum tipo de acidente? Ela não achava impossível. Ultimamente ele tinha andado muito teimoso e só aceitava usar seu novo braço em ocasiões especiais, o que piorava a situação quando ele caía. Da última vez, ele caíra e quebrara o pulso. Ruthie suspirou. Depois que ela gastou todo aquele dinheiro, tempo e energia para mandar fazer a melhor prótese do mercado, por que ele não queria usá-la? De repente Ruthie se viu dividida: se por um lado estava arrasada, por outro estava furiosa com o pai.

Dez minutos haviam se passado. Ela deveria se antecipar e telefonar para o sr. Merris? Ou esperar que ele ligasse? *Meu Deus...* Ela olhou para o relógio de novo. "Por que ele está demorando tanto?"

O que tinha acontecido? E a que autoridades o sr. Merris se dirigia?

Quanto mais tempo ela passava pensando naquilo, mais se convencia de que tinha acontecido algum acidente. Alguns anos antes, um morador da Mansão tinha atravessado a faixa de pedestres sem olhar e uma caminhonete que estava dando ré o atropelou. O pobre coitado era tão surdo que não ouviu o aviso. Mas isso nunca aconteceria com seu pai. Ele tinha boa audição e ótima visão. Havia operado a catarata poucos anos antes. Havia feito uma cirurgia no quadril quatro anos antes e tinha um aparelho auditivo de última geração. Para uma pessoa de oitenta e quatro anos, sua saúde era a melhor possível. E não poderia ter sido um infarto, porque ele tinha acabado de colocar um marcapasso. Além do mais, a srta. Poole dissera que, fosse o que fosse, o que aconteceu tinha sido "incomum". O que ela quis dizer com "incomum"? Ele devia ter caído. Mas quedas não eram assim tão incomuns em pessoas de oitenta e poucos anos. Seu pai vivia caindo. Talvez dessa vez ele tivesse caído e batido a cabeça em alguma coisa. Ah, não. Ela torceu para que ele não tivesse sentido dor.

Olhou o relógio de novo.

Por que ela não tinha ido vê-lo na quarta-feira passada? Por que tinha ido no salão de beleza fazer aquelas bobagens naquele dia? Ah, meu Deus, como sempre, não importava tudo o que você tivesse feito pela pessoa quando estava viva, você sempre acabava esquecendo as coisas boas, e os arrependimentos começavam a vir à tona.

O que deveria fazer?, ela se perguntava. Graças a Deus ele tinha escrito sua história de vida para ela. Ela faria cópias e as daria para seus filhos. Eles teriam isso, pelo menos... Coitado do papai. Ele era uma pessoa muito boa. Ruthie queria ter tido mais tempo com ele.

Havia tantas coisas que ela queria ter lhe perguntado. Agora era tarde demais.

Nervosismo prolongado

O sr. Merris ficou na calçada balançando as mãos, a peruca castanha um pouco mais inclinada para a esquerda do que o habitual.

Ele e alguns membros de sua equipe estavam falando com um policial, que fazia perguntas e anotava informações.

"Pode me dizer o que ele estava vestindo quando o viram pela última vez?"

O sr. Merris se virou para o motorista de ônibus. "Jerome, você o viu pela última vez. Lembra?"

"Ahn... calça cáqui e uma blusa de tweed ou um casaco xadrez de lã. Vermelho ou verde, talvez?"

Enquanto o policial anotava as descrições, uma jovem ofegante saiu correndo do prédio e lhe entregou uma foto.

"Essa é a foto mais recente do nosso arquivo."

O policial pegou a foto e olhou para ela por um instante, depois a fixou no topo da prancheta, como se tivesse pouca importância.

O sr. Merris, que ficava cada vez mais inquieto, disse: "Olha, seu policial... você não pode só procurar por ele? Precisamos mesmo perder tanto tempo preenchendo um boletim de ocorrência? Quer dizer, por quanto tempo uma pessoa precisa sumir para ser considerada desaparecida? Como o senhor pode ver, ele é um homem muito velho, e estou muitíssimo preocupado com o bem-estar dele".

O policial voltou a olhar a foto. "Você disse que ele não tem um dos braços?"

O sr. Merris assentiu.

"Sim... Bem, às vezes."

O policial o olhou, confuso.

"Ele tem uma prótese."

"Uma o quê?", perguntou o policial.

"Um braço artificial."

"Ah... Entendi. Direito ou esquerdo?"

"Desculpe?"

"Braço direito ou esquerdo?"

"Ah..."

O sr. Merris não tinha certeza e recorreu à enfermeira, que respondeu: "Esquerdo".

O sr. Merris repetiu: "Esquerdo. Mas, às vezes, ele não usa a prótese".

A enfermeira completou: "Mas ele sempre usa em ocasiões especiais".

O policial anotou no boletim: *Talvez não tenha o braço esquerdo*.

"Mas então... o senhor diria que ele está com a saúde debilitada? Fragilizado?"

"Não, não. Fragilizado, não", o sr. Merris disse. "Mas ainda assim ele é um idoso que corre riscos e que está desaparecido há seis horas. Isso sem falar que o sr. Threadgoode é de uma família muito importante."

O policial tirou os olhos da prancheta, parecendo indiferente. "Ele tem Alzheimer?"

O sr. Merris balançou a cabeça. "Não, talvez um pouco de demência."

A enfermeira assentiu. "Talvez, só um pouco, mas ele está funcional, com certeza."

"Ele tem estado deprimido? Alguma menção a suicídio?"

"Não, não, nada disso", respondeu o sr. Merris. "O sr. Threadgoode é mais..." Ele pediu ajuda à diretora de atividades. "O que você diria, Hattie? Animado?"

"É, ele é um grande piadista, na verdade. É muito engraçado. Semana passada ele..."

O sr. Merris a interrompeu: "Eu não entendo como isso pode ter acontecido, seu policial. Todos os motoristas de ônibus de Briarwood recebem o melhor treinamento. Eles são orientados a *nunca, jamais*, sair do estacionamento antes de todos os residentes estarem no ônibus. Mas, como eu já disse, assim que percebemos que o sr. Threadgoode tinha sumido, Jerome deu meia-volta na mesma hora e voltou à igreja, mas ele não estava mais lá".

Jerome confirmou: "Procurei por todo lado... Olhei até nos banheiros".

O policial fechou sua prancheta e disse: "Ótimo. Acho que já tenho tudo de que preciso, então vou registrar o desaparecimento e falar para minha equipe ficar alerta".

"Ah, tudo bem. E depois?"

"Depois espero que nós o encontremos."

Por que ele não telefona?

Ruthie olhou para o relógio. Já haviam se passado mais de vinte e cinco minutos. Por que ele não telefonava? Será que ela deveria entrar no carro e ir até lá? O que deveria fazer? Ela se sentiu muito impotente. Sempre tinha imaginado que, quando esse dia de fato chegasse, Brooks estaria ao seu lado para ajudá-la, cuidando de tudo como sempre fizera. De repente, ela se deu conta: agora que Brooks e seu pai tinham partido, não tinha mais ninguém a quem pedir ajuda. Ela nunca tinha se sentido tão sozinha na vida.

Alguns anos antes, o advogado da família havia dito que todos os documentos de seu pai estavam em ordem, mas ela não sabia detalhes. A única coisa que seu pai lhe dissera foi que, quando ele morresse, ela teria uma surpresa. Só Deus sabia o que era. Papai era tão bobo. Sempre fazendo de tudo para os outros darem risada.

A essa altura, Ruthie não sabia quanto dinheiro seu pai ainda tinha. Sabia que, antes de seus pais se mudarem para Briarwood, ele tinha gastado uma fortuna com médicos e cuidadores para sua mãe. Mas ela não se importava com isso. O dinheiro era dele, e cabia a ele decidir como usá-lo. Seu pai tinha trabalhado muito a vida toda e merecia cada centavo.

Ela olhou novamente o relógio.

Ah, meu Deus. Se pudesse viver tudo de novo, depois da morte de sua mãe, teria insistido para ele ir morar com ela, porque assim poderia ter ficado de olho nele. Mas, por outro lado, seu pai parecia gostar de viver na Mansão.

E tinha feito muitas amizades. Se ele tivesse ido morar com ela, sua sogra não o trataria tão bem.

Olhou para o relógio de novo. Por que o sr. Merris não ligava?

Ela não suportava a ideia de dar a notícia aos filhos. Sabia que os dois ficariam arrasados. Ruthie se perguntou se deveria planejar um velório ou algo do tipo.

O que sabia era que ele queria ser enterrado na Parada do Apito, onde toda a família Threadgoode estava. Ela sabia disso. Mas não sabia ao certo onde ficava o cemitério da Parada do Apito, nem se o local ainda existia. Nesse momento, algo lhe passou pela cabeça. Com a morte de seu pai, ela era a última Threadgoode viva.

O FUGITIVO

BUD THREADGOODE HAVIA tido a impressão de que o novo motorista de ônibus não era lá muito inteligente. E, como nesse momento estava a onze quilômetros da Mansão Briarwood, sentado numa unidade do café Waffle House que ficava em frente à estação de trem de Atlanta, concluiu que esse palpite estava certo.

Na manhã daquele dia, depois que o pequeno ônibus branco com os dizeres "Mansão Briarwood – Casa de repouso diferenciada" na lateral partiu do estacionamento da Igreja Batista, Bud saiu do banheiro da igreja onde estava se escondendo. Ele olhou lá fora e, vendo que o ônibus não estava voltando para buscá-lo, foi correndo até a grande igreja católica que ficava a poucos quarteirões dali. Precisava encontrar alguém que pudesse chamar um táxi para levá-lo até a estação de trem. Ruthie havia lhe comprado um novo celular especial para idosos, e o único deslize de Bud foi que, na pressa para sair, tinha esquecido o aparelho sobre a cômoda. Mas, por sorte, quando chegou lá, ainda havia muita gente andando pelo estacionamento da igreja católica. Ele perguntou para uma família de mexicanos muito simpáticos, que estavam indo embora, se podiam lhe chamar um táxi, e o pai disse que seria um prazer levá-lo até lá. Quando o deixaram na frente da estação, do outro lado da rua, Bud tentou pagar pela carona, mas eles não aceitaram. Em vez disso, a vovozinha muito pequena e frágil que estava no banco de trás lhe deu um santinho de Nossa Senhora de

Guadalupe, e ele aceitou com prazer. Para fazer o que planejava, toda ajuda era bem-vinda.

Bud não queria decepcionar ninguém, nem sumir de vez. Só queria andar de trem. Não foi uma decisão tomada de última hora. Vinha planejando essa pequena travessura havia algum tempo. Nos últimos meses, havia pegado ônibus para ir a uma igreja diferente a cada domingo, só para confundir a equipe da Mansão.

Ele tinha dado um jeito de descobrir os horários do trem e, na última sexta-feira, havia entrado escondido na sala da nova assistente enquanto ela almoçava. Uma vez ali, imprimiu a passagem para uma viagem de ida e volta. Ia pegar o trem da Amtrak, de Atlanta a Birmingham, e voltaria a Atlanta no mesmo dia. Com sorte, estaria de volta a Briarwood a tempo de jantar. Se tudo corresse bem, eles nem notariam sua ausência. Não queria chatear Ruthie, disso não havia dúvida; ela já tinha problemas demais para se preocupar com ele.

Bud estava muito ansioso para fazer essa viagem mais uma vez. Quando era menino, a tia Idgie era amiga de todos os trabalhadores ferroviários da Parada do Apito, e, sabendo como ele adorava trens, os maquinistas sempre o deixavam embarcar, ir até Atlanta e voltar. Sua mãe não ficava lá muito feliz, mas deixava que ele fosse, contanto que voltasse antes de anoitecer. Como se divertia naquelas viagens! Os maquinistas deixavam que ele acionasse o apito em todos os cruzamentos. E, na volta para casa, os carregadores do Crescent sempre lhe davam um sanduíche de presunto e queijo e uma tigela prateada cheia de sorvete de baunilha do vagão-restaurante. Não existia menino mais sortudo no mundo!

Tudo o que ele queria era passar de trem pela Parada do Apito uma última vez. Ouvira falar que não tinha sobrado quase nada da cidade. Mas, mesmo assim, queria vê-la.

Tempo de sobra

Enquanto encontrava a plataforma e esperava o trem, Bud se sentiu feliz e triste ao mesmo tempo. Ele queria fazer essa viagem enquanto ainda estivesse lúcido e em boas condições físicas. Estava começando a se perder um pouco e sabia disso. Naquele dia mesmo, tinha saído e se esquecido do celular. Até onde ele sabia, essa podia ser sua última viagem ao Alabama.

Por anos, Bud tinha jurado de pé junto que nunca se tornaria um daqueles velhos esquisitões que passavam o dia inteiro falando do passado. Mas, ultimamente, só Deus sabe o quanto vinha pensando no passado. Tinha que admitir que havia se tornado um membro de carteirinha do clube do "No meu tempo...".

Depois que embarcou no trem de longa distância da Amtrak com destino a Birmingham, Bud atravessou o corredor e viu um assento vazio ao lado de uma pessoa jovem de aparência simpática. Ele precisou olhar duas vezes, porque a pessoa tinha prendido o cabelo numa espécie de coque. Mas, quando chegou mais perto, viu que era um rapaz.

"Com licença, filho, tem alguém sentado aqui?", perguntou.

"Não, senhor, pode sentar."

"Obrigado."

Depois de se sentar, Bud perguntou: "Para onde você vai hoje? Vai lá para Nova Orleans, é?".

"Não, senhor. Estou indo para Birmingham, voltando pra casa."

"Ah, eu também."

"O senhor também é de Birmingham?"

"Não, mas de perto dali. Sou de um lugarzinho quase na fronteira, de que você nunca deve ter ouvido falar, chamado Parada do Apito."

O jovem disse: "Parada do Apito? Nossa, acho que me lembro da minha avó falando em passar por uma cidade chamada Parada do Apito".

"É mesmo?"

"É, sim, senhor. Meus avós iam de trem para Nova York todos os anos. Iam fazer as compras de Natal lá."

"Bem, eu cresci na Parada do Apito, mas, como tantas coisas, a cidade não existe mais. As coisas mudam, o tempo passa."

O rapaz olhou com uma expressão empática. "Eu sei bem como o senhor se sente. O bairro onde cresci mudou muito desde a minha infância."

"Entendo... Será que posso perguntar a sua idade, filho?"

"Tenho vinte e dois anos."

"Que sorte a sua! Vinte e dois é uma idade ótima." Então Bud deu risada. "Se for pensar, todas as idades são ótimas. É o que acho, pelo menos. Algumas são melhores que as outras, mas todas trazem algo de bom. Como é seu nome?"

"William Hornbeck Jr. Mas me chamam de Billy."

"Bem, prazer em conhecê-lo, Billy. Meu nome é Bud Threadgoode. Vou fazer oitenta e quatro anos na semana que vem."

"Caramba. Como é ter oitenta e quatro anos?"

"Ainda não sei, mas posso te contar como é ter oitenta e três."

"E como é, senhor?"

"Você só faz o que quer, sem pressão." Buddy olhou para ele e sorriu, e o jovem deu risada.

"Isso deve ser ótimo, viu? Faço faculdade na Emory. A pressão não é pouca."

"É mesmo? O que você está estudando?"

"Sociologia aplicada."

Bud assentiu.

"Olha, não faço a mínima ideia do que é isso, mas você deve ser um cara muito inteligente. Eu sou aposentado."

Bud tirou sua carteira de couro marrom do bolso e a abriu.

"Essa na foto é a minha filha, a Ruthie, quando ela tinha seis anos... E aqui foi quando ela foi eleita rainha do baile de formatura."

"Nossa, ela era linda."

Bud sorriu. "Obrigado. Ela ainda é. Essa é ela com meus dois netinhos. Ruthie perdeu o marido alguns anos atrás. Foi difícil, mas ela sacudiu a poeira e seguiu a vida. Fico tão orgulhoso, não sei o que seria de mim sem ela. Melhor filha do mundo. Me liga todo dia. Falei com ela hoje mesmo... Claro, não contei para onde eu ia."

"Ela é sua filha única?"

"É, e já tirei a sorte grande."

Billy disse: "Eu também sou filho único".

"Olha só! Mal nos conhecemos e já temos algo em comum. Eu também sou. Até que eu gostava de ser o único, mas tem gente que acha muito difícil. O marido da Ruthie também era filho único, e acabou tendo muitas responsabilidades por isso. Até demais, na minha opinião. Por isso não conto muita coisa para a Ruthie. Não quero que ela fique muito preocupada."

"Aliás, esse casaco do senhor é incrível."

"Ora, ora, obrigado. Minha esposa comprou para mim. Tenho esse casaco desde 1959 e parece novinho, não acha?"

"Parece mesmo. Posso perguntar, sr. Threadgoode, com que o senhor trabalhava?"

"Claro que sim. Eu era médico veterinário."

"Veterinário... Que legal! O senhor sempre quis ser veterinário?"

Bud confirmou com a cabeça. "Acho que sim. E acho que a culpa é da minha tia Idgie. Ela era apaixonada por animais. Desde que me conheço por gente, ela sempre teve gatos e levava pra casa todos os bichos abandonados que encontrava nos arredores da cidade. Alguns estavam tão doentes ou machucados, à beira da morte, mas ela dava um jeito de fazer com que sobrevivessem. Gambás, passarinhos, esquilinhos, o que você imaginar. Uma vez levaram para ela uma galinha que tinha perdido os dois pés num acidente, e adivinha? Ela conseguiu fazer dois pés novos para o bicho."

"Como ela fez isso?"

"Ela pegou dois sapatinhos de bebê e os colou nas pernas da galinha. Não demorou para a gente ver a galinha correndo pelo quintal inteiro com os sapatinhos cor-de-rosa."

"Sério?"

"Sério, e, quando o sapatinho caía, ela só colava outro. Uma vez chegou até um jacaré com metade do rabo cortado."

"Um jacaré?"

"Isso mesmo. Meu tio Julian estava morando na Flórida naquela época. Ele achou o jacaré no acostamento da estrada e o levou para a tia Idgie. Ela o deixou numa banheira de cimento nos fundos do café, com arames na parte de cima, para ele não fugir."

"Era perigoso?"

"Ah, pode apostar que sim. Uma vez, ele se soltou e ficou escondido debaixo da escada. E na manhã seguinte, quando eu desci para ir à escola, ele pulou e me deu uma tremenda mordida."

"Não..."

"Sim, quase arrancou minha perna fora."

Billy ficou horrorizado. "Não... Sua perna?"

Bud sorriu. "Bem... Foi um dedão, não muito mais que isso. Mas é uma história das boas, né?"

Billy respondeu: "É, um jacaré... Caramba".

Bud sorriu. Ele ia se divertir bastante com aquele rapaz.

Mansão Briarwood

Atlanta, Georgia

Enquanto viam a viatura de polícia se afastar, o sr. Merris se voltou para o motorista de ônibus, que continuava nervoso. "Já aviso, Jerome, que se alguma coisa acontecer com o sr. Threadgoode e a família nos processar... Estou pensando em te pedir um exame toxicológico."

Jerome arregalou os olhos. Ele não era nenhum drogado, mas fumava um pouco de maconha de vez em quando.

O sr. Merris olhou para ele e disse: "Não, pensando bem, é melhor não. Se encontrassem alguma coisa, a lei nos responsabilizaria. O que não consigo entender é por que você não verificou a lista antes de sair do estacionamento".

"Eu verifiquei, sr. Merris. E juro que ele não estava na lista."

"E o que ele estava fazendo no ônibus da Igreja Batista? Ele deveria estar no ônibus para a Metodista."

O sr. Merris se virou para a diretora de atividades, que estava ali por perto, na calçada. "Hattie, você estava presente quando eles embarcaram. Sabe se o sr. Threadgoode entrou no ônibus da Igreja Batista?"

"Bem... Alguns meses atrás, eu me lembro de vê-lo no ônibus da Igreja Presbiteriana, e, na semana passada, ele pegou o ônibus da Igreja Unitarista. E, na semana retrasada, acho que posso tê-lo visto no ônibus da Ciência Cristã, mas ele sempre colocava o nome na lista, até hoje."

"Por que ele estava trocando tanto de igreja?"

Hattie deu de ombros. "Ele disse que estava em uma busca espiritual."

"Ah, que ótimo", o sr. Merris disse. "Bem, graças a vocês dois, se ele não aparecer logo é a gente que vai estar em uma busca *profissional*."

Enquanto todos voltavam para a clínica, seguindo o sr. Merris, a amiga de Hattie que trabalhava no refeitório a alcançou e começou a andar ao seu lado.

"O que está acontecendo?", ela perguntou num sussurro.

"O sr. Threadgoode fugiu."

"É mesmo?"

"É. Fugiu do galinheiro."

"Quando?"

"Hoje de manhã."

"Ele fez bem."

"Pois é. E o sr. Merris está tendo um ataque."

O MAL-ENTENDIDO

SIM, O SR. Merris estava *mesmo* tendo um ataque, e, na opinião dele, com razão. Já havia acontecido de residentes da Mansão se perderem pelos arredores, naturalmente. Com um grande centro especializado em Alzheimer na propriedade, isso era esperado. Mas, daquelas outras vezes, sempre haviam encontrado os pacientes em menos de uma hora, em algum lugar do terreno. A essa altura, o sr. Threadgoode estava desaparecido havia três horas e meia, e isso poderia custar o emprego do sr. Merris. Não era só por terem perdido um residente sob sua supervisão, a preocupação maior era por se tratar daquele residente específico.

Richard Merris começara sua vida profissional como diretor do coral da grande Igreja Episcopal de Todos os Santos em Peachtree. Era a igreja que todas as famílias abastadas e conhecidas de Atlanta frequentavam. E, quando a hora chegou, a Mansão Briarwood se tornou a casa de repouso mais procurada da região.

Onze anos antes, quando a sra. Sockwell, antiga diretora de operações da Mansão Briarwood, teve o que mais tarde descreveram como um "leve colapso", o sr. Merris teve a sorte de ser indicado ao cargo por ninguém menos que a sra. Martha Lee Caldwell. Ela não só era membro vitalício do conselho da Briarwood, como os pais de seu marido tinham fundado a instituição. As velhas gerações da família Caldwell haviam doado o terreno, a construção e todas as artes que embelezavam os corredores. O sr. Threadgoode não chegava a ser um Caldwell, de fato; ele era pai da nora de Martha. Mas, ainda assim, o sr. Merris não queria aborrecer Martha Lee de jeito nenhum. Ele sabia que, se algo acontecesse com o sr. Threadgoode, estaria frito. Frito, assado e cozido.

O sr. Merris voltou até seu escritório, sentou-se diante da mesa, pegou o antiácido que guardava na gaveta e chamou a srta. Poole.

"Ligou para a filha?"

"Sim, senhor."

"Mas, quando falou com ela, você não pareceu muito preocupada, não, né? Acho que precisamos colocar o máximo de panos quentes que pudermos, pelo tempo que pudermos."

"Eu só falei o que o senhor pediu para eu falar: que perdemos o pai dela e que mais tarde o senhor telefonaria para dar mais informações."

"Tudo bem. E você falou mais alguma coisa?

"Não, senhor. Eu não sabia mais o que falar."

"Ótimo, então. É melhor eu lidar com isso de uma vez. Só peço a Deus que ela ainda não tenha ligado para a sogra."

O sr. Merris se olhou no espelho, ajustou a peruca, puxando-a um pouco para a direita, e se preparou para o que poderia ser um telefonema difícil. Dentro do que a situação permitia, queria parecer o mais informal possível. "Fale com um sorriso na voz", ele disse, "e fique calmo". Ele sorriu e discou o número. Ruthie atendeu depois do primeiro toque.

"Alô?"

"Sra. Caldwell", ele disse, com uma voz melosa. "Aqui é Richard Merris. Como vai? Escute, minha cara, sei que a srta. Poole ligou e contou um pouco do que aconteceu."

"Sim... ela contou."

"Não queria incomodá-la, mas, para ser sincero, sra. Caldwell, não acho que seja algo tão grave. Eu sei, é um pouco desconcertante não saber onde ele está agora, mas aposto que um dia a gente vai rir disso."

Ruthie ficou se perguntando se quem tinha enlouquecido era ela ou ele.

"Sr. Merris... Não estou entendendo. Por que algum dia eu riria da perda do meu pai?"

"Ah, não... Eu não quis ofender a senhora. Só quis dizer que, quando o localizarmos, e ele estiver bem, vamos rir por termos nos preocupado tanto, só isso. E, para ser mais exato, nós não o perdemos de verdade. Ele só desceu do ônibus da Briarwood e saiu andando."

"O quê?"

"Sim, e minha equipe acabou de me informar que há algum tempo, todos os domingos, seu pai pega o ônibus errado, e, odeio dizer isso, sra. Caldwell, mas para ser sincero, estou começando a achar que foi tudo uma travessura, e que essa... ahn... pegadinha já tinha sido planejada havia muito tempo, e não foi um descuido da nossa parte. Mas, dito isto, eu lhe garanto que vamos fazer tudo o que for possível."

A essa altura, Ruthie já estava zonza.

"Espera... só um minuto. Que ônibus? Estou confusa. Meu pai não morreu?"

O coração do sr. Merris quase parou de bater. "Morreu? Você soube de alguma coisa? Alguém te ligou?"

"Sim, a srta. Poole me ligou e disse que meu pai morreu hoje cedo."

"O quê? Ela disse que seu pai tinha *morrido*?"

"Foi o que eu entendi."

"Seu pai não morreu. Ele só está desaparecido. Ah, meu Deus do céu, me dá um instante, sra. Caldwell?" Ele cobriu o bocal do telefone e gritou na direção da sala ao lado. "Srta. Poole, VEM AQUI... AGORA MESMO! Sra. Caldwell, já ligo de novo para a senhora. Tenho que demitir uma pessoa."

Janice Poole, que esperava esse momento havia algum tempo, já tinha colocado seus pertences numa caixa e estava saindo pela porta. Ela ia mandar o carro novo para o inferno e ia comprar uma bicicleta.

Depois de desligar o telefone, Ruthie caiu no choro. Ela havia passado por um dos piores momentos de sua vida. Tinha entendido que seu pai estava morto, e, de repente, descobriu que ele estava vivo. Uma onda de alívio a invadiu. Graças a Deus, não tinha ligado para os filhos e os entristecido sem motivo. Seu pai estava vivo. Tanta preocupação por nada. Então ela começou a se dar conta. Sim, ele estava vivo, mas, segundo o sr. Merris, continuava desaparecido. Ah, meu Deus. Ruthie não sabia mais se deveria se preocupar com ele ou não. Seu pai era famoso pelas bobagens que fazia. E, se desaparecer assim se revelasse uma de suas brincadeiras, quando ele aparecesse, ela iria matá-lo.

Trem

Vagão 6
Assentos 11 e 12

Bud Threadgoode e Billy Hornbeck estavam concentrados na conversa. Billy achou interessante que Bud fosse veterinário e quis saber mais do assunto. Bud ficou contente em distrair o rapaz contando algumas de suas experiências.

"É claro que tive muita sorte", ele disse. "Na minha profissão, sempre lidei com pessoas muito agradáveis. Mas encontrei algumas maçãs podres pelo caminho. Sabe, Billy, dá para saber quase tudo sobre uma pessoa pela forma como ela trata seus animais. Eu gosto de quase todo mundo e consigo perdoar muita coisa. Mas não tenho nenhum respeito por uma pessoa que maltrata animais. Minha tia Idgie era igualzinha. Uma vez, ameaçaram matar o gato dela. E, naquela época, não tinha nenhum órgão do governo para o qual você pudesse ligar. Você tinha que fazer justiça com as próprias mãos."

"E ela fez?"

"Ah, sim. E quase foi presa por causa disso."

"Sério?"

"Tudo começou quando um cara chamado Arvel Ligget, de Pell City, começou a ir à Parada do Apito. Ele ficava importunando as mulheres da cidade, babando atrás das moças mais novas, esse tipo de coisa. Um cara malvado, mesmo. Enfim, ele sempre ia ao café e ficava por lá, mas um dia, quando estava sentado num canto, começou a falar obscenidades para a minha mãe. E, antes que eu me desse conta, a tia Idgie tinha dado a volta pelo balcão, agarrado o homem pela gola da camisa e o arremessado pela porta, dizendo para ele nunca mais pisar ali."

"Sério?"

"Ah, sim. E, depois que ela pôs o tal do Arvel para fora desse jeito, ele ficou muito bravo. Ele tinha visto o gato branco da tia Idgie entrando e saindo do café, e disse para alguém que, à primeira chance que tivesse, voltaria lá para matar o gato, para se vingar dela. E, minha nossa, quando a tia Idgie ouviu que ele tinha ameaçado fazer isso, ela entrou no carro dela, foi até Pell City e achou o cara no salão de bilhar. Ela entrou e disse que, se ele chegasse perto do café ou do gato, ela atiraria nele."

"Caramba... E ele voltou lá?"

"Ah, sim, ele decerto voltou."

"E o que aconteceu?"

"Bem, eu era muito novo na época, mas me lembro muito bem daquela noite. E o que posso te dizer é que quando ouvi o tiro de espingarda, levei o maior susto."

Parada do Apito, Alabama

1933

Muitos dos frequentadores do salão de bilhar de Pell City tinham ouvido Idgie gritar com Arvel naquele dia, e isso o havia deixado ainda mais furioso. Ele não permitiria que uma mulherzinha qualquer o assustasse ou lhe desse ordens. Aquele gato tinha que morrer.

Algumas semanas depois, eram por volta de três da manhã quando Arvel, munido de um taco de beisebol e uma faca, entrou escondido pelos fundos do café. Ele passou devagar pelo jardim e pelo galinheiro. E, à medida que se aproximou do café, viu o gato branco e gordo de Idgie dormindo nos degraus mais altos, sob a luz da lua. Quando chegou mais perto, começou a sussurrar: "Vem cá, gatinho".

No instante em que Idgie ouviu as galinhas cacarejando, ela se sentou na cama. Quando ouviu o barulho de novo, se levantou e foi até a janela. Abriu uma fresta da cortina a tempo de ver Arvel Ligget avançando na direção do café. Então ela foi, andando na ponta dos pés, até a espingarda de calibre 20 carregada, que sempre ficava ao lado da porta, e a pegou. Esperou o momento em que calculava que o homem estivesse a cerca de sete metros dali, com margem de erro de alguns centímetros, e abriu a porta dos fundos com um chute, gritando: "Corre, senão você vai morrer, seu filho da puta!". Contou até três e puxou o gatilho. Depois da explosão repentina, Ruth se sentou na cama e deu um grito, Buddy começou a chorar e todos os cães da cidade, a latir. De repente, o caos se instaurou. As luzes de todas as casas se acenderam, as pessoas começaram a sair no quintal de pijama, querendo saber o que tinha acontecido.

Algumas horas depois, bem quando o sol estava nascendo, o xerife Grady Kilgore foi até os fundos do café, onde Idgie e Ruth estavam esperando. Idgie tinha tirado a camisola e estava vestida, esperando ser presa e ir para a cadeia. Buddy estava assustado, agarrado a ela, e Ruth estava em prantos.

Quando Grady entrou, Idgie olhou para ele.

"E então... Matei ele ou não?"

Grady sentou-se à mesa e colocou o chapéu novamente. "Nada... Você não matou o cara."

"Ah, graças a Deus", disse Ruth, aliviada.

"Mas ele continua lá no hospital. Da última vez em que o vi, ainda estavam tirando muitos estilhaços dele. Por Deus... onde foi que você mirou, Idgie?"

"Nas costas dele, por quê?"

"Bem, ele deve ter se virado, porque não foi nas costas que você acertou, disso não há dúvida."

"Onde eu acertei?"

Grady deu risada. "Digamos que ele vai passar um tempo sem importunar as moças. Talvez nunca mais volte a correr atrás delas, do jeito que as coisas vão. Você me serviria uma xícara de café, Ruth, por favor? Só um pouquinho de creme, sem açúcar."

"Ele vai dar queixa contra mim?", perguntou Idgie.

"Ah, ele ia, mas expliquei que seria melhor desistir."

Ruth serviu o café e entregou a xícara ao xerife.

"Obrigado, Ruth. Acho que eu o convenci de que seria melhor só voltar para Pell City e não vir mais para esses lados. Eu disse que, se ele voltar, não posso garantir a segurança dele."

"O que ele disse?"

"Disse que você é uma louca que deveria estar presa para o bem da comunidade."

"O que você disse?"

"Eu concordei."

Nesse exato momento, o gato branco de um olho só entrou pela porta, pulou na mesa e começou a tentar beber o café de Grady. O xerife logo afastou a xícara, olhou para o gato e disse: "Vou te dizer que o senhor é um gato muito sortudo. Porque se o Ligget tivesse te pegado ontem à noite, você seria um gato morto hoje". Grady bebeu o restinho do café e se levantou. "Bem, preciso preencher meu relatório... Tiro acidental."

Uma Ruth muito aliviada disse: "Obrigada, Grady".

"Por nada."

Ele foi até a porta, depois se virou e disse: "Idgie, pode me fazer um favor?".

"Claro, Grady, qualquer coisa."

"Se um dia você for me dar um tiro, me avisa antes, para eu poder me virar, tá?"

O xerife Grady Kilgore conhecia Idgie desde que os dois eram crianças e a vira quase todos os dias de sua vida. Depois, quando adulto, ele tinha comido no café mais vezes do que comia em casa, o que muito agradava a Gladys Kilgore. Assim ela não precisava cozinhar tanto. Mas, quando foi embora naquela manhã, Grady ficou contente que Idgie tivesse levado um susto, pensando que seria presa. Ela era muito explosiva e inconsequente, e acabava se prejudicando. Todo mundo na cidade sabia que, uma vez, Ruth a havia abandonado por causa das bebedeiras e de seu vício no jogo. Se Idgie não tomasse cuidado, uma hora dessas ela poderia acabar fazendo alguma outra loucura e se metendo em problemas mais sérios. Problemas de que o xerife não poderia livrá-la. Mas, por ora, ele nunca teria permitido que Arvel Ligget prestasse queixa. Ele não dissera isso a Idgie porque não queria estimulá-la a atirar em mais gente, mas Ligget tinha feito por merecer. Qualquer pessoa que tentasse matar um gatinho indefeso fazia por merecer. Grady tinha 1,95m de altura e parecia casca-grossa, mas tinha coração mole.

* * *

Arvel Ligget nunca mais voltou à Parada do Apito. Ele tinha medo do xerife Kilgore. Mas, naquele dia, ele havia prometido para si mesmo que, se algum dia visse Idgie Threadgoode fora da cidade, faria com que ela pagasse pelo que tinha lhe causado.

A bordo do trem

Vagão 6
Assentos 11 e 12

Depois, quando ambos sentiram fome, Bud e Billy foram até o vagão-restaurante e voltaram com sanduíches de presunto e queijo embalados em papel celofane. Bud não andava de trem havia muito tempo, e aquela lanchonete minúscula nem se comparava aos vagões-restaurante formais que os trens de antigamente tinham. Mas ele não disse nada; só pediu o sanduíche e uma Coca-Cola.

Enquanto comiam o almoço, Bud contou a Billy a história de como ele havia perdido o braço e sua tia Idgie o apelidara de Cotoco. "Eu estava triste com a situação, sofrendo muito. Ela disse que era melhor me chamar de Cotoco logo, antes que os outros começassem." Bud deu risada. "Ela fez até um velório para o meu braço. E passei um bom tempo sendo chamado de Cotoco, até a minha mãe dar um basta naquilo. Minha mãe era muito elegante e correta. Já a tia Idgie não tinha nem um fio de cabelo elegante na cabeça. Ela vivia contando piadas e fazendo brincadeiras. Todo mundo sabia que, se era pra fazer graça, ela sempre estava disposta a se divertir."

A essa altura, o trem já estava quase na metade do caminho até Birmingham. "Parece mesmo que o senhor se divertiu muito crescendo naquele café", Billy comentou.

Bud sorriu. "Eu me diverti mesmo. Conhecia todos os trabalhadores da ferrovia. Todos iam tomar café da manhã no café. Mas também recebíamos muita gente que tinha ouvido falar do café, e nunca dava para saber quem ia entrar lá naquele dia. É, eu conheci muita gente interessante lá. E um boneco muito interessante também."

"Quem era esse?"

Bud deu risada. "Ah, é uma longa história..."

"Eu adoraria ouvir", disse Billy, dando uma mordida em seu sanduíche.

Parada do Apito, Alabama

1937

Numa manhã quente e úmida de agosto, um Packard verde-escuro com uma placa de papelão em que se lia "Os cantores da família Oatman em sua viagem em nome de Jesus" estacionou em frente ao café. Alguns minutos depois, uma mulher corpulenta saiu do banco de trás com certa dificuldade e foi até a porta de tela do café. Ela abriu, entrou e anunciou em voz alta: "Sou a Minnie Oatman! Vim experimentar os famosos tomates verdes fritos. Estou no lugar certo?".

Uma Ruth assustada olhou para a mulher, que era da largura da porta pela qual acabara de entrar, e ficou boquiaberta. Mas Idgie, que tinha visto uma foto de Minnie num cartaz em um orelhão em Gate City, a reconheceu na mesma hora, dizendo: "Com certeza, sra. Oatman. Pode entrar!".

"Ah, ótimo. Eu e os meninos estávamos fazendo uma apresentação gospel que durou a noite toda em Gate City e falei para o meu marido, Ferris, que não sairia do Alabama sem encher a pança."

Minnie foi até o balcão andando lentamente e olhou para os banquinhos.

"Meu bem, você vai precisar me cobrar em dobro. Não consigo me sentar num banquinho minúsculo desses." Então, com muito esforço, ela se ergueu e se sentou em dois bancos. Depois perguntou a Idgie: "Qual é seu nome, meu bem?".

"Eu sou a Idgie, e essa é a Ruth."

"Que ótimo conhecer vocês. Deixei os meninos dormindo no carro. Eles preferem dormir a comer. Eu, não. Eu vou querer um prato de tomates verdes fritos e um chá gelado." Sipsey colocou a cabeça por entre as portas duplas que levavam à cozinha e deu uma olhada em Minnie. Minnie a viu e gritou: "Estou vendo a Sipsey Peavey?".

Sipsey respondeu: "Sim, senhora".

"Olha, menina, a mulher que me indicou este lugar disse que você é a melhor cozinheira do Alabama. É isso mesmo?"

Sipsey deu uma risadinha. "É, sim, senhora."

No momento em que Minnie ia pedindo mais uma dúzia de tomates verdes fritos e metade de um bolo de coco para viagem, Buddy Threadgoode, então com sete anos, atravessou o café a caminho de seu quarto. Quando ele passou, Idgie o agarrou pelas costas da camisa. "Ei, ei... Vem cá. Quero te apresentar para uma pessoa. Buddy, essa é a sra. Oatman, e ela e sua família são cantores gospel muitos famosos."

Buddy arregalou os olhos. Ele nunca tinha visto uma pessoa tão gorda.

"Ora, olá, Buddy", disse Minnie. Então ela olhou para ele e perguntou: "Cadê o seu bracinho, querido?".

Ruth interveio. "Ele sofreu um acidente, sra. Oatman."

Minnie fez uma cara triste e disse: "Ah, que pena... Mas é o Senhor quem dá a vida e a tira. Quantos anos você tem, pequeno Buddy?".

"Sete", Buddy conseguiu responder em voz baixa.

"Sete? Que gracinha... Tenho uma pessoa lá no carro que ia adorar te conhecer."

Ela se virou para Idgie: "Querida, corre lá fora e acorda o Floyd, fala para ele trazer o Chester aqui. Quero que ele conheça alguém".

Alguns minutos depois, um homem de aparência malcuidada entrou pela porta trazendo um pequeno boneco de ventríloquo de madeira com lábios vermelhos de madeira, sardas pintadas e uma peruca loira. O boneco vestia um traje de caubói vermelho e um chapéu combinando. Era conhecido profissionalmente como Chester, o único boneco do mundo que declamava trechos da Bíblia e cantava hinos religiosos.

Minnie disse: "Chester, esse aqui é o Buddy... Diga oi pra ele".

Chester ganhou vida de repente. Olhou para Buddy, piscou os olhos, ergueu as sobrancelhas algumas vezes e disse: "Olá, Buddy! Como vai você?".

Buddy ficou boquiaberto. Ele nunca tinha visto nada parecido com aquilo. "Vou bem", respondeu, com uma voz tão baixa que quase não se ouvia.

Chester perguntou: "Quantos anos você tem, Buddy?".

"Sete."

"Iupi! Eu também. Quer ser meu amigo?"

Buddy fez que sim. "Quero."

"Ótimo! Vamos dar as mãos para selar essa amizade." Chester estendeu sua mãozinha de madeira, e Buddy a pegou.

Então Minnie disse: "Ei, Chester. Por que você não canta uma musiquinha para o Buddy?".

Chester respondeu, muito alegre: "Tudo bem, Minnie!". Então, ele olhou para Floyd. "Floyd, que música devo cantar?"

Floyd deu de ombros e respondeu: "Que tal 'Ridin' the Range for Jesus'? Ou 'When It's Round-Up Time Up Yonder'?".

Chester levantou a cabeça e olhou para Buddy. "Qual você prefere?"

"Ahn... Acho que a segunda."

"Ótima escolha, Buddy, uma das minhas preferidas." Então Minnie se levantou e foi até o piano de armário que havia no canto. Ela se sentou e tocou, enquanto Chester cantava, com direito a trechos de canto tirolês, "When It's Round-Up Time Up Yonder".

A essa altura, os moradores da cidade tinham ouvido que a famosa cantora gospel Minnie Oatman estava no café, e o lugar estava ficando apinhado. Opal Butts e várias das mulheres, ainda de bobes e touca na cabeça, foram as primeiras a chegar, vindas do salão de beleza, que ficava logo ao lado.

Quando Chester terminou a música, todos aplaudiram. Então alguém que estava nos fundos do café gritou: "Minnie, será que você poderia cantar só uma música pra gente?".

Minnie olhou ao redor e notou que havia atraído uma plateia. Depois disse: "Claro, meu bem". Em seguida, ela começou a tocar e cantar, com verdadeira emoção, sua famosa versão de "Can't Wait to Get to Heaven". Quando ela terminou, as pessoas fizeram fila para lhe pedir um autógrafo. Seu marido, Ferris Oatman, enfim foi até a porta e a chamou: "Minnie, meu bem, agora vamos... Precisamos estar em Pine Mountain às cinco".

Depois que os Oatman saíram da cidade, Buddy Jr. continuou maravilhado e um pouco confuso com toda aquela experiência. Ele perguntou: "Tia Idgie, o Chester era um menino de verdade?".

"Ora, claro que sim. Ele olhava bem nos seus olhos, né? E ele falava."

"É, mas ele era tão pequeno... Por que era tão pequeno?"

"Bem, Buddy, essa é a questão. Todo mundo é diferente. Alguns têm um braço, outros têm dois. Algumas pessoas são gordas, outras são magras, outras são pequenas... E tem gente, como eu, que é inteligente." Idgie olhou para Ruth e disse: "E tem gente que eu conheço que não é tão inteligente assim".

Ruth pegou um pãozinho e jogou nela. Idgie desviou e deu risada. Ruth esperou Idgie dar as costas e jogou outro pãozinho, que bateu na nuca de Idgie. Idgie virou a cabeça e a encarou de novo. "Ei!"

Ruth sorriu e fingiu que não sabia do que a outra falava. "O quê?", ela perguntou.

"Você jogou aquele pãozinho em mim."

Ruth olhou para Buddy e deu uma piscadela. "Que pãozinho? Não vi nenhum."

Idgie disse: "Buddy, você viu".

Buddy respondeu: "Não vi, não. Não vi nada".

Idgie mostrou a língua para os dois e foi para a cozinha.

Naquela noite, quando Ruth o estava colocando para dormir, Buddy disse: "Mamãe, eu gostei muito do Chester. Você acha que ele gostou de mim?".

"Ah, claro que gostou, meu querido. Ele autografou uma foto pra você, não foi?"

"Mamãe, você acha que o Chester ia gostar de trocar cartas comigo?"

Enquanto Buddy dormia, o pequeno Chester tinha sido devolvido à mala em que ficava guardado e estava saindo da Georgia rumo a outra cidade, sem jamais saber como tinha comovido Buddy, nem que, de vez em quando, Buddy passaria a receber um cartão-postal enviado de um dos muitos lugares para os quais ele viajava, começando com "Oi, Buddy" e terminando com "Seu amigo, Chester".

O Semanário Weems

(Boletim semanal da Parada do Apito, Alabama)
17 de agosto de 1937

Nossa visita-surpresa

Acredito que ainda não tenhamos superado o fato de a nossa cidade ter recebido visitantes famosos. E, pensando agora, não quero me gabar, mas esta que vos escreve pode ter sido uma das culpadas.

Na semana passada, eu e o Wilbur fomos a Gate City para ver os Cantores Gospel da Família Oatman. E, puxa vida, que espetáculo! Nunca vi nem ouvi nada parecido. Como a revista *Gospel* disse, "podem comparar, não há grupo melhor do que os Cantores da Família de Ferris e Minnie Oatman". Enfim, ficamos na fila para pegar um disco autografado, e, enquanto Minnie estava assinando para mim, por acaso mencionei que, enquanto estivesse na região, ela precisava ir até o Café da Parada do Apito para experimentar os famosos tomates verdes fritos que a Sipsey faz. Eu logo percebi que ela parecia gostar de comida boa. E, felizmente para nós, gostava mesmo!

O reverendo Scroggins ficou muito feliz com todo o dinheiro que ganhamos no bazar da igreja, no sábado. Na última contagem, tínhamos chegado a oitenta e dois dólares. O bazar aconteceu no quintal da frente da minha vizinha Ninny Threadgoode, e vendemos itens de colecionador, colchas artesanais e tortas e bolos doados pelas mulheres da vizinhança. O Wilbur, minha cara-metade, também foi ajudar a gente e, como de costume, caiu no sono sentado na cadeira. Opal Butts colocou uma placa de "Pague o quanto puder" na frente dele, e sinto dizer que só recebemos uma oferta de uma viúva de Gate City que queria pagar cinco dólares. Opal aceitou, e eu precisei cobrir a oferta para pegar o Wilbur de volta! Foi por uma boa causa, não é?

Além disso, ouvi alguém falar no café outro dia: "Há duas maneiras infalíveis de evitar pagar pensão alimentícia. Não se case. Mas, caso tenha se casado, não se separe!".

... Dot Weems...

Trem

O presente

Enquanto Bud e Billy conversavam, Billy disse: "Se o senhor não se incomodar, posso perguntar se algum dia teve pena de si mesmo? Por ter perdido o braço tão jovem?".

Bud sorriu. "Ah, sem dúvida. Passei um bom tempo falando 'coitadinho de mim' e 'minha vida não tem mais jeito, nunca vou conseguir fazer nada, então por que tentar?'. Se continuasse daquele jeito, eu teria me tornado um babaca de marca maior. Mas, olha, de repente, tudo mudou. E posso te dizer exatamente quando isso aconteceu."

"O senhor ganhou uma prótese, algo assim?"

"Não, melhor que isso. A história começou num Natal e terminou no outro, e eu me lembro de tudo como se tivesse acontecido ontem." Então, ele sorriu. "Naquele segundo Natal, a cidade inteira sabia o que eu ia ganhar. Menos eu. Mas eu sabia que algo ia acontecer. Minha amiga Passarinho Sapeca estava me provocando sem parar. Ela falava 'Eu sei o que o Papai Noel vai te trazer' e saía correndo. Ou então outra pessoa vinha e dizia 'Eu sei uma coisa que você não sabe'. Fiz de tudo para descobrir, mas ninguém abriu a boca, e fiquei muito frustrado, porque eu sabia o que queria. Eu queria tanto que tinha medo de falar para qualquer pessoa. Tinha medo de não ganhar o que queria, tinha medo de a mamãe e a tia Idgie saberem que eu ficaria decepcionado se não ganhasse.

“Naquela época, eu ainda acreditava um pouco no Papai Noel, então lhe escrevi uma carta endereçada ao Polo Norte e a entreguei pessoalmente para a sra. Weems, que trabalhava na agência do correio, para que ela a enviasse a tempo.” Bud sorriu. “É claro, na época eu não sabia disso, mas depois descobri que a própria sra. Weems lia todas aquelas cartas para o ‘Papai Noel’ e contava para os pais o que as crianças queriam. Então a mamãe e a tia Idgie já sabiam desde o início o que eu esperava ganhar.”

Uma tradição natalina

Parada do Apito, Alabama
1937

No primeiro ano depois que Idgie e Ruth tinham inaugurado o café, em agradecimento aos clientes, elas decidiram trabalhar no Natal e convidar todo mundo para uma refeição gratuita.

Na manhã daquele primeiro Natal, Ruth, ao abrir a porta, ficou surpresa ao ver a quantidade de gente que estava esperando do lado de fora. Quase todos os moradores da cidade estavam na fila, inclusive alguns estranhos que souberam que o café estaria aberto. Todos eram bem-vindos: homens, mulheres, crianças, caroneiros do trem e até cães e gatos.

Depois disso, todos os anos elas começavam a cozinhar perto do dia 23 de dezembro. Não havia outra opção. O Natal no café se tornara uma tradição da cidade. E, durante a Depressão, os presentes que Ruth e Idgie embalavam e colocavam debaixo da árvore de Natal eram os únicos que as crianças mais pobres ganhariam naquele ano. Isso sem falar na comida. O filho de Sipsey, Big George, servia churrasco à vontade. E, alguns dias antes do Natal, os amigos caçadores de Idgie sempre traziam um monte de perus-selvagens para rechear e assar. Elas serviam frango frito e costeletas de porco, muito purê de batata com molho, frango e bolinhos, pães doces, pão de milho, biscoitos e ao menos dez sobremesas diferentes. Muitos dos trabalhadores ferroviários que moravam na cidade eram homens solteiros de certa idade que não tinham aonde ir no Natal. Para eles, o café era uma segunda casa, e por isso levavam garrafas do melhor bourbon do Kentucky, que Idgie servia em copos de papel para tentar enganar o reverendo Scroggins. Mas ela nunca conseguia enganá-lo, é claro, ainda mais quando alguns dos camaradas enchiam a cara a ponto de cair da cadeira.

Como sempre acontecia, em 1937, a cidade inteira estava lá, aproveitando a festa. A cidade inteira, menos Buddy. O fato de um menininho ter perdido o braço já era uma péssima notícia. Mas Buddy se saía muito bem nos esportes e sonhava em se tornar um arremessador profissional de beisebol, ou uma estrela do futebol americano. Ele não falava muito disso, mas quase não saía mais para jogar. Só ficava em seu quarto e, pela primeira vez na vida, tinha começado a fazer birra. Naquele Natal, quando Buddy fez malcriação na frente da tia Ninny e do tio Cleo, Idgie percebeu que o menino estava mais chateado do que ela havia se dado conta.

Idgie tinha uma amiga chamada Eva Bates, que, ao lado do pai, administrava um bar de jukebox perto do rio Warrior. E Idgie cismou com uma coisa. Eva tinha mais ou menos dez cães que ficavam soltos no quintal. E havia uma cachorrinha em especial que Idgie achou que o Buddy gostaria de conhecer. O problema era que Idgie tinha feito uma promessa para Ruth, e quebrá-la seria um grande risco, mas ela o faria se ele prometesse ficar de bico fechado. Depois que entraram no carro, ela disse: "Olha, Buddy, se eu te levar a um certo lugar hoje, você não pode contar pra ninguém, porque...".

"Eu sei, porque você pode se dar mal se eu contar, né?"

"Isso mesmo. E então... promete?"

"Prometo."

"Promessa de escoteiro?"

"Sim, senhora."

"Então tá." Idgie deu partida e eles foram em direção ao rio.

Eles chegaram à casa de madeira e estacionaram, e Idgie deixou Buddy no carro enquanto foi até a varanda e conversou com uma mulher de cabelo alaranjado. Sentado ali, Buddy de repente viu a cachorrinha de três patas pulando e correndo pelo quintal com os outros. E, exatamente como Idgie tinha pensado, aquilo lhe chamou a atenção. A cachorrinha não parecia saber que lhe faltava uma pata; só parecia feliz em estar viva. Ela não tinha nada de deficiente. Ele saiu do carro e a chamou até a cerca, se agachou e fez carinho nela. A cadelinha lambeu muito sua mão.

Quando Idgie voltou para o carro, Buddy disse: "Tia Idgie, gostei muito daquela cachorrinha marrom ali. Ela não tem uma pata, mas é linda mesmo assim. Você não acha?".

Idgie olhou e disse: "Acho, sim. Na verdade, acho que é a mais lindinha de todos". Ela se despediu de Eva com um aceno e eles foram embora.

Eva Bates era uma figura conhecida na região, assim como seu pai, Big Jack Bates, que era dono do Clube e Acampamento A Roda do Vagão. Os chalés que ficavam atrás do clube eram conhecidos a muitos quilômetros dali pelas "atividades suspeitas", por assim dizer, que costumavam abrigar. Big Jack Bates se dividia entre o contrabando e os jogos ilegais que oferecia no salão dos fundos do clube, onde partidas de pôquer nas quais se apostava muito dinheiro às vezes passavam dos limites. As más línguas diziam que dois jogadores tinham sido assassinados ali: um por roubar no jogo, o outro, por se recusar a entregar o dinheiro de uma aposta. Estava longe de ser um lugar seguro, mas Idgie ia até lá com seu irmão desde os oito anos e jogava pôquer no salão dos fundos desde os doze. E era uma baita jogadora.

Depois que Ruth foi embora da Parada do Apito para voltar a Valdosta e se casar naquele verão, ninguém mais conseguiu controlar Idgie. Ela acabava passando a maior parte do tempo no clube com Eva e Jack. Idgie não se importava se boa parte dos chamados "cidadãos de bem" os menosprezavam, ou se o reverendo Scroggins fazia sermões sobre os males do clube, "aquele antro de perversidade que está corrompendo a nossa juventude". Para Idgie, Eva e Big Jack eram seus amigos. Ela gostava deles e eles gostavam dela.

Mas depois Ruth deixou o marido e voltou para a Parada do Apito. Foi então, quando ela, Idgie e o pequeno Buddy se mudaram para os fundos do café, que as coisas mudaram. Nos primeiros três anos, Idgie saía escondida à noite e ia até o clube para beber e jogar, e Ruth passava a noite inteira sem dormir, preocupada com ela. Depois, Idgie voltava bêbada, como acontecera tantas noites antes. A última vez foi quando ela chegou às cinco da manhã com o nariz sangrando. Tinha se metido numa briga com alguém da mesa de pôquer. No dia seguinte, Ruth pegou o pequeno Buddy e foi morar em outro lugar.

Ela disse para Idgie: "Eu te amo. Mas não posso viver assim, sem saber se você está viva ou morta, ou se alguém te deu um tiro".

E Ruth não voltou sem que Idgie jurasse, e jurasse por Deus, que nunca voltaria ao clube de pesca.

Um ano depois

Parada do Apito, Alabama
4 de dezembro de 1938

Buddy Junior estava debruçado sobre a mesa, com uma expressão séria e determinada, redigindo cuidadosamente sua carta.

Querido Papai Noel,

Meu nome é Buddy Threadgoode Jr. e eu moro atrás do Café da Parada do Apito, na Parada do Apito, no Alabama. Tenho oito anos e fui um menino muito bonzinho este ano. Pode perguntar para a minha mãe, se quiser. O nome dela é Ruth. Eu só quero um presente nesse Natal. Não sei se o senhor existe mesmo, mas quero muito um cachorro. A mamãe falou que não é bom ter um cachorro em um lugar que vende comida, mas a tia Idgie disse assim: por que não? A gente também tem outros bichos. Então por favor, por favor, por favor, traz um cachorro pra mim. Eu prometo que vou cuidar muito bem e amar a cachorrinha para sempre.

Seu amigo,
Buddy Threadgoode Jr.

Parada do Apito, Alabama

25 de dezembro de 1938

A festa de Natal do café estava quase no fim. Todo mundo tinha comido até não poder mais e estava empanzinado de comida boa, e todos os presentes tinham sido abertos. O Papai Noel já havia voltado para o Polo Norte, e Buddy estava tentando segurar o choro. Peggy Hadley tinha ganhado sua boneca, Jessie Ray Scroggins tinha uma nova arma de pressão e Buddy havia ganhado um pacote de cuecas e um chapéu de caubói vermelho, mas não a única coisa que queria de verdade.

Mais tarde, depois que todos cantaram as canções natalinas, Dot Weems fechou o velho piano. Mas, pelo visto, ninguém ia voltar para casa.

Idgie, que tinha saído havia algum tempo, voltou passando pela cozinha do café, olhou ao redor e disse: "Buddy, adivinha só? O Papai Noel acabou de voltar e deixou o presente que tinha esquecido, segundo ele. Quer que eu vá lá pegar?".

Buddy levantou a cabeça. "Sim, senhora."

Buddy não sabia, mas todos o observavam. Todos sabiam o que aconteceria.

Idgie voltou trazendo uma grande caixa branca. Ela a colocou no chão e tirou a tampa, e a cachorrinha de três pernas pulou de dentro da caixa, tão contente em estar livre que ficou correndo em círculos, depois correu direto até Buddy e começou a pular e lamber seu rosto.

Buddy, visivelmente animado, acabou deixando escapar: "Olha, tia Idgie, é a mesma cachorrinha que a gente viu lá no clube. E ela se lembrou de mim!".

Ruth logo se virou e olhou para Idgie, mas Idgie fingiu que não a viu.

Naquela mesma noite, depois que todos tinham ido embora, Ruth disse: "Idgie, pensei que você tinha falado para todo mundo que encontrou aquela cadela".

"E encontrei mesmo."

"Encontrou no quintal da Eva Bates?"

"Pode ter sido. Não lembro."

Ruth conhecia Idgie muito bem. Se ela não se lembrava de alguma coisa, era sinal de que tinha feito.

No passado, sempre que se tratava de Eva Bates, Ruth e Idgie acabavam brigando. E, em qualquer outra situação, Ruth teria ficado muito chateada em saber que Idgie levara Buddy aos arredores do clube. Mas, quando viu como Buddy estava feliz com a nova cachorrinha, ela não conseguiu ficar brava. Não naquela noite.

Na manhã seguinte, Eva Bates atendeu o telefone do clube de pesca. Ela estava de ressaca.

"Sra. Bates, aqui é a Ruth Jamison, mãe do Buddy."

"Ah, ahn... Sim?"

"Estou ligando para lhe agradecer. Foi muito gentil da sua parte dar a cachorrinha para ele. Ele adorou."

Eva estava encantada. Nunca tinha visto Ruth pessoalmente, mas sempre ouvia falar dela.

Ela respondeu com um tom alegre: "Ô, imagina, sra. Jamison... Eu tenho cachorro de monte aqui. Na hora que ele viu essa coisinha perneta aqui no quintal, eu percebi que ele *gostô* dela. Aí, depois que o menino foi embora, eu comecei a me *dá* conta de que os dois tinham um braço faltando.

Então falei pra Idgie que ela podia *levá* a cadelinha pro menino, se fosse da vontade dela".

Quando desligou o telefone, Ruth tinha mudado de ideia a respeito de Eva. Apesar de sua má fama, não havia dúvida de que a mulher tinha um coração bom.

O Semanário Weems

(Boletim semanal da Parada do Apito, Alabama)
28 de dezembro de 1938

Um momento da mais pura alegria

Mais um ano está quase chegando ao fim, e que ano! Sipsey e Big George realmente se superaram nesse Natal. Não consigo compreender como é possível tanta comida boa sair daquela cozinha tão pequenina, e a comida saiu o dia inteiro. Contei pelo menos 23 perus, e muito mais tortas e bolos. A Idgie e a Ruth mimam a gente. E nisto tenho certeza de que todos concordamos: o Natal não seria o Natal se não o passássemos no café. Não sei como aquelas moças fazem para embrulhar tantos presentes, e ainda por cima produzir uma decoração tão bonita.

Gostei ainda mais daquelas bolinhas vermelhas brilhantes que Idgie pendurou no veado que fica em cima do balcão!

Enfim, obrigada pelos ótimos ingredientes e pelos bons momentos que vivemos ano após ano. E, é claro, o Natal não seria Natal sem nossa visita anual do Papai Noel.

Depois do Natal, a hora de fazer nossas resoluções de Ano--Novo está quase chegando. Ontem à noite eu comecei minha lista, e, para minha surpresa, anotei todas as resoluções que faço todos os anos e nunca coloco em prática. Bem, que eu tenha mais sorte no ano que vem! A única resolução que sempre coloco em prática é ser grata por tudo o que temos. E, como o reverendo Scroggins disse no último domingo, "um coração grato é um coração feliz", e, minha nossa, como sou grata por vivermos neste país livre e maravilhoso. Li o jornal e me entristece saber que tem tanta gente sofrendo no mundo.

Agora uma notícia feliz: nunca vi uma criança mais feliz do que Buddy Threadgoode Jr. É tão bom vê-lo sorrindo de novo. Parece que a cachorrinha que ganhou de Natal fez toda a diferença... e ele é um menino muito bom, ele merece.

Além disso, o Wilbur derrubou uma bola de boliche no pé e quebrou dois dedos, caso vocês estejam se perguntando por que ele anda mancando.

... Dot Weems...

P.S.: Acho que amanhã veremos um pouco de neve. Mais um milagre de fim de ano está prestes a acontecer. Fiquem de olho!

Parada do Apito, Alabama

29 de dezembro de 1938

Querido Papai Noel,

Estou escrevendo para agradecer por ter ganhado minha cachorrinha, Lady. Desculpe se achei que o senhor não existia, mas existe, e te amo muito por ter trazido a Lady para mim. Ela era a cachorrinha que eu queria, eu não queria nenhuma outra. O fato de ela não ter uma pata não faz nenhuma diferença para mim. Eu não tenho um braço e antes isso me incomodava, mas agora não me incomoda mais. A Lady não sente pena de si mesma, e eu também deixei de sentir por mim. A gente se diverte muito, e ela consegue pular e buscar o graveto. E eu também consigo jogar uma bolinha.

Não precisa me trazer nada no ano que vem. Obrigado de novo.

Seu eterno amigo,
Buddy Threadgoode Jr.

P.S.: Me avise se eu puder fazer alguma coisa pelo senhor.

Trem

Assentos 11 e 12

"E lá estava eu, com o Natal quase acabando e sem ter ganhado o que queria, então, claro, decidi ali mesmo que não acreditava no Papai Noel. Depois, no último minuto, a tia Idgie apareceu bem com a cachorrinha que eu mais queria. Sabe, Billy, às vezes a vida pode ser muito difícil. E eu acho que os animais são presentinhos que o bom Senhor manda pra ajudar a gente a enfrentar a vida. Sem dúvida a Lady fez isso por mim."

"De que raça ela era?"

"Não sei. Acho que era uma mistura de terrier, algo desse tipo. Uma vira-latinha simpática. Mas ela saiu pulando daquela caixa e eu nunca fui tão feliz na minha vida, a não ser, talvez, no dia em que minha filha Ruthie nasceu. Nossa, como eu adorava aquela cachorrinha! Ela dormia comigo, comia comigo, nunca saía do meu lado. Era minha companheira. E quando eu ficava chateado com alguma coisa, ela sabia. Saía correndo, latindo, fazendo bobagens só para me fazer rir. Você podia até tentar, mas era impossível ficar triste perto dela. Sempre ficava feliz em me ver. Coitadinha, ela ficou comigo o máximo que pôde. Mas, até no dia em que morreu, continuou balançando o rabinho, ainda contente em me ver. Eu te digo: quando enterrei aquela cachorrinha, quase morri. Acho que nunca vou superar a morte dela, mas tudo bem. É um preço muito pequeno que eu pago por tudo o que ela me deu. E é isso que acontece quando você ama tanto uma criatura. Alegria e um coração partido."

Billy suspirou. "Eu sei o que o senhor quer dizer com alegria e coração partido. Minha noiva acabou de terminar comigo."

"Não... Um moço bonito desses? Por quê?"

Billy abaixou a cabeça. "Ela se sentiu oprimida."

"O que você fez pra ela?"

"Falei para ela pedir demissão."

"Ah, entendi. O que ela faz?"

"Ela é bombeira. Acho o trabalho dela muito perigoso, mas ela não acha. Então a gente terminou... Ou melhor, ela terminou comigo."

"Ah... Puxa, isso é difícil. Entendo seu argumento, mas, por outro lado, minha filha abriu mão da carreira quando se casou, e hoje ela se arrepende."

"É mesmo?"

"É, sim. Sabe, isso de a sua noiva ter um trabalho perigoso pode ser difícil para o seu casamento em curto prazo, mas se ela é feliz apagando incêndios, e você a ama..."

"Ah, eu amo", ele disse num tom triste.

"Bem... talvez seja melhor se abrir para isso."

"O senhor acha?"

"Eu acho. Você quer ter uma esposa feliz. E vou te dizer outra coisa. Eu adoraria conhecê-la. Nunca conheci uma mulher que fosse bombeira."

Os olhos de Billy se iluminaram de orgulho. "Ela é muito forte. Consegue me pegar no colo."

"Sério mesmo?", perguntou Bud.

"Sim, senhor. Ela consegue me pegar no colo e correr comigo no ombro."

"É?"

"É."

"Olha, Billy, nunca se sabe... Um dia essa habilidade pode ser muito útil."

Indo para casa

À medida que o trem se aproximava de Birmingham, Bud começou a ficar animado. Ele disse para Billy: "Posso pedir um grande favor? Será que você pode trocar de lugar comigo? Eu adoraria olhar pela janela e tentar ver a Parada do Apito".

"Claro, sem problema."

Bud se sentou na janela e olhou para fora quando passaram por onde a cidade estaria, mas não viu a placa do cruzamento da Parada do Apito e ficou muito decepcionado. Bem, quem sabe ele a veria na volta para Atlanta, naquela tarde?

Quando pararam em Birmingham, Bud viu que tinham derrubado a velha estação terminal, que era tão linda, com seus vinte e dois metros de pé-direito e seu teto de vidro. O trem parou numa estação pequena e comum da Amtrak, em algum lugar do centro da cidade.

Eles desceram do trem e Billy acompanhou Bud até a salinha de espera. "Gostei muito de conversar com você, sr. Threadgoode."

"Digo o mesmo, Billy, e boa sorte com seus estudos e sua namorada!"

"Obrigado, e obrigado pelo conselho. Acabei de mandar uma mensagem e estou torcendo pra ela responder."

Depois de se despedir de Billy, Bud sentou-se para esperar. Ele olhou para o relógio e notou que tinha uma hora antes da partida do trem que o levaria de volta para Atlanta. Talvez ele conseguisse, se fosse rápido. Saiu da estação e foi para a rua a passos largos. Por sorte, havia um táxi deixando um passageiro ali, e ele conseguiu pegá-lo.

Bud entrou no táxi, viu o nome do motorista e disse: "Oi, Pete".

"Olá, aonde posso levar o senhor?"

"Olha, o problema é esse. Não tenho um endereço exato. É uma cidadezinha chamada Parada do Apito."

O taxista abriu o mapa no GPS e procurou. "Não estou encontrando aqui."

"Olha perto de Gate City. A Parada do Apito deve estar ali perto."

"Não, não está no mapa."

"Não? Ah... Bem, eu sei que fica doze minutos a leste de Birmingham, mas com todas essas rodovias e estradas que construíram, não sei mais onde estou. O jeito mais fácil é seguir os trilhos do trem na direção leste. Eu vou reconhecer a estrada quando a gente chegar. Só tem um jeito de entrar e sair de lá."

Enquanto cruzavam a cidade, Buddy olhou pela janela. "Puxa vida, como esse lugar mudou! Minha tia Idgie sempre nos trazia aqui para ir ao cinema quando eu era menino, mas não estou vendo nenhum cinema agora."

"Pois é, eles derrubaram a maioria há muito tempo."

Quando já estavam seguindo os trilhos havia algum tempo, o taxista perguntou: "Reconheceu alguma coisa?".

"Não... Ainda não. Mas está por aqui em algum lugar." O motorista avançou mais um pouco e, cerca de quinze minutos depois, perguntou: "Devo continuar dirigindo?".

"Que tal fazermos o seguinte, Pete: por que você não estaciona aqui e me deixa ir andando um pouquinho, para ver se consigo me situar? Pode deixar o taxímetro rodando, e, se eu não vir nada familiar nos próximos cinco minutos, eu volto."

Pete viu que o senhorzinho estava chateado e sentiu pena dele. Desligou o taxímetro e decidiu não o apressar.

Bud saiu do carro e começou a andar ao lado dos trilhos. Ele havia ido e voltado de Atlanta centenas de vezes, mas nesse dia não estava conseguindo reconhecer nada do que via. Passou por algumas construções de tijolos caindo aos pedaços, mas não lhe pareceram familiares. Depois de andar um pouco mais, olhou para baixo e viu uma velha placa de madeira caída no chão, embaixo dos trilhos. Ele se perguntou se era de algum lugar que conhecia, algo que pudesse situá-lo. Então foi até lá e a virou. A placa só dizia "Mercado", mas não continha a localização. Bud olhou ao redor e encontrou outra parte da placa a cerca de seis metros dali. Foi até lá e a virou com o pé, mas não havia nada escrito. Ele procurou outra parte da placa que pudesse conter o endereço, mas não encontrou nada. Tinha avançado tanto para dentro do bosque que quase não conseguiu voltar para perto dos trilhos. E, quando conseguiu, ficou todo atrapalhado. Não sabia de que lado tinha vindo, e logo percebeu que estava perdido. Só faltava ele cair e quebrar o quadril ali, no meio do nada. Só Deus sabia o que poderia acontecer. Se tivesse levado o celular, poderia ligar para alguém. Mas só lhe restava voltar na direção que supunha ser a correta e torcer muito para acertar.

Pete, o taxista, achou que o velhinho deveria ter encontrado o lugar que procurava. O cliente lhe pedira para esperar cinco minutos, mas ele estava ali havia quarenta e cinco minutos e o senhor não havia voltado. Ele se sentiu mal, mas não tinha escolha, então deu partida no carro e pegou o caminho de volta para Birmingham.

Quase uma hora depois, Bud continuava andando. A única coisa que tinha visto eram muitas árvores de ambos os lados. Ele olhou para o relógio. Meu Deus... ele estava em maus lençóis. Tinha perdido o trem de volta para Atlanta. Depois de algum tempo, parou de andar, se pôs no meio do trilho e gritou o mais alto que conseguiu: "Ei! Ei! Eu preciso de ajuda!". Esperou, mas ninguém respondeu. Ele ficou ali por um bom tempo. Então Bud percebeu que era melhor sair dos trilhos antes que escurecesse, senão poderia se machucar. Ele olhou à sua volta. Conseguiu distinguir algumas árvores abaixo dos trilhos à direita e, enquanto ainda havia luz, desceu na direção das árvores com passos cuidadosos, mas a ladeira era tão íngreme que ele tropeçou e derrapou de lado até chegar lá embaixo. Ele se levantou e limpou a roupa, depois escolheu uma grande árvore numa clareira e se sentou nas folhas acumuladas embaixo dela.

Ele estava preso ali. Sua única opção era esperar até a manhã seguinte e torcer para que ninguém na Mansão Briarwood notasse sua ausência e ligasse para Ruthie.

"Mas que encrenca eu fui arranjar, viu... Onde eu estava com a cabeça? Que situação horrível. Não consigo nem encontrar a cidade em que nasci."

Ao longo da noite, Bud se sentiu grato por não estar muito escuro. A lua estava cheia e bastante luminosa, mas começava a fazer frio. Ele ainda conseguia ver o relógio em uma determinada posição. Puxa vida... Eram só 21h14. Ele tinha uma longa noite à sua frente. Nesse exato momento, uma coruja chirriou lá no alto.

No noticiário

Depois da conversa com o sr. Merris, Ruthie havia ligado para a polícia e falado com alguém do departamento de pessoas desaparecidas, que garantiu que iam verificar todos os hospitais e que, assim que seu pai fosse encontrado ou tivessem qualquer nova informação, telefonariam para ela na mesma hora.

Ruthie passou o resto da noite andando de um lado para outro, esperando alguma notícia. Como não sabia aonde seu pai poderia ter ido, começou a imaginar as piores coisas. Será que ele tinha sido atropelado? Tinha sido assaltado e levado um tiro, e estaria caído em algum lugar, sangrando? Quanto mais o tempo passava e nenhuma notícia chegava, mais ela pensava em diferentes situações.

Às seis horas da manhã seguinte, como o sr. Threadgoode não tinha voltado, a polícia emitiu um alerta de desaparecimento, e uma foto dele apareceu no Canal de Alertas de Atlanta.

Por mais estranho que parecesse, foi a garçonete Jasmine Squibb, que trabalhava na Waffle House, quem ligou primeiro. Ela relatou que tinha atendido o homem da foto na manhã do dia anterior, e que ele lhe contara que faria uma viagem de trem para Birmingham e depois voltaria. Também mencionou que ele havia pedido presunto e dois ovos com bacon e havia dado uma gorjeta generosa.

Assim que essa informação chegou, as autoridades de Birmingham foram alertadas e a foto de Buddy foi publicada pelo site Ala.news.com e pela

TV local, com a legenda "James Buddy Threadgoode Jr., idoso vulnerável, desapareceu de sua casa de repouso em Atlanta e teria embarcado num trem para Birmingham. Pode não ter um dos braços. Se tiver qualquer informação, entre em contato com a Delegacia de Birmingham".

Por sorte, Pete, o taxista, viu o alerta em sua TV em Birmingham e ligou para a polícia. "Peguei esse homem na estação de trem ontem e o deixei perto do trilho do trem, bem depois da velha rodovia Montgomery. Ele estava procurando um lugar chamado Parada do Apito, e da última vez que o vi, estava seguindo os trilhos na direção leste. Eu esperei o máximo que pude, mas ele não voltou, então imaginei que tivesse encontrado o lugar que procurava. Coitado do velhinho. Estou me sentindo péssimo por tê-lo deixado lá."

Em questão de minutos, uma equipe de socorristas se dirigiu à ferrovia e começou a andar nas duas direções. Num megafone, eles chamavam "Sr. Threadgoode! Sr. Buddy Threadgoode!".

Cerca de trinta minutos depois, ouviram alguém gritando "Aqui, aqui! Aqui embaixo".

Os socorristas olharam para baixo e, depois da ladeira, viram um velhinho sentado embaixo de uma árvore e acenando com seu único braço. Ele havia tirado o outro braço para dormir.

Quando os paramédicos o alcançaram, ele disse: "Como é bom ver vocês! Eu estou quase morrendo congelado". Bud tentou ficar em pé, mas estava tão retesado que precisaram erguê-lo. E, antes de se dar conta, ele tinha subido a ladeira e estava numa ambulância, enrolado num cobertor e a caminho do hospital.

Quando um despachante da polícia soube que o senhor que encontraram perto dos trilhos do trem estava tentando chegar à Parada do Apito, onde havia morado, ele disse à esposa: "Que bom que ele não encontrou a cidade".

"Por quê?"

"Porque não tem mais nada lá, só lixo e mato."

Levem-me para Birmingham

Atlanta, Georgia

Às 9h08 daquela manhã, quando o telefone finalmente tocou, Ruthie estava tão atordoada que quase desmaiou.

Era a voz de um homem que ligava do departamento de polícia. "Sra. Caldwell, boa notícia. Encontramos o seu pai, e ele está vivo."

"Graças a Deus. Onde ele estava?"

"Ele estava... ahn... Deixe-me ler o relatório, acabamos de receber. Ah. Aqui diz que ele foi encontrado ao lado dos trilhos do trem."

"Quais trilhos?"

"Não diz aqui. Em algum lugar nos arredores de Birmingham, no Alabama."

Ruthie levou um susto. "Birmingham? O que ele foi fazer em Birmingham?"

"Não sei dizer. A senhora vai precisar perguntar pra ele. Só tenho esse relatório. Agora ele está no Hospital Universitário de Birmingham."

"Ah, não... Ele se machucou?"

"Acho que não, senhora. Aqui só diz que ele está em observação."

"Ah... Obrigada. Muito obrigada."

"Disponha, senhora. É um prazer ajudar."

Ruthie não tinha tempo a perder; precisava encontrar o pai o quanto antes. Comprou a próxima passagem de avião para Birmingham, e o voo seria às 10h55. Ela se maquiou rápido, pegou a bolsa e correu para o carro.

Cruzando a cidade para chegar ao aeroporto, desrespeitou a lei procurando um número de telefone enquanto dirigia, mas precisava saber logo.

"Hospital Universitário. Com qual ramal deseja falar?"

"Não sei direito. Meu pai se chama James Bud Threadgoode e está internado aí, e preciso saber qual é o estado dele. Sou filha dele e estou no trânsito em Atlanta."

"Só um minuto."

Então, ela ouviu o tom de discagem.

"Meu Deus. A chamada caiu." Ruthie tirou o celular da bolsa, procurando o botão de rediscagem.

Nesse exato momento, um homem que estava no carro ao lado fez um gesto para se referir ao celular e lhe mostrou o dedo do meio. Deixando de lado sua elegância de sempre, ela retribuiu o gesto e gritou: "Meu pai está no hospital no Alabama, seu escroto".

Ela acelerou e foi embora.

Então ouviu uma voz: "Hospital Universitário. Com que ramal deseja falar?".

Ruthie não sabia, então chutou: "Para a Ala das Pessoas em Observação, por favor".

Logo depois, alguém atendeu. "Enfermaria. Aqui é Terry."

"Ah, oi, Terry. Graças a Deus... Estou ligando para saber sobre Bud Threadgoode. Sou a filha dele, Ruthie Caldwell. Será que você poderia me informar sobre o estado de saúde dele, por favor? Estou em Atlanta, tentando chegar aí o quanto antes."

"Já vai, meu bem."

A enfermeira voltou para a linha. "Acabei de verificar a ficha do sr. Threadgoode, e o estado dele parece estável."

"Ah, obrigada. Diga para ele que estou a caminho e vou chegar o mais rápido possível, por favor."

"Sem pressa, querida. Acredite: ele não vai a lugar nenhum."

Enquanto Ruthie estacionava o carro no aeroporto, a palavra "estável" não saiu de sua cabeça. "Estável... Parece bom. Ela não disse 'crítico', ela disse 'estável'." Então ela se acalmou um pouco e ficou contente ao notar que tinha parado bem na frente de seu terminal.

Enquanto isso, em Birmingham, Terry, a enfermeira simpática e rechonchuda, entrou no quarto de Bud e disse: "Sua filha acabou de ligar dizendo que está vindo de Atlanta".

"Como é que ela sabe que estou aqui?", Bud perguntou.

"Meu bem, você saiu em todos os jornais."

Bud, que estava tomando soro na veia, assentiu. "Ah... Ela parecia brava?"

"Não. Mas ela parecia preocupada, e eu entendo por quê." Ela se aproximou dele, verificou a bolsa de soro, depois sorriu. "Seu velhinho malandro, fugindo assim! Que sorte terem te encontrado naquela hora, ainda inteiro." Então ela olhou para ele. "Quer dizer, quase."

Assim que o avião decolou para o voo de apenas trinta e cinco minutos para Birmingham e o alerta do cinto de segurança deixou de piscar, Ruthie enfim foi ao banheiro feminino. Ela ficou horrorizada quando se viu no espelho. Na pressa para chegar ao aeroporto, tinha tentado se maquiar depressa, mas só havia pintado um dos olhos. Não era à toa que as pessoas olhavam para ela de um jeito estranho.

Bud em Birmingham

Quando Bud viu Ruthie entrando em seu quarto de hospital, a primeira coisa que ele disse foi: "Ops! Fiz besteira, não fiz? Desculpa, querida".

"Papai, o senhor está bem? Eu quase morri de preocupação..."

"Estou ótimo, só um pouco envergonhado por ter me perdido. Eu não queria causar essa confusão toda."

"Tem certeza de que não machucou nada?"

"Não, só uns arranhões, e dei um mau jeito nas costas quando derrapei numa ladeira."

"O senhor está muito pálido. Tem certeza de que está se sentindo bem?"

"Tenho certeza."

Ele sempre tinha sido seu paizão, grande, alto e bonito. Mas naquele dia, pela primeira vez, ela notou o quanto ele tinha envelhecido e como parecia pequeno e frágil deitado naquela cama.

"O que cargas d'água o senhor foi fazer sozinho em Birmingham, ainda mais andando ao lado dos trilhos num frio danado?"

"Eu estava tentando encontrar a Parada do Apito. Eu achei que soubesse onde estava, mas é evidente que me enganei."

"Graças a Deus eles te encontraram, papai. O senhor sabia que tinha gente de dois estados te procurando? Sua foto saiu em todos os jornais da TV e tudo mais."

"Desculpe, Ruthie. Eu sabia que você ia ficar brava."

"Não estou brava. Só estou... Por que o senhor não me ligou e me falou onde estava?"

"Eu teria ligado, mas esqueci meu celular."

Ruthie suspirou e balançou a cabeça. "Seu velhinho maluco. O que é que eu vou fazer com o senhor?"

"Não sei. Mas agora... tem outra coisa."

"Meu Deus. O quê?"

"É melhor você se sentar."

Ruthie se sentou na cadeira ao lado da cama e esperou.

"Me promete que você não vai ficar chateada."

"Prometo... O que mais?"

"Perdi meu braço."

"O quê? Como isso aconteceu?"

"Eu estava tentando dormir e ele estava me incomodando. Então tirei. Aí o pessoal da emergência chegou, e eu fiquei tão feliz em vê-los que esqueci de pegar o braço."

"Ah, papai..."

"Mas acho que consigo achar onde ele ficou, é só descobrir onde eu estava. Eu poderia voltar e procurar."

"Jamais. O senhor não vai mais andar sem rumo no meio da floresta. Esquece. Seu braço pode ser substituído, mas o senhor, não. O senhor entende que poderia ter ficado com pneumonia, ou caído e batido a cabeça? No que estava pensando?"

"Bem... Naquela hora, eu estava torcendo pra alguém me encontrar."

Então Bud olhou para ela e percebeu algo estranho.

"O que aconteceu com o seu olho?"

"Nada. E por que o senhor só saiu andando daquele jeito e não avisou ninguém?"

"Eu não queria dar trabalho. Pensei que ninguém ia notar minha ausência. Mas não deu certo."

"Não deu, mesmo. A boa notícia é que o médico disse que, tirando a hipotermia e uma leve desidratação, o senhor parece bem."

"Ótimo. Quando a gente vai dar o fora daqui?"

"A Terry acabou de me falar que o senhor vai precisar ficar por alguns dias, só para terem certeza de que sua pressão arterial vai continuar estável e os eletrólitos em um nível bom."

"Ah, que droga. Eu sinto muito, querida. Eu não queria te incomodar, e olha a confusão que eu acabei fazendo."

"Tudo bem, papai. Desde que o senhor esteja bem e não morto numa vala por aí."

Ela tirou o cabelo dele da testa com um gesto carinhoso e pegou sua mão. "Você sabe que é o único pai que eu tenho. Eu te amo. E preciso que o senhor fique comigo pelo maior tempo possível."

"Eu vou fazer de tudo, querida."

Ruthie sorriu. "Então daqui pra frente o senhor está de castigo, viu, mocinho? Chega dessas viagens malucas!"

Ele assentiu e levantou dois dedos. "Promessa de escoteiro."

Durante todo aquele tempo em que conversava com seu pai, o celular em sua bolsa não parava de tocar. Ela enfim o pegou e olhou a tela. Era sua filha, Carolyn, ligando de Washington.

"Desculpa, papai, preciso atender." Ruthie foi até o corredor e atendeu a ligação. Ela torceu para que Carolyn estivesse ligando para dar oi, mas não se tratava disso. A garota estava desesperada.

"Mãe! Cadê você? A vovó ligou e disse que o vovô ficou louco, fugiu de Briarwood e passou a noite embaixo de uma árvore em Birmingham. Isso é sério?"

"Não, querida, ele não ficou louco. Ele resolveu fazer uma viagenzinha e se perdeu, só isso."

"E cadê você? Ela disse que você pegou o carro e saiu sem falar nada."

"Carolyn, fica calma. Estou no hospital com o seu avô, em Birmingham."

"Hospital? Por que ele está no hospital?"

"Ele só está um pouco desidratado, então querem que passe alguns dias em observação."

"Ah... Bom, quer que eu vá aí? Eu poderia pegar um voo de manhã, acho, mas teria que voltar logo depois. Vamos dar um jantar para doze pessoas, inclusive o chefe do Brian e a esposa dele, então não posso cancelar de última hora."

"Não, não, querida. Não precisa vir. Vamos ficar pouco tempo aqui. Cuide da sua festa, e eu te ligo quando chegarmos em casa. Tá?"

"Se você diz... Que bom que ele está bem, mas, sério, mãe, o que deu nele? Para fugir de Briarwood e constranger a vovó desse jeito? Ela falou que saiu até no jornal. E tudo isso depois que ela fez o maior esforço pra conseguir a vaga pra ele..."

"Querida, tenho que ir. Vou falar para o vovô que você mandou um abraço."

Ruthie voltou sorrindo para o quarto do pai. "Era a Carolyn, querendo saber como o senhor está. Ela mandou um beijão e disse que está torcendo para o senhor melhorar logo."

"Você contou onde eu estava?"

"Não, quem contou foi a queridíssima Martha Lee, que não conseguiu se segurar e contou para ela que o senhor passou a noite embaixo de uma árvore."

"Ah, que droga. Eu estava torcendo para ela não descobrir nada."

Nesse instante, a enfermeira Terry entrou no quarto. "Terry, essa é a Ruthie, minha filha", Bud disse.

Terry assentiu. "Eu sei. A gente se falou por telefone, e agora que ela chegou, espero que o senhor se comporte! Já contou pra sua filha que o senhor me falou que era o John D. Rockefeller, o homem mais rico do mundo?"

"Ah, papai, o senhor não falou isso..."

"Pensei que assim iam me tratar melhor, mas ela me furou inteiro mesmo assim... Essa mulher é uma vampira! Cuidado, Ruthie, senão ela vai atrás de você."

Era óbvio que seu pai ia melhorar logo. Deu para ver que ele já tinha conquistado todas as enfermeiras.

Mais tarde, Ruthie chamou um táxi para ir a um hotel nas redondezas. Ela estava exausta, desesperada para tomar um banho quente e tirar um cochilo. Na pressa para chegar a Birmingham, ela não tinha levado nada; só estava com a bolsa e a roupa do corpo. Depois de fazer o check-in, ela passou numa lojinha de conveniência que havia no lobby do hotel e comprou uma escova e pasta de dente. Depois ela pensaria no resto.

Bud ficou contente por Ruthie ter reagido tão bem à notícia de que ele perdera seu braço. A filha tinha se esforçado muito para encontrar a melhor prótese possível. Ele queria poder voltar atrás e tentar achar o braço, mas sabia que, mesmo se ela o deixasse voltar para procurá-lo, a chance de encontrar a árvore exata em que o deixara era remota.

Bud não sabia, mas ele já tinha visto aquela mesma árvore antes. Na época, ela não era tão alta, nem ele. Ele tinha apenas seis anos quando sua tia Idgie o levou à sua árvore secreta das abelhas. E havia muita coisa sobre aquela árvore que ele não sabia.

Uma alma amiga

Birmingham, Alabama

Evelyn Couch e seu marido, Ed, estavam "por cima da carne seca", como se diz. Tinham uma casa linda, quatro belos carros e um motorhome de luxo. Mas, depois que Ed faleceu, em 2011, Evelyn vendeu a concessionária e se aposentou. Nessa fase, ela praticamente só jogava bridge e administrava o portfólio de investimentos em imóveis que havia montado ao longo dos anos. Mas ela estava entediada.

Naquela manhã, Evelyn estava sentada à mesa, tomando café e assistindo ao noticiário local, quando um alerta de desaparecimento surgiu na parte inferior da tela.

> O idoso desaparecido, sr. James Buddy Threadgoode, oitenta e quatro anos, foi visto pela última vez em Atlanta e supõe-se que estava se dirigindo a Birmingham. Trata-se de um homem branco, de 1,80 m, olhos azuis, cabelo branco. Acredita-se que não tem o braço esquerdo e foi visto pela última vez usando um casaco de lã xadrez.

O nome lhe chamara a atenção, mas, quando leu a descrição do homem, Evelyn soube quem era. Era impossível que existissem outras pessoas de oitenta anos que se chamassem Buddy Threadgoode e tivessem um braço só. Ele só podia ser o menininho de Ruth e Idgie. O mesmo de que sua amiga Ninny Threadgoode lhe falara tanto.

De repente, ela ficou muito empolgada e ligou para Harry, seu amigo que trabalhava na emissora de TV local, e perguntou qual era a situação do desaparecido. Ele lhe contou que o homem ainda não havia sido encontrado. Antes de desligar, Evelyn pediu que o amigo ligasse caso o encontrassem. Ah, como ela torcia para que o encontrassem! Adoraria entrar em contato com ele de alguma forma.

Ela não conhecia Bud, mas era como se conhecesse. Ninny Threadgoode havia lhe contado tanto sobre a Parada do Apito e o café, e Evelyn se lembrava de que Buddy tinha se casado com sua paixão de infância e que tinham tido uma filha. Também sabia que eles haviam se mudado, mas não sabia para onde. Mas, se conseguisse encontrá-lo, havia algo que sempre desejara dar a ele — algo que achava que a filha dele gostaria de ter. Guardara aquilo por anos. Quando Ninny faleceu, ela havia deixado com Evelyn uma caixa de sapatos com velhas fotos do café, alguns dos antigos cardápios e receitas, além de muitas fotos de Idgie, Ruth e Buddy Jr. que deveriam, sem dúvida, ser devolvidas para a família Threadgoode.

Por volta das duas da tarde, seu amigo Harry, da emissora, ligou dizendo que o sr. Threadgoode tinha sido encontrado são e salvo, e que estava em observação no Hospital Universitário.

Evelyn se animou e ligou para o hospital na mesma hora. Foi Terry, ainda em seu turno, quem atendeu: "Observação, aqui quem fala é a Terry".

"Oi, Terry, aqui é Evelyn Couch, e eu queria saber se é possível conseguir alguma informação sobre o Bud Threadgoode..."

Terry respondeu: "*Aquela* Evelyn Couch, que aparecia num monte de comerciais de Cadillac na TV?".

"Ela mesma."

"Minha nossa! Eu sempre te via na TV. Como vai, Evelyn?"

"Vou bem, obrigada, Terry. Escuta, meu bem, não quero incomodar o Bud, mas estou tentando entrar em contato com a filha do sr. Threadgoode e..."

"A senhora quase conseguiu falar com ela. Acabou de sair daqui."

"Ela está em Birmingham?"

"Está. Veio hoje, de avião. Tenho o nome e o número do celular dela, quer que eu te passe?"

"Muito obrigada, Terry, eu te devo uma."

"Ah, por nada. Mas talvez ela queira tirar um cochilo, então eu esperaria um pouquinho para ligar."

"Obrigada, farei isso."

Ruthie acordou por volta das quatro e meia da tarde e se perguntou se deveria pegar um táxi para voltar ao hospital. Mas tinha deixado o seu número lá, então, se o quadro de Bud mudasse, eles ligariam. Ela não sabia o que fazer. Estava sozinha, sentada num quarto de hotel feio e esquisito, numa cidade onde não conhecia vivalma. Olhou pela janela e viu que estava começando a escurecer lá fora. Decidiu ligar para o hospital. Eles lhe disseram que seu pai estava dormindo, então ela ligou a TV para se distrair, e estava assistindo a uma reprise de *Shark Tank* quando o telefone tocou.

"Sra. Caldwell, meu nome é Evelyn Couch. Você não me conhece, mas fui muito amiga de uma pessoa que acredito ser a tia do seu pai."

"É mesmo?"

"Sim. O nome dela era Ninny Threadgoode."

"Isso. Ele tinha uma tia chamada Ninny."

"Casada com um homem chamado Cleo, com quem teve um filho chamado Albert?"

"Exato! Ele vive falando deles. Nossa, espera só eu contar isso para o meu pai..."

"Puxa vida! Que ótimo ter te encontrado. É uma longa história, sra. Caldwell, mas a Ninny Threadgoode foi uma pessoa muito especial para mim, e eu adoraria falar sobre isso com ele um dia desses. Seria possível?"

"Claro."

"Me disseram no hospital que seu pai está bem, e sei que você deve estar muito aliviada. Deve ter sido um susto dos grandes."

"Foi mesmo."

"Olha, eu sei que não é a melhor hora e não quero te incomodar, mas se você e seu pai um dia voltarem para Birmingham, por algum motivo, será que você poderia me telefonar? Estou com uma coisa que acho que vocês iam gostar de ter."

"Adoraríamos. Você costuma ir a Atlanta?"

"Não muito, depois que a cidade cresceu tanto. Da última vez passei três horas perdida. Quantas ruas chamadas Peachtree existem na cidade, afinal? Mas eu topo tentar de novo."

Ruthie deu risada. "Eu sei que é confuso."

"Enfim, que ótimo saber que seu pai está bem."

"Obrigada. O médico deu quase certeza de que vamos conseguir levá-lo de volta para casa em poucos dias."

"Você está aqui sozinha?"

"Sim."

"Tem amigos em Birmingham?"

"Não, não tenho."

"Olha, se tiver algo que eu possa fazer por você, me avise. Não estou tão longe. Posso te levar qualquer coisa que você precisar. O que você vai comer de jantar hoje?"

"Ainda nem pensei nisso. Acho que vou pedir pelo serviço de quarto."

"Ah, não faça isso. Eu posso te buscar e te levar para jantar em algum lugar bacana."

"É muita gentileza da sua parte. Mas, sinceramente, eu estou com uma cara péssima. Não posso sair. Não trouxe nem um batom e meu cabelo está um horror."

Evelyn deu risada. "Bem, se o problema é maquiagem, não precisa se preocupar. Maquiagem é o que não me falta, acredite. O que você precisar eu tenho. Você está de carro?"

"Não. Vim de avião e peguei um táxi até o hospital. Acho que eu deveria alugar um enquanto estou aqui."

"Ah, não gaste seu dinheiro com isso. Eu posso te emprestar um carro enquanto você está aqui. Tenho alguns que não estou usando. Ou, melhor ainda, seria um grande prazer levá-la aonde você precisar ir."

"Imagine, não quero te dar trabalho."

"Acredite, não é trabalho nenhum. Sou aposentada e tenho todo o tempo livre. Ia amar ter algo para fazer e uma companhia. Minhas amigas só querem ficar sentadas jogando bridge."

Ruthie não sabia quem era aquela mulher, mas, quem quer que fosse, ela só podia ter sido enviada por Deus.

Pensar em se virar numa cidade desconhecida não era lá muito animador. E ela de fato estava com *muita* fome. Tinha esquecido completamente de almoçar!

Cerca de trinta minutos depois, Ruthie ouviu alguém bater na porta do quarto de hotel. Quando ela a abriu, lá estava uma senhora grisalha e gordinha com uma aparência muito simpática, segurando uma maleta de plástico transparente cheia de maquiagem e um pote enorme de hidratante, tudo da Mary Kay. "Oi, Ruthie! Eu sou a Evelyn." Ruthie, que nunca tinha visto essa mulher antes, ficou tão feliz em ver um rosto simpático que teve vontade de puxá-la para um abraço ali mesmo.

Enquanto estava no banheiro usando seus lindos e novos produtos de maquiagem, elas conversaram um pouco mais, e Ruthie percebeu que havia algo em Evelyn que lembrava sua mãe. Talvez fosse o sotaque ou o timbre da sua voz — ela não sabia dizer —, mas foi muito bom falar com alguém tão pé no chão, tão sincera. Ela sentia falta disso. Tinha esquecido como era estar com alguém com quem pudesse ser ela mesma.

Evelyn a levara a um restaurante quatro estrelas muito agradável. Ruthie bebeu duas taças de vinho durante o jantar e não estava bêbada, mas provavelmente tinha ficado bem relaxada, porque, até o fim da noite, havia contado para Evelyn — uma completa desconhecida — tudo sobre ela e sua vida em Atlanta. E Evelyn tinha se mostrado muito compreensiva. "Eu também já tive uma sogra insuportável", ela disse. "Mas essa tal de Martha Lee parece um caso à parte."

No fim da noite, Ruthie tentou pagar a conta, mas Evelyn insistiu: "Não, enquanto estiver em Birmingham, você é minha convidada". Além do mais, ela não teve chance. O garçom não quis aceitar seu cartão.

"Desculpe", ele disse para Ruthie. "Aqui sempre fazemos a vontade da sra. Couch."

"Tudo bem, Evelyn", ela disse. "Mas, quando você for para Atlanta, eu pago."

Evelyn não sabia o que esperar, mas se afeiçoou a Ruthie de imediato. Ela já tinha visto uma foto de sua avó, Ruth Jamison, e achou que as duas eram muito parecidas. Um rosto muito bonito, os mesmos olhos castanhos e grandes, esbelta. E ela não poderia ser mais simpática.

Mas, depois do jantar, depois de conhecê-la um pouco melhor, Evelyn não teve dúvida de que Ruthie estava precisando conversar com uma amiga. Ela parecia estar um pouco perdida, um pouco abalada com algo.

Naquela noite, voltando de carro para casa, outra coisa passou pela cabeça de Evelyn. Talvez ela tivesse sentido uma conexão tão imediata com Ruthie porque ela lhe lembrava de quem ela era antes. Antes de conhecer Ninny.

A CONEXÃO

Birmingham, Alabama

Na manhã seguinte, Ruthie entrou no quarto de hospital do pai, beijou-o e disse: "Papai, tem uma pessoa que quer conhecer o senhor. Você não vai acreditar, mas ela foi muito amiga da sua tia Ninny".

Bud se ajeitou na cama, olhou para a senhora, surpreso, e disse: "Não pode ser".

Evelyn aproximou-se dele e o cumprimentou com um aperto de mão. "Oi, sr. Threadgoode. Meu nome é Evelyn Couch. Estou muito feliz em conhecê-lo."

"Digo o mesmo, Evelyn. Desculpe se não posso me levantar e cumprimentar a senhora da maneira correta, mas fiquei curioso. Você parece tão jovem. Como conheceu minha tia Ninny?"

"É uma longa história, mas anos atrás, a mãe do meu marido estava na mesma casa de repouso que a Ninny, aqui em Birmingham. Eu a conheci lá e ficamos amigas."

"Ora, ora! Que legal..."

"É, foi muito legal pra mim, eu adorava a Ninny. Enfim, parece até que eu já te conheço. A Ninny me contou tantas coisas sobre a sua mãe e Idgie Threadgoode, e tantas histórias maravilhosas sobre você."

"É mesmo?"

"Ah, sim... Ela me contou tudo sobre a sua infância na Parada do Apito."

Ruthie se intrometeu. "Papai, a Evelyn foi tão bacana. Ontem à noite ela me levou para jantar num restaurante maravilhoso e me convidou para ficar na casa de hóspedes que ela tem."

"Que maravilha! Mas, me conta, como vocês duas se encontraram?"

Evelyn deu risada. "Essa é a parte mais engraçada, sr. Threadgoode. Ontem eu estava assistindo à TV quando vi o seu nome passar pela tela, num aviso de desaparecimento, e na hora eu soube que só podia ser o senhor. Então liguei para um amigo meu que trabalha na emissora e pedi para ele me avisar se o encontrassem, porque eu queria entrar em contato com o senhor."

Ruthie completou: "Aí ela descobriu que o senhor estava aqui e telefonou, e a Terry deu meu número para ela, que me ligou no hotel".

"Puxa... que mundo pequeno! Eu agradeço muito sua gentileza com minha menina, Evelyn."

"Ah, sr. Threadgoode, o prazer é todo meu. Olha, o senhor nem imagina o que a sua tia Ninny fez por mim. Eu estou muito empolgada em ter a oportunidade de conhecer alguém que também a conheceu. Ela era muito importante pra mim. Acho que ela foi a pessoa mais generosa que eu conheci."

"Ah, isso ela era mesmo." Então ele riu. "Ela também sabia ser muito engraçada, mas não tinha consciência disso. A gente morria de rir dela... Ela já te falou que achava que os passarinhos que ficam empoleirados nos fios de telefone ouvem as conversas com os pés?"

Evelyn deu risada. "Falou, sim."

"Ela te contou do filho dela, o Albert?"

"Ah, contou."

"O Albert nunca se recuperou, mas ela cuidou dele todos os dias de sua vida. Eu fico triste por não ter visto a tia Ninny tantas vezes naqueles últimos anos. A gente estava morando em Maryland quando ela morreu."

Evelyn concordou. "Eu estava na Califórnia quando ouvi falar, quando descobri, o funeral já tinha acontecido."

"Que Deus a abençoe. Ela era maravilhosa."

"Era mesmo. E aposto que ela ia adorar saber que a gente se conheceu depois de tantos anos."

Bud disse: "A vida não é uma loucura, Ruthie? Se eu não tivesse me perdido, nunca teríamos conhecido essa senhora tão simpática".

Depois de prometerem voltar para visitá-lo no dia seguinte, Evelyn e Ruthie se despediram e deixaram que Bud almoçasse e cochilasse em paz. Bud ficou muito contente. Conhecer Evelyn foi como encontrar uma velha amiga por acaso. Alguém que se lembrava de quem ele era.

Enquanto saíam do quarto de Bud, Evelyn se virou para Ruthie e disse: "Nossa, ele é o velhinho mais fofo que eu já vi! Que amor de pessoa. Muito obrigada por me deixar conhecê-lo".

"Tenho certeza de que o prazer foi dele", Ruthie disse. "Você deixou ele todo animado, falando dos velhos tempos no café. Mas vou logo te avisando: se prepara! Ele vai querer falar até não poder mais sobre a vida na Parada do Apito." Depois de passarem no balcão das enfermeiras e conversarem um pouco com Terry, elas foram embora.

Quando voltaram para o Cadillac cor-de-rosa de Evelyn, ela disse: "Tá, a primeira coisa que a gente vai fazer é tirar você daquele hotel, depois vamos comprar umas coisas e voltar pra casa. Porque às quatro da tarde temos uma massagem de duas horas agendada".

Os olhos de Ruthie brilharam. "Duas horas?"

"É, e depois vamos jantar e ir dormir. Depois de tudo o que você passou, eu imagino que esteja precisando de muito carinho."

Ruthie se recostou no banco macio de couro branco e sorriu. "Ah, Evelyn... Por onde você andou minha vida inteira? Pode me fazer de boneca!"

Além das aparências

Evelyn morava numa imensa casa de tijolos brancos com venezianas verdes que ficava bem no meio de um belo campo de golfe. "O Ed jogava golfe", ela explicou. A casa de hóspedes era um chalé de dois quartos que ficava de frente para uma linda piscina. E, como se isso não bastasse, contava com um banheiro enorme com sauna, jacuzzi e sala de massagem.

Evelyn perguntou: "Diz se não é melhor do que aquele quarto de hotel?".

"Devo dizer que sim."

"Então fique à vontade, tire um cochilo, o que preferir, e a Sonia estará aqui às quatro para fazer a massagem."

"Evelyn, não sei nem como te agradecer", Ruthie disse.

Mais tarde, Sonia fez o que pareceu a melhor massagem da vida de Ruthie. Enquanto ainda estava deitada na mesa, Ruthie disse: "Sabe, Sonia, eu percebi que a Evelyn tem muitos produtos da Mary Kay. Ela deve gostar muito da marca".

Sonia respondeu: "Ah, sim. Ela vendia esses produtos".

"É mesmo?"

"Isso foi antes de ela começar a vender carros."

"Ela vendia carros?"

"Ela não te contou? Ah, sim, ela tinha concessionárias Cadillac pelo Alabama inteiro. Ela fazia os próprios comerciais e tudo o mais."

Ruthie começava a notar que, quando se tratava de Evelyn Couch, havia muitas coisas que não se notava à primeira vista.

Ela tinha se perguntado por que Terry quis o autógrafo de Evelyn.

Naquela noite, Evelyn lhe mostrou a foto de Ninny Threadgoode que deixava em sua mesa. Depois Evelyn lhe entregou a caixa de sapatos que tinha herdado de Ninny. Ruthie abriu o envelope e ficou olhando as fotografias antigas. Era até estranho ver o quanto se parecia com sua avó, Ruth. Uma das fotos havia sido tirada quando ela tinha cerca de vinte e dois anos e havia ido para a Parada do Apito pela primeira vez para lecionar estudos bíblicos durante o verão, época em que morou na velha casa dos Threadgoode. Ruth estava usando um vestido branco, em pé no quintal da frente da casa, olhando para cima, para alguém que tinha subido num cinamomo. Da pessoa só se podia ver dois pés descalços pendurados. Evelyn contou que Ninny lhe dissera que eram os pés de Idgie, e que ela tinha quinze ou dezesseis anos.

Outra foto havia sido tirada cinco anos depois, quando Ruth deixou o marido e voltou a morar na Parada do Apito. Ela estava em pé na frente do café recém-inaugurado, segurando um bebezinho lindo, que Ruthie sabia ser seu pai. Idgie, uma jovem alta e magra, com cabelos loiros cacheados e curtinhos, estava atrás dela, apontando para a nova placa do "Café da Parada do Apito" e sorrindo. As duas pareciam novas demais para administrar um café.

Ruthie pensou que queria ter conhecido sua avó. Havia tantas perguntas que gostaria de lhe fazer. Por que ela tinha deixado o marido e ido morar no Alabama? Sua mãe lhe dissera que não existia nenhuma foto do marido de Ruth. Seu pai não parecia saber muito sobre ele, nem se importar com isso. Mas, ainda assim, Ruthie teria adorado ver, ao menos, uma foto do avô. Ele devia ter sido bonito, porque seu pai sempre teve boa aparência.

O incrível garoto

Dezembro de 1940

Não havia dúvida de que Buddy era um garoto muito curioso. Mas então, como Idgie temia que acontecesse um dia, ele passou a ter curiosidade por algo que ela preferia que não tivesse.

Naquele dia específico, Idgie o levara à loja de departamento Loveman's, em Birmingham, para lhe comprar sapatos novos, e, na volta para casa, sem mais nem menos, Buddy havia se virado para ela e perguntado: "Tia Idgie, você chegou a conhecer o meu pai?".

Idgie pigarreou, enfiou a mão no bolso da camisa e tirou lá de dentro um cigarro Lucky Strike. "Ah... Devo ter cruzado com ele algumas vezes. Por quê?"

Então o garoto lhe fez a exata pergunta que ela vinha torcendo para nunca precisar ouvir.

"Eu queria saber por que ele nunca vem me ver."

"Será que você poderia pegar um fósforo pra mim? Puxa vida, eu não sei, querido. Você já perguntou isso pra sua mãe?"

"Não, tia. Ela não gosta de falar dele. Acho que não gosta muito dele."

Idgie torceu para que Buddy mudasse de assunto, mas o menino insistiu.

"Você acha que ele pode vir me visitar algum dia?"

Idgie olhou para o garoto. "Você ia gostar?"

Buddy respondeu: "Acho que sim... Mas não sei... Talvez. Semana que vem é meu aniversário. Será que ele vai me ligar, ou, quem sabe, mandar um presente?".

"Não sei, meu bem."

Depois de algum tempo, eles estavam passando pelo viaduto do centro quando o garoto fez mais uma pergunta.

"Eu queria saber onde ele está, tia Idgie."

"Quem?"

"Meu pai."

"Ah... Eu não sei." Então, mudando de assunto depressa, Idgie disse: "Olha, Buddy, tive uma ideia. Agora você já está bem grandinho. Você precisa aprender a atirar. Eu e o Cleo e alguns dos meninos vamos sair para caçar no fim de semana que vem. Que tal você vir conosco?".

Os olhos de Buddy brilharam. "Posso ir? Será que a mamãe deixa?"

"Claro. Deixa comigo, que eu combino tudo com ela. E o que você me diz? Quer ir?"

"Claro que sim!"

Idgie detestava mentir para Buddy, mas não tinha coragem de lhe dizer a verdade sobre seu pai. Frank Bennett era um bêbado encrenqueiro que batia em mulher. Quando ele e Ruth eram casados, ele bateu nela tantas vezes que a mamãe e o papai Threadgoode tinham resolvido mandar Idgie, junto de Big George e Julian, para a Georgia, onde resgataram Ruth antes que ele acabasse por matá-la num dos acessos de fúria quando estava bêbado. Mas Buddy não precisava saber de tudo isso. Quanto menos ele soubesse, melhor.

Para o alívio de Idgie, mesmo depois da morte de sua mãe, ele nunca mais voltou a perguntar sobre o pai. E, à medida que os anos se passavam sem nenhuma notícia dele, Buddy simplesmente passou a se considerar parte da família Threadgoode, e ficou por isso mesmo.

Uma nova amiga

No dia seguinte, enquanto Ruthie fazia uma limpeza facial completa, Evelyn estava no hospital visitando Bud e conversando sobre Ninny.

"Sabe, Bud... Posso te chamar de Bud?", perguntou ela.

"Eu ficaria magoado se você não me chamasse de Bud."

"Então, Bud, é engraçado como uma única pessoa pode mudar a sua vida. Quando conheci a Ninny, eu estava passando por uma fase horrível. Eu estava deprimida, pensando muita bobagem. E, odeio dizer isso, mas cheguei até a pensar em me matar. Me assusta pensar em tudo que eu teria deixado de viver se tivesse feito isso."

"Pois é. Me conhecer, por exemplo."

Evelyn sorriu. "É verdade. É claro que, pensando agora, é provável que eu estivesse tendo uma espécie de colapso nervoso. Olha, não sou religiosa, mas às vezes, Bud, eu acredito que a Ninny pode ter sido um anjo que enviaram pra mim, sei lá, para me ajudar a sobreviver àquele período e sair do outro lado. E não pense que eu enlouqueci, mas eu não ficaria surpresa se tivesse uma mãozinha dela nessa história de eu conhecer você e a Ruthie."

"Não, não acho que você esteja louca, nem um pouco. Eu acredito. Acho que as pessoas, apesar de terem partido, ainda olham por nós quando precisamos."

"Acredita mesmo?"

"Acredito, sim. Uma vez aconteceu uma coisa comigo. Nunca contei para ninguém, mas vou te contar. Feche a porta primeiro. Não quero que a Terry nos ouça. É capaz de ela internar nós dois na ala psiquiátrica."

Evelyn fechou a porta e voltou a se sentar.

"Bem, em 1989, quando a tia Idgie morreu, fiquei muito abalado. Eu a levei de volta para o Alabama para enterrá-la no cemitério em que a família estava, como ela queria, mas, no dia seguinte, antes de ir embora, voltei ao cemitério para me despedir mais uma vez. Eu estava diante do túmulo dela, chorando e tentando seguir em frente, e sentindo muita pena de mim mesmo. Minha mãe tinha partido. A tia Idgie tinha partido. E eu tinha me tornado um órfão aos sessenta anos. Ai de mim! E, bem naquele momento, juro que uma abelha danada subiu voando por dentro da minha calça e me picou na bunda."

"Não."

"Sim, senhora, picou mesmo, e enfiou o ferrão em mim. Então, quando me recuperei do choque, de repente me dei conta. Tinha sido a tia Idgie que mandou aquela abelha subir pela minha calça. Ela queria me avisar que estava bem, e me falar para parar de sentir pena de mim mesmo. Aí eu me sentei sobre o túmulo dela e comecei a rir tanto que caí na grama. E não consegui parar. Só fiquei lá deitado no cemitério por meia hora, um bom tempo, rolando na grama, sozinho, rachando o bico. Se alguém tivesse me visto naquele dia, ia mesmo achar que enlouqueci. Estou te falando! Foi a tia Idgie, aquela danada, quem fez aquilo comigo. Mas, sabe, Evelyn, o engraçado é que, depois daquele dia, eu nunca mais senti aquela tristeza doída daquele dia. Eu senti saudade dela, claro, mas sabia que ela estava bem.

"O que quero dizer é que a tia Ninny pode muito bem ter influenciado seu encontro conosco. E, cá entre nós, minha Ruthie está precisando de uma amiga. A vida dela não tem sido fácil, depois de perder o marido, e agora comigo dando esse trabalho todo. Espero que vocês duas mantenham contato. Depois que formos embora, espero que você ligue para ela de vez em quando."

Semanário Weems

(Boletim semanal da Parada do Apito, Alabama)
1947

Astro do futebol local!

Temos uma ótima notícia esta semana. Estamos muito orgulhosos do nosso menino Buddy Threadgoode, que está levando nosso time de futebol americano à vitória no campeonato estadual. Acabo de saber que ele foi eleito quarterback do ano entre as escolas do Alabama. Ele agradece a sua tia Idgie, que lhe ensinou a lançar uma bola de futebol quando ele tinha apenas sete aninhos. Ouvimos dizer que nosso garoto pode até ingressar na Georgia Tech no ano que vem.

Agora uma notícia triste: apesar de só fazer alguns meses, todos nós que moramos na Parada do Apito continuamos arrasados pela perda da nossa querida Ruth Jamison. Ainda é muito difícil entrar no café e não a ver nos cumprimentando, como ela sempre fazia, com seu lindo e hospitaleiro sorriso. Idgie e Buddy agradecem a todos vocês por suas doações tão generosas. A Grace, lá do abrigo de animais, contou que fizeram tantas doações em nome de Ruth que precisaram construir um novo espaço nos fundos para receber os gatos e guaxinins. O antigo era pequeno demais. Conhecendo a Ruth, eu tenho certeza de que ela ia adorar saber disso.

... Dot Weems...

Parada do Apito, Alabama

1955

Quando Ruth morreu, Idgie teve de se manter firme e forte pelo Buddy. Ele precisava da força dela. Ela quis fechar o café na ocasião, mas não conseguiu, porque o dinheiro faria falta. E tinha prometido a Ruth que, independentemente do que acontecesse, ela garantiria que Buddy terminasse a faculdade.

A morte de sua mãe foi muito difícil para Buddy. Havia acontecido em seu último ano do colegial. No outono seguinte, no entanto, depois que ele deixou a Parada do Apito para ir à faculdade e começou a fazer novos amigos, as coisas mudaram para melhor. Mas não para Idgie.

Toda noite, depois de fechar o café, Idgie pegava uma garrafa de uísque debaixo do balcão, entrava no carro e passava a noite toda dirigindo sem rumo. Ela andava a cento e vinte, cento e trinta quilômetros por hora, voando para cima e para baixo pelas estradinhas rurais escuras, com o rádio no volume máximo, totalmente bêbada, cantando a plenos pulmões.

Era como se a velocidade, o barulho e a bebida tivessem o poder de anestesiar a dor, de certa forma. E esse efeito durava algumas horas, mas, toda manhã, quando voltava para casa, ela ainda precisava encarar mais um dia sem Ruth. Mais um dia odiando Deus por tê-la levado embora.

Mas depois, quando Buddy se formou na universidade e estava encaminhado para uma boa vida, Idgie sentiu que tinha honrado seu compromisso com Ruth. "E agora?", ela pensou. A cidade estava caindo aos pedaços, todos os amigos da ferrovia tinham ido embora, e o restante dos moradores ou estavam de partida ou se preparando para partir. Sua irmã mais velha, Leona, lhe escrevera havia pouco tempo, perguntando se deveriam vender o antigo sobrado da família Threadgoode, já que ninguém mais morava lá. Idgie não tinha nenhum motivo para ficar, e muitos para ir embora. O café estava impregnado de memórias. Além do mais, ela tinha acabado de passar uma noite difícil na delegacia de Gate City, depois de ser flagrada dirigindo bêbada e em alta velocidade. Precisava sair da cidade antes que acabasse se matando numa noite qualquer, ou até pior, matando outra pessoa. O xerife Grady, que era seu amigo, havia telefonado para seu irmão Julian, na Flórida, e lhe contado que todo mundo estava preocupado com Idgie. Ela não era mais a mesma. Ele disse a Julian: "É melhor você tomar uma providência logo, porque não sei se vou conseguir tirar a Idgie da cadeia da próxima vez. Ainda mais se ela tentar bater no policial que está tentando prendê-la, como já aconteceu". Julian imediatamente telefonou para Idgie e lhe disse para ir para a Flórida na mesma hora, senão ele iria buscá-la.

Uma semana depois, quando Idgie estacionou na frente da casa do irmão e saiu do carro, Julian ficou chocado com sua aparência. Ela estava só pele e osso, abatida, fedendo a uísque e cigarro, e caiu duas vezes antes que ele pudesse levá-la para dentro. Na manhã seguinte, depois de tomar algumas xícaras de café, Idgie estava com as mãos tremendo, suando, pálida feito um fantasma, mas ao menos estava quase sóbria. Então Julian começou a falar com ela. "O Grady me telefonou e me falou que um amigo dele, lá de Gate City, tinha te pegado andando a cento e cinquenta por hora às quatro da manhã. Você entende que podia acabar se matando desse jeito, dirigindo bêbada feito uma louca?"

"Eu não tô nem aí... Preferia morrer mesmo."

"Meu Deus, Idgie. Eu sei que você perdeu sua melhor amiga, mas, pra ir presa desse jeito, você só pode estar perdendo as estribeiras. O que te deu na cabeça?"

Ela passou um bom tempo olhando para ele. Então disse: "A Ruth era mais do que uma melhor amiga, Julian".

Julian ficou um pouco surpreso ao ouvi-la dizendo isso, mas ele se limitou a assentir. "Eu sei disso, Idgie. Só não entendo como tirar sua própria vida vai ajudar em alguma coisa. Todos nós perdemos pessoas que amamos, Idgie. A vida é assim. Eu te amo, mas você não é especial. Você é só mais um ser humano que perdeu alguém. Sou seu irmão, você não se importa comigo? Eu não quero perder a minha irmãzinha. E vou te dizer outra coisa. A Ruth teria vergonha desse seu comportamento. Claro que você sente falta dela. Todos nós sentimos, mas é assim que você vai honrar a memória dela? E se você não se importa com você mesma nem comigo, pense no Buddy, pelo menos. Você é a única figura materna que ele ainda tem. Você acha que ele quer uma velha bêbada no casamento dele? Você tem que parar com essa besteira. Tá me ouvindo?"

Idgie tinha ouvido. E ele tinha sido bem claro. Ruth era uma verdadeira dama, e ficaria com vergonha dela.

Naquela noite, Idgie se viu sentada ao lado de Julian numa reunião do AA. Depois que entrou para os Alcoólicos Anônimos, sua vida começou a mudar. Ela encontrou uma madrinha para ajudá-la com os Doze Passos e de fato fez o que a mulher lhe disse. Sua madrinha era uma senhora casca-grossa da Flórida que não deixava passar nada, e, sendo tão teimosa, Idgie precisava disso. Nas semanas seguintes, ela conheceu uma variedade de pessoas muito simpáticas com quem tinha muito em comum. Pessoas que tinham comido o pão que o diabo amassou e estavam tentando seguir a vida rumo a um futuro melhor.

Eis que Idgie descobriu que adorava ir às reuniões e conhecer todo mundo. Era quase como voltar a morar numa cidade pequena. Ela ainda sentia falta da Parada do Apito, mas sabia que não existia mais nada lá.

Demorou um pouco, mas, com o tempo, Idgie até voltou a acreditar na existência de alguma coisa. Não era a mesma fé que ela tinha na infância, mas parecia ser o suficiente.

Depois de alguns anos de sobriedade, Idgie também passou a ser madrinha de novos e velhos membros. Era impossível passar em frente à banca de frutas e não a ver sentada do lado de fora conversando com alguém. Ainda sentia a mesma saudade de Ruth, é claro, mas pelo menos não ia mais acabar se matando ou matando os outros. Ela não tinha tempo para isso. Idgie passou a se ocupar com a banca de frutas, a cuidar das colmeias e, como ela dizia, com "o pouco que podia fazer pela humanidade".

Visita-surpresa

Logo depois que Ruthie e Evelyn saíram do hospital naquela tarde, a enfermeira Terry bateu na porta do quarto de Bud e entrou.

"Oi, sr. Famoso. Você tem mais visitantes."

Bud levantou a cabeça e se surpreendeu ao ver Billy Hornbeck, o amigo do trem, entrar com uma jovem a seu lado.

"Billy, meu garoto! Que ótima surpresa! Tudo bem com você?"

"Tudo ótimo! E o senhor?"

"Nos trinques. Como você sabia que eu estava aqui?"

"Saiu no jornal. Espero que não se incomode... Eu só quis ver se o senhor estava bem. O senhor poderia ter me falado que queria ir à Parada do Apito. Seria um prazer levá-lo até lá."

Bud deu risada. "Bem, Billy, eu mesmo não sabia disso até chegar a Birmingham. Mas nunca encontrei a cidade, e não só isso, como perdi meu braço no meio das árvores."

"Pois é, percebi que está sem ele. Mas pelo menos o senhor ficou bem."

"Fiquei, e achei muito gentil da sua parte vir me ver."

"Imagine! Mas vim porque queria que o senhor conhecesse a Geena."

A jovem que estava ao lado de Billy deu um passo adiante e disse "Como vai o senhor?", enquanto apertava sua mão com firmeza. "Prazer em conhecê-lo."

"Igualmente, Geena." Bud olhou para Billy. "Essa é a bombeira de que você me contou?"

"Sim, senhor", o rapaz respondeu, olhando para ela e abrindo um sorriso.

"Então, Geena... Sei que não devemos dizer a uma bombeira que ela é bonita, mas você sem dúvida é."

"Obrigada, senhor."

Depois de um tempo de visita, Terry voltou e disse: "Desculpa, pessoal, mas precisamos levar esse rapaz para a fisioterapia".

"Ah, tudo bem", Billy disse. "Já estávamos de saída."

"Bem, acho que preciso obedecer a Terry. Ela vai me dar uma surra se eu não for. Mas muito obrigado por terem vindo, viu? Prazer em conhecê-la, Geena."

"Igualmente, sr. Threadgoode. Sinto muito pela perda do seu braço."

Quando saíram, Billy enfiou a cabeça para dentro da porta por um segundo e disse: "O casamento vai acontecer".

Bud fez um sinal de vitória. "Que ótima notícia, rapaz!"

Depois Bud se virou para Terry e disse: "O amor é grandioso, não concorda?".

"Isso eu não sei... Sou casada."

Voltando para Briarwood

Na manhã seguinte, Ruthie e Evelyn foram ao hospital por volta das oito horas para buscar Bud.

Quando abriu o armário para ajudar o pai a se vestir para voltar para casa, Ruthie ficou chocada.

"Ah, papai... Não me diga que o senhor usou esse casaco puído em público. Você tinha me falado que ia se livrar dele."

"Falei? Não me lembro."

"E olha a sua calça mais bonita. Está toda manchada de grama e terra. Bem, agora não adianta fazer nada."

Depois que Bud recebeu alta, Terry o levou para o térreo de cadeira de rodas e esperou Evelyn fazer a volta e parar com o carro diante da porta principal do hospital. Quando ela estacionou, Terry ajudou a colocar Bud no carro e disse: "O senhor se cuide, senão vou precisar ir lá para Atlanta e te botar de castigo, ouviu?".

"Tá, vou tentar", respondeu Bud. "E você fale para aquele seu marido ficar de olho, senão eu volto aqui e roubo você dele."

Depois que Bud entrou no carro e fecharam a porta, Ruthie disse: "Terry, muito obrigada por cuidar tão bem dele. Você é um anjo".

"Bem... É fácil cuidar dele. Ele é um amor de pessoa."

* * *

Mais tarde, quando Evelyn estava no aeroporto vendo o avião de Ruthie e Bud decolar, percebeu que ia sentir falta dos dois. Ela só estivera com eles por poucos dias, mas tinha sido muito bom finalmente conhecer pessoas que também tinham conhecido Ninny.

Quando Ruthie e Bud aterrissaram em Atlanta e estavam esperando o carro no estacionamento, Ruthie se virou para Bud. "Papai, tem certeza de que não quer ficar na minha casa? O senhor não precisa voltar para Briarwood se não quiser."

Bud fez que não. "Não, não, querida. Sua sogra ficaria chateada se eu saísse. E, além do mais, eu já estou acostumado com o lugar. Eu vou voltar e tomar meu remédio. Mas acho que preciso pedir desculpas para o Merris."

"Se o senhor pretende ficar, talvez seja uma boa ideia."

Quando chegaram à Mansão Briarwood, o sr. Merris estava esperando na entrada com uma flor na lapela e um sorriso pesaroso estampado no rosto.

"Ora, aqui está nosso menino fujão! Bem-vindo de volta, sr. Threadgoode."

"Obrigado. Sim... Olha, eu sinto muito por esse pequeno contratempo. Eu simplesmente..."

Por sorte, naquele momento, Hattie, amiga de Bud, chegou andando na direção deles e disse: "Ei, sr. Threadgoode, fiquei sabendo que o senhor fez uma viagem de trem e quero saber cada detalhe! Vem cá, seu quarto está prontinho para te receber".

Ruthie ficou esperando no carro até que tudo estivesse bem. E deveria estar, porque Bud se virou e a cumprimentou com um breve aceno, e estava sorrindo.

Depois de deixar seu pai em Briarwood, Ruthie atravessou a cidade para voltar para sua casa. Quando chegou ao grande portão de ferro, ela digitou a senha e entrou na rotatória. Ela tinha ido com apenas uma bolsa de mão, mas havia voltado com uma mala que Evelyn Couch lhe emprestara, repleta de produtos Mary Kay e algumas roupas novas que ela comprara em Birmingham.

Estava andando na direção da casa quando Martha Lee abriu a porta, a encarou e voltou a entrar, trancando a porta.

Assim que entrou, Ruthie ouviu o telefone tocando.

"Então você voltou para casa, finalmente", disse Martha Lee.

"Voltei, sim. Fiquei um pouco mais do que planejava."

"E seu pai? Ele também voltou?"

"Sim, acabei de deixá-lo em Briarwood."

"Espero que você saiba que o comportamento dele foi motivo de vergonha, não só para mim como para Briarwood."

Ruthie fechou os olhos e soltou um suspiro silencioso. "Sim, eu imagino. O papai me pediu para lhe pedir desculpas e dizer que isso não vai acontecer de novo."

"Espero que não. Além disso, você sabia que, quando saiu daquele jeito, sem me avisar ou avisar a equipe, você deixou o fogão ligado? Se o Ramón não tivesse entrado para verificar sua casa, você poderia ter botado fogo na rotatória inteira."

"Não, eu não sabia. Peço desculpas."

Depois que desligou, Ruthie disse a si mesma: "Bem-vinda de volta, Ruthie". Antes que pudesse subir as escadas, o telefone voltou a tocar.

"Olha, é melhor você ligar para a Carolyn o quanto antes, avisando que você chegou. Ela tem estado extremamente chateada com o comportamento do avô."

"Sim, farei isso, obrigada."

Ruthie ia ligar para a filha, mas não de imediato. Ela sabia que ia ouvir mais um sermão. Carolyn e Martha Lee sempre concordavam em tudo.

Jessie Ray Scroggins

1978

Jessie Ray Scroggins era uma das muitas crianças da Parada do Apito que Idgie enfiava num carro e levava ao cinema todos os sábados. Ele era sapeca, vivia arranjando confusão, brigando no banco de trás e jogando pipoca nas pessoas no cinema, mas Idgie gostava dele.

Ser filho de pastor não era fácil, ainda mais numa cidade pequena. E a situação ficava ainda mais complicada quando seu pai era o reverendo Robert A. Scroggins, pastor da Igreja Batista da Parada do Apito, onde, em uma placa na lousa dos estudos bíblicos dos jovens, se lia: "Não bebemos, não fumamos nem dançamos, nem nos relacionamos com quem faz essas coisas".

Jessie Ray tinha saído da barriga de sua mãe se sacudindo feito uma minhoca, e desde então, nunca tinha parado. Ele parecia ter uma dose dupla de energia. Desde o instante em que aprendera a ficar em pé, ele não andava, mas corria. Desde que tinha cinco anos, a primeira coisa que a coitada de sua mãe precisava fazer toda manhã era abrir a porta e deixá-lo correr pelo quintal, porque, do contrário, o menino era capaz de quebrar tudo o que ela tinha em casa. Seu irmão mais velho, Bobby Scroggins, havia se metido em confusão por beber demais algumas vezes, mas acabou se tornando um advogado bem-sucedido. Com Jessie Ray, a situação era outra.

Jessie Ray tinha bebido álcool pela primeira vez aos dez anos, graças a um amigo de Idgie chamado Smokey Solitário, que sempre ia ao café. E tinha gostado na hora. Não do sabor, mas da sensação que a bebida dava. E quanto mais ele bebia, mais se sentia melhor. Quando completou dezoito anos, já tinha batido três carros e sido preso em Birmingham em cinco ocasiões diferentes.

Todas as vezes ele havia ligado para Idgie, e ela tinha ido até lá e pagado sua fiança. Era ela a única pessoa na Parada do Apito para quem ele podia telefonar e que não contaria nada para seu pai.

Jessie Ray havia ido para o exército, e seu pai torceu para que assim ele virasse homem. Quando voltou da Coreia, no entanto, depois de ver tantos de seus colegas serem mortos, ele pareceu ter piorado. Por mais que tentasse, não conseguia parar de beber. Sabia que estava decepcionando seus pais, sua esposa, seus amigos e todo mundo, mas havia um lado dele que não queria viver.

Ele já tinha desistido de tentar ser uma pessoa melhor. Então, certa noite, quase inconsciente de tanto beber, ligou para Idgie, que estava na Flórida, e falou com ela por quase duas horas sobre como planejava se matar. A única parte da conversa de que ele se lembrava era a última coisa que ela dissera: "Jessie Ray, levanta essa bunda do sofá e vem pra cá agora!".

Seu pai tinha tentado de tudo. Quem sabe Idgie conseguisse convencê-lo a mudar? Ninguém mais havia conseguido. No dia seguinte, seu pai levou Jessie para a Flórida, ajudou-o a sair do carro e foi embora. Antes que se desse conta, Jessie estava sentado numa reunião do AA, com Idgie de um lado e seu irmão Julian do outro.

Não foi de uma hora para a outra. Ele teve alguns percalços. Mas, aos poucos, começou a se compreender um pouco melhor. Desde que se conhecia por gente, ele nunca tinha se sentido bem na própria pele. Seu único consolo era a bebida. Entendeu, mais tarde, que isso talvez fosse por que as pessoas chamavam a bebida de companheira. Depois de cerca de seis meses, quando ele estava sóbrio, saudável e bronzeado de colher laranjas, Idgie o mandou de volta para sua esposa e seus filhos. Podia-se dizer que Jessie Ray era um homem renovado.

Jessie descobriu que ficar sóbrio era incrível, mas às vezes também podia ser doloroso, ainda mais quando ele resolveu remover a tatuagem com os dizeres "A vida é uma merda" que tinha no peito. Doeu pra caramba, mas nada que se comparasse ao fato de seu pai ter morrido antes que ele tivesse a chance de lhe pedir desculpas por toda a dor que havia causado. Alguns anos depois, na tentativa de fazer o bem nos poucos anos que lhe restavam, ele se tornou pastor e assumiu a igreja de seu pai, em Birmingham. Embora seu pai tivesse sido um batista ferrenho, Jessie tendia a se identificar como cristão não denominacional.

No início, ele encontrou alguma resistência por parte dos membros mais antigos da igreja, muito apegados às escrituras. Algumas pessoas se lembravam de seus tempos de balbúrdia, e outras reclamaram que seus sermões eram muito descontraídos. Mas ele insistiu, e logo encontrou versículos bíblicos que agradaram, e todos voltaram ao rebanho.

Começaram a comentar que ele vinha fazendo sermões muito bons, com mensagens muito positivas, e logo a igrejinha começou a ficar lotada. Ele precisava fazer cultos às oito, nove e onze horas para conseguir receber todos os fiéis.

Quando o supermercado Piggly Wiggly, que ficava na velha galeria Eastwood Mall, fechou, Jessie viu uma oportunidade e logo alugou o imóvel. Em três anos, criou uma megaigreja que contava com mais de cinco mil lugares. Seu culto de domingo ficou tão famoso que passou a ser transmitido ao vivo pela TV, logo depois do programa *Country Boy Eddie*.

Segue o jogo

Birmingham, Alabama
1982

Opal Butts havia telefonado para sua velha amiga Gladys Kilgore no Tennessee, e as duas estavam botando as novidades em dia, contando tudo o que sabiam da antiga turma da Parada do Apito. Gladys estava perplexa com o que soubera.

"O Jessie Ray agora é pastor? Ora, o Grady deve ter prendido aquele menino mais de vinte vezes... Você só pode estar brincando!"

"Não, não estou. Depois que o reverendo Scroggins faleceu, parece que o Jessie Ray arranjou uma autorização para ser pastor e herdou a congregação do pai. E, no início, o pessoal ficou meio desconfiado, por causa da ficha suja dele e tudo mais, então ele precisou ter muita paciência. Mas com o tempo arranjou muitos seguidores, viu? Tanta gente que faltou lugar na igreja pra acomodar todo mundo. Agora ele começou a pregar no imóvel onde ficava o supermercado Piggly Wiggly, na rua aqui do lado."

"Você tá de brincadeira."

"Não. Eu vou lá todo domingo. Ainda é um pouco estranho orar no mesmo lugar em que eu comprava legumes, mas ele é um pastor dos bons, Gladys. Transmite uma mensagem boa, positiva, inspiradora, e você sai de lá se sentindo ótima."

Depois de desligar, Gladys continuou em choque. "Jessie Ray Scroggins? Pastor no supermercado Piggly Wiggly?" Mas ela concluiu que deveria ser verdade. Nem se tentasse, alguém conseguiria inventar algo assim.

Jessie Ray estava sóbrio desde que voltara da Flórida, e desde então tinha mudado completamente de vida. Ele tinha sua igreja, havia reconquistado sua família e estava indo muito bem. Mas, como dizem, uma pessoa pode estar sóbria há muito tempo e ainda ter uma recaída.

Certa noite, Jessie Ray se viu sentado num bar da vizinhança onde morava. De repente, percebeu que estava bêbado e soube que precisava voltar para casa. Ele deu um jeito de encontrar a chave do carro e foi cambaleando até o veículo. Estava quase em casa, a poucos quarteirões de distância, mas, mesmo estando muito bêbado, sentiu o carro passar por cima de um volume no asfalto. Pensou que tinha passado por uma lombada.

Na manhã seguinte, a polícia foi até sua casa, e ele foi preso pelo delito de atropelamento e evasão. Aquele volume que ele sentira era o corpo de um menino de dez anos que ele havia atingido e matado. Quando a polícia o algemou e o arrastou para a viatura, ele começou a gritar a plenos pulmões para sua esposa: "Me ajuda! Me ajuda!".

Então Jessie acordou de repente, banhado da cabeça aos pés de suor frio, com o coração acelerado. Ele se ajeitou na cama, tentando recuperar o fôlego, e percebeu que tinha sido um sonho. Não parava de repetir: "Foi só um sonho. Foi só um sonho. Não tive uma recaída! Obrigado, Deus. Obrigado, Idgie". Logo depois, saiu da cama num pulo e correu até a cozinha para dar um enorme abraço em sua esposa. Ele não tinha bebido, muito menos atropelado um menininho. Naquele dia, não seria preso.

Evelyn e Ruthie

É muito comum que as pessoas digam "Vamos nos falando" e nunca voltem a se falar. Esse não foi o caso de Evelyn e Ruthie. Depois de sua curta convivência quando Bud estava internado, elas passaram a telefonar uma para a outra e conversar quase todos os dias. Algumas vezes, Ruthie chegou a viajar para passar o fim de semana com Evelyn em Birmingham, e Evelyn às vezes ia de carro para Pine Mountain, na Georgia, que não ficava tão longe de Atlanta, e encontrava Ruthie para almoçar. E, como sempre acontece, à medida que ficaram mais amigas, elas começaram a contar tudo uma à outra.

Nesse dia, Ruthie estava contando a Evelyn sobre sua filha, Carolyn Lee. "Olha, eu amo a Carolyn, mas nunca fomos muito próximas. Não tão próximas quanto eu gostaria. Às vezes, a Carolyn pode ser... digamos... um pouco fútil. Mas eu boto toda a culpa na Martha Lee, que influenciou a Carolyn. Mas, enfim, é uma decepção. Eu tentei. Mas quando de fato nos encontramos, ela só quer falar da roupa que vai usar na próxima festa, ou das pessoas influentes que ela conheceu.

"O marido dela, o Brian, é um rapaz bacana, mas os dois se perderam na vida social que têm em Washington, sempre pulando de uma festa para outra... Eu espero que o casamento dure, porque se a Carolyn um dia se visse sozinha no mundo real... Eu fico preocupada. Já meu filho, o Richard, é, bem... É completamente diferente da Carolyn. Ele tem personalidade própria, e sempre foi assim. Quando era mais novo, eu perguntei o que ele queria ser quando crescesse, e ele respondeu: 'Ainda não sei, mãe, mas o que eu sei é que não quero ser infeliz'."

Evelyn disse: "Nossa, quisera eu ser tão esperta! Quando eu era mais nova, eu sempre soube o que as outras pessoas queriam que eu fosse, disso eu tinha certeza. E parecia que meus dois filhos sempre sabiam o que queriam ser, e eles foram lá e fizeram o que queriam. Mas eu nunca soube o que queria, até conhecer a Ninny e começar a trabalhar, aos quarenta e oito anos. Mas e você, Ruthie? O que você queria ser?".

"Ah, nossa, Evelyn, você vai dar risada se eu te contar. É tão bobo..."

"Não vou, não."

"Bom, quando eu era mais nova, sempre fui meio tímida. Mas tinha um restaurante em Baltimore ao qual íamos em ocasiões especiais. E, quando você entrava, uma moça linda te cumprimentava na porta e te fazia ficar muito à vontade, e depois te acompanhava até sua mesa."

"Tipo uma hostess?"

"É, acho que é assim que chama, uma hostess. Enfim, na época, eu achava que era o trabalho mais chique do mundo: ficar bonita, receber as pessoas, fazer todo mundo se sentir bem. Não é a coisa mais ridícula que você já ouviu?"

Evelyn fez que não. "Não, claro que não. Escuta só: quando eu tinha dezesseis anos eu queria ser freira, e eu nem sou católica."

"Ah, pelo amor de Deus!", disse Ruthie. "Pensa só, eu poderia estar falando agora com a irmã Evelyn, ou, conhecendo você, com a Papisa Evelyn Primeira."

Fairhope, Alabama

Natal de 1997

De: DotWeems@hotmail.com

Oi, turma,

Espero que tenham recebido meu último e-mail. Ainda não sei direito como usar isto aqui. Sempre aperto o botão errado. Mas é como dizem: cachorro velho não aprende truque novo.

Então, mais um ano se passou e ainda estamos aqui, fazendo e acontecendo. O ponto alto do nosso ano foi quando nossa amiga Opal Butts, que estava indo para a Flórida, passou aqui para dar oi para a gente. Ela continua linda, como sempre! Lembram quando ela foi eleita Miss Parada do Apito em 1927? E quando ela representou a gente no concurso de Miss Alabama e fomos lá torcer por ela? Ainda achamos que ela deveria ter ganhado. Quantas mulheres vocês conhecem que conseguem sapatear e fazer malabarismo ao mesmo tempo? Independentemente de quem ganhou, a Opal sempre será nossa Miss Alabama.

Aliás, vocês não sentem saudade das estrelas de cinema de antigamente? Eu sinto. Assistimos a *Confidências à meia-noite* no canal de clássicos ontem à noite. Rimos à beça! E não se fazem mais estrelas como o Fred e a Ginger. Eu vivo tentando, mas não consigo me empolgar com os novos atores. Não sei o nome de nenhum e não consigo saber quem é quem. Deve acontecer com todo mundo, pelo visto. Minha mãe era louca por um galã chamado Rudolph Valentino, e eu me lembro de perguntar: "Quem é esse?". Entendem o que quero dizer?

Precisei levar o Wilbur para o pronto-socorro em maio. Esse velho inconsequente estava no píer dando comida na mão para as gaivotas, e uma delas errou a mira e, em vez do biscoito que ele estava segurando, acertou o nariz dele. Nem preciso dizer que ele não ficou muito bonito com o curativo no nariz, mas agora já sarou.

Por falar em acontecimentos inesperados, este ano eu levei o maior susto quando fui ao médico. A moça que estava me pesando e medindo me falou que eu tinha 1,61 m, e eu disse: "Não, isso está errado. Eu tenho 1,64 e meio, e sempre tive essa altura". Fiz a moça medir de novo, e não é que ela estava certa? Eu encolhi, turma! Não é à toa que minhas calças estão muito compridas. Fui eu que fiquei menor!

Mas agora vamos a uma notícia mais feliz: vocês sabiam que, depois de passar dos 75 anos, você tem uma chance acima da média de passar dos noventa? Então, vamos em frente! Do jeito que estão curando todas as doenças e substituindo partes do corpo, quem sabe a gente não vive pra sempre? Minha pergunta é: vocês iriam querer? Me escrevam contando a opinião de vocês.

Bem, vou indo mais uma vez. Ouvi dizer que hoje em dia não é politicamente correto desejar Feliz Natal, mas desejo Feliz Natal mesmo assim, pessoal!

Sua fiel correspondente,
Dot

Opal Butts

Birmingham, Alabama
1972

Opal Butts tinha três irmãs: Ruby, Pearl e a caçula, Garnet. Não havia dúvida de que a mãe das quatro era apaixonada por joias e pedras. E Opal, por sua vez, era apaixonada por cabelos, e por arrumá-los, desde que tinha dezoito anos. Depois de se casar com Julian Threadgoode, ela abriu um pequeno salão de beleza na cozinha da casa onde moravam. Talvez esse tenha sido um dos motivos do divórcio. Toda vez que Julian voltava para casa, havia pelo menos três mulheres na cozinha e mais duas na sala, tagarelando sem parar e esperando para arrumar o cabelo. Mulheres entravam e saíam da casa o fim de semana inteiro, a qualquer horário, e isso tirava Julian do sério. Por fim, ele deu um ultimato a Opal, e ela escolheu seu empreendimento. Quando ele se mudou para a Flórida, ela abriu seu primeiro salão de verdade, quase ao lado do café, e fez muito sucesso com o novo estabelecimento.

Mas, em 1954, Opal precisou fechar seu salão de beleza na Parada do Apito e acabou se mudando para Birmingham, onde passou a trabalhar para um salão que ficava num hotel do centro da cidade. Era tudo muito diferente. Em seu próprio salão, ela conhecia todas as clientes, mas agora a maioria delas eram pessoas que entravam sem horário marcado e nunca mais voltavam. E quase ninguém pedia um permanente.

Mas, a essa altura, Opal se ocupava principalmente sendo a síndica do condomínio onde morava, e essa tarefa, ao contrário do que havia imaginado, era bastante estressante. Tão estressante que ela tinha comprado uma camiseta em que se lia "Me mate se eu me candidatar de novo". O maior problema era no que o bairro em que moravam estava se transformando. À medida que os moradores mais velhos iam se mudando, jovens solteiros chegavam, alterando o clima do lugar. E como aqueles solteiros gostavam de uma festa! A essa altura era verão, e todos os fins de semana alguém resolvia fazer um churrasco e ouvir música alta à beira da piscina, e para quem todo mundo ligava quando queria reclamar? Opal estava muito cansada de precisar levantar da cama, sair e pedir para abaixarem o volume e falarem mais baixo. Os jovens geralmente reagiam bem, mas depois de uma hora voltavam a aumentar o som. Às vezes, ela precisava chamar a polícia para obrigá-los a fazer silêncio.

O barulho era uma coisa. Opal entendia que eles só queriam se divertir, mas todo tipo de gente acabava frequentando as festas desses jovens. Pessoas que eles não conheciam. Muitos dos moradores mais antigos tinham medo de que esses desconhecidos pudessem voltar para roubá-los. E fazia sentido que pensassem isso. Vinham acontecendo muitos assaltos e roubos de carros.

Certa noite, na semana anterior, ela tinha ficado no trabalho até mais tarde. Um grupo de mulheres, que estavam na cidade para uma festa de despedida de solteira, entrou no salão. Estavam bastante bêbadas e queriam pintar os cabelos de cor-de-rosa para combinar com os vestidos que usariam no casamento, processo que as levou a ficar no salão até depois das dez da noite.

Ela tinha fechado a loja e estava andando até o carro quando viu que um homem com a aparência desgrenhada, vestindo um sobretudo, parecia segui-la pelo estacionamento. Ela olhou ao redor, e quase não havia mais carros. Quando percebeu que estava sozinha, acelerou o passo, o homem também. A essa altura, estava convencida de que ele não tinha boas intenções. Puxa vida, era muito provável que a assaltasse e roubasse seu carro, ou algo bem pior. Opal sabia que precisava pensar rápido.

Quando chegou mais perto do carro, ela abriu devagar sua bolsa de acessórios, pegou um babyliss, virou-se rápido e o apontou para ele. Em seguida, com a voz mais grave e alta que conseguiu improvisar, quase um rosnado, avisou: "Se você der mais um passo, eu te dou um tiro na cabeça, seu babaca".

O homem deve ter se assustado, porque se afastou e foi andando na outra direção. Ali, em pé, vendo ele ir embora, ela se sentiu o próprio John Wayne. E como foi bom! Aquele idiota não ia roubar as gorjetas que ela tinha ganhado, não naquela noite. Não depois de trabalhar tanto para ganhá-las.

O desejo de aniversário

Atlanta, Georgia

Era o aniversário de oitenta e cinco anos de seu pai, e Ruthie tinha convidado Evelyn para ir a Atlanta e jantar com eles para fazer uma surpresa para Bud. Evelyn ficou muito animada. Adorara Bud, e gostava de conversar sobre os velhos tempos na Parada do Apito. Era quase como ter a companhia de Ninny novamente.

Naquela tarde, Ruthie buscou Evelyn no aeroporto, e, quando estavam entrando na Rotatória Caldwell, Ruthie disse: "Evelyn, olha aquela casa maior. Já viu um rosto aparecendo na janela?".

Evelyn olhou. "Não, ainda não."

"Então continua olhando." E, quando elas estavam saindo do carro, uma cortina de repente se abriu numa das janelas do andar de cima, e um rosto apareceu. Ruthie falou: "Lá está ela, na hora certa". Ruthie deu um sorrisinho amarelo e acenou na direção da janela, e o rosto logo desapareceu detrás da cortina.

"Quem era aquela?"

"Minha sogra."

Evelyn disse: "Ai, querida, eu sabia que ela morava perto, mas não imaginava que fosse tanto. Ela vive mesmo em cima de você, não é?".

"Ah, sim, em muitos sentidos." Quando elas entraram na casa, Ruthie parou no hall de entrada e disse: "Espera um minuto, Evelyn", depois foi até o telefone fixo e esperou. Cinco segundos depois, o aparelho tocou. Ruthie revirou os olhos e atendeu.

"Oi, Martha."

"Vi que temos visita."

"Temos, sim."

Ruthie contou até cinco com os dedos e esperou.

"Eu conheço ela?"

"Não, acho que não, Martha", ela respondeu, olhando para Evelyn. "Ela é uma antiga amiga minha, lá do Alabama."

"Ah, entendi. Tenha um bom dia, então", ela disse e desligou. Ruthie balançou a cabeça. "Desculpa. Enfim, entra; esta é a minha casa, não repara."

Evelyn deixou sua mala de lado, andou ao redor da sala de estar e esticou o pescoço para ver a sala de jantar. "Ah, Ruthie, que casa linda! E essas cores... Adorei esse tom de amarelo nas paredes, e essas capas de sofá maravilhosas, e seus tapetes. Quem foi o decorador de interiores?"

Ruthie deu de ombros. "Eu mesma."

"Você fez tudo isso sozinha?"

"Sim, foi uma verdadeira batalha para me livrar dos móveis antigos grandalhões e escuros que a Martha Lee deixava aqui, mas foi uma batalha que eu venci, graças aos céus."

"Eu que o diga, viu? Precisei contratar um exército de gente para decorar a minha casa."

"Demorou bastante, claro. Precisei trocar o papel de parede e substituir toda a iluminação."

"Bem, você fez um ótimo trabalho. Você tem talento para isso, Ruthie."

"Puxa, obrigada, Evelyn."

"Você deve receber muita gente aqui."

"Não, na verdade, não. A gente recebia antigamente, mas, quando o Brooks faleceu, a maioria dos nossos amigos eram casais, e quando você fica solteira de repente, sua vida muda. Mas sinto saudade, a gente se divertia muito..."

Naquela noite, Ruthie deixou Evelyn no restaurante e buscou seu pai na Mansão Briarwood. Bud tinha entendido que seriam só os dois, mas quando entrou e viu Evelyn sentada à mesa, seus olhos se iluminaram. "Ora, olha quem está aqui! É a minha amiga Evelyn. Que surpresa boa!"

Os três tiveram uma noite animada, falando sobre os tempos de antigamente. Em dado momento, Bud perguntou: "Evelyn, a Ninny te contou da vez em que a tia Idgie deu um tiro naquele cara que queria matar o gato dela?".

"Não."

"Ou da vez em que ela e a minha mãe pegaram a comida que o governo mandava de trem e deram para os meeiros mais pobres?"

"Sim, isso ela me contou. Mas me conta de novo."

Ruthie se recostou na cadeira enquanto Bud contava uma história que ela ouvira pelo menos cem vezes, mas ficou feliz em ver que o pai estava se divertindo.

Mais tarde, enquanto o levavam de volta a Briarwood, Bud disse: "Obrigado por passar meu aniversário conosco, Evelyn. Vamos repetir no ano que vem!".

Evelyn respondeu: "Com certeza, Bud. Já até anotei na minha agenda".

Bud saiu do carro e andou até a porta, depois se virou e se despediu com um aceno. Enquanto retribuía o gesto, Ruthie disse: "Ah, Evelyn, às vezes eu fico de coração partido vendo ele. Eu sei que ele está solitário. Mas é tão corajoso, nunca reclama, sempre tenta ficar animado. Mas acho que foi por isso que ele tentou encontrar a Parada do Apito. Com certeza, sente muita saudade de casa".

"Imagino que sim. Eu vejo como ele fica contente quando a gente fala disso."

"Ah, sim, e o mais triste é que a casa dele nem existe mais, e eu não posso fazer nada pra ajudar."

"É triste, mesmo. Mas, Ruthie, não se esqueça de que ele tem você. E, como ele diz, você é a melhor filha do mundo. De verdade. Aquele bolo que você encomendou para ele hoje estava maravilhoso."

Ruthie sorriu. "Estava, né? Mas você já tinha visto um bolo com tantas velas na sua vida? Achei que o coitado do garçom nunca ia conseguir acender todas."

"Eram muitas, realmente", disse Evelyn. "Mas ele conseguiu apagar todas. Deus o abençoe! Uma por uma, até o fim. Queria saber que pedido ele fez."

Ruthie balançou a cabeça. "Não sei, Evelyn. Mais um ano de vida, talvez?"

"Bom, seja o que for, espero que o desejo dele seja atendido."

Bud tinha feito um pedido naquela noite, mas não para ele. Tinha sido para Ruthie. Desejou que a filha encontrasse algo ou alguém que a fizesse feliz de novo.

Dot Weems

Fairhope, Alabama
Janeiro de 1988

Tenho certeza de que todos vocês ficaram sabendo do falecimento do Big George. A filha dele, Alberta, que agora é chef de cozinha em Birmingham, nos ligou para dar essa notícia tão triste. Sentiremos muita saudade dele. Ninguém fazia um churrasco como o Big George. Alberta contou que ele continuou cozinhando até o fim da vida.

Agora uma notícia mais feliz: eu e o Wilbur passamos o Réveillon no Clube Elks, e eu ganhei 25 dólares no bingo. Foi uma ótima maneira de começar o ano novo. Também é um prazer informá-los que Wilbur sobreviveu à sua fase do que costumam chamar de "segunda infância". É por isso que ganhei mais vinte fios de cabelo grisalho, e vou contar a história para vocês.

As crianças que moram na casa ao lado ganharam uma cama-elástica imensa de Natal, que ficou no quintal deles. E — pasmem — na manhã seguinte, enquanto lavava a louça do café da manhã, eu por acaso olhei pela janela a tempo de ver meu marido maluco pulando para cima e para baixo a quase dois metros de altura! Vou ser sincera com vocês: eu quase morri de susto. Nem preciso dizer que larguei tudo, saí correndo e fiz o Wilbur descer daquele troço. Homens! Não importa a idade, eles nunca crescem, não é? O velho biruta perigava se quebrar inteiro. Ele disse que se divertiu muito pulando naquilo, mas pra mim não foi nem um pouco divertido. Eu poderia ter ficado viúva se não tivesse feito o Wilbur parar. Sinceramente, pessoal, eu nunca sei o que ele vai aprontar. Bem, ruim com ele, pior sem ele! Acho que vou só viver com ele e torcer para ele não me fazer ter um ataque do coração. Então até a próxima e não se arrisquem, não façam besteira, porque a vida já é curta demais. Não esqueçam: não importa que horas são, é sempre mais tarde do que você pensa.

Sua fiel correspondente,
Dot

A proposta

Na próxima vez que Ruthie foi a Birmingham, ela e Evelyn foram ao mesmo restaurante a que tinham ido na primeira noite em que se conheceram. Depois que fizeram o pedido, Evelyn perguntou a Ruthie como seu pai estava.

"Ah, do mesmo jeito, acho. Sempre pergunta de você. Ele fica tão feliz por sermos amigas..."

"Eu também." De repente, Evelyn teve uma ideia e chamou o garçom. "Traz um champanhe bem bacana pra gente, por favor?"

Ruthie perguntou: "Champanhe? Vamos comemorar alguma coisa?".

"Nunca se sabe. Talvez sim..."

Quando o garçom trouxe o champanhe e começou a servir, Evelyn disse: "Ruthie, tenho uma proposta pra você".

"O quê?"

"Você sabe que eu era filha única."

"Você me contou. Eu também."

"Mas, desde que me conheço por gente, eu sempre quis ter uma irmã."

"Eu também."

"Então... Ruthie Threadgoode, quer ser minha irmã caçula? A irmã que eu nunca tive?"

De repente, os olhos de Ruthie se encheram de lágrimas.

"Claro que quero! E você, Evelyn Couch, quer ser minha irmã mais velha?"

"Aceito."

Evelyn pegou sua taça e disse: "Vamos fazer um brinde. À minha nova irmãzinha, Ruthie".

Ruthie pegou sua taça e disse: "À Evelyn, a melhor irmã mais velha que eu poderia ter".

A ideia de ganhar uma irmã no final da vida as comoveu tanto que ambas começaram a chorar. Depois, envergonhadas, elas começaram a rir e chorar ao mesmo tempo.

O garçom viu que estavam chorando e foi até a mesa, preocupado: "Com licença, as senhoras estão bem?".

Evelyn o encarou e respondeu: "Ah, sim, estamos ótimas". Mas, enquanto o acalmava, dizendo que estava tudo bem, ela derrubou sua taça e o resto de champanhe no colo. Nesse momento, tanto Evelyn quanto Ruthie começaram a rir tão alto que todo mundo no restaurante começou a olhar para elas.

Evelyn olhou ao redor e disse: "Ai, não... É melhor a gente se comportar, senão vão botar a gente pra fora do restaurante".

Ruthie fez uma cara séria e disse: "Combinado, mana". E, depois de alguns instantes, as duas caíram na gargalhada de novo.

O garçom, que havia voltado para a cozinha e estava olhando pela janelinha redonda, disse para o chef: "Caramba, hoje a sra. Couch está bebendo todas!".

O chef respondeu: "Ótimo. Quanto mais bêbadas, melhor a gorjeta".

E ele tinha razão. Aquela nota de cem que Evelyn deixou foi muito bem-vinda.

Por pouco

Parada do Apito, Alabama
10 de agosto de 1935

Mais uma vez, havia chegado o momento do ano em que o reverendo Scroggins levava todos os trabalhadores da igreja até Columbus, na Georgia, para passar o fim de semana no famoso acampamento de verão da Igreja Batista. Ruth tinha ido com os outros para ajudar a fazer a comida, levando Buddy com ela. Enquanto eles estavam fora, Idgie resolveu pedir que Big George levasse o barco para o rio para que os dois fossem pescar bagre. Ruth não gostava muito de bagre, mas Idgie e Big George adoravam.

Na manhã seguinte, bem cedinho, depois de colocar o barco na água, eles saíram com as varas de pescar, uma espingarda e dois sanduíches de bacon para cada, que Sipsey havia preparado.

Uma hora depois, Big George estava remando calmamente perto da margem do rio, torcendo para pegar mais um daqueles peixes-gato que iam se alimentar ali. Eles já tinham seis dos grandes no balde.

Quando passaram por baixo do galho de uma árvore bem grande, de repente eles ouviram um estalo alto e sentiram um leve chacoalhão. Alguma coisa pesada tinha caído da árvore e aterrissado no barco. Idgie não tinha visto o que era, mas Big George, sim. Com uma voz muito calma e baixa, disse: "Dona Idgie, não se mexe. Não mexe nem um músculo". Ele lentamente pegou a espingarda. Idgie olhou para baixo a tempo de ver uma víbora imensa perto de seus pés, com a boca escancarada, pronta para dar o bote.

Naquele mesmo segundo, Big George puxou o gatilho e abriu um grande buraco negro no fundo do barco. O tiro levou o casco quebrado e o que restou da cobra. Quando o barco começou a afundar, os dois precisaram ir nadando até a margem, onde saíram da água.

Big George tinha destruído o barco, mas também havia salvado a vida de Idgie. A picada da boca-de-algodão era fatal, e provavelmente a mataria antes de conseguirem chegar a um hospital.

Os dois voltaram para o carro encharcados, e Idgie disse: "Eu nem gostava tanto assim daquele barco velho. E você?".

Big George deu risada. "Que bom, porque agora o barco está lá no fundo do rio. Junto com aqueles peixes que a gente pegou."

"Pois é... Mas que bom que você atira bem. Outra pessoa teria arrancado o meu pé fora."

"Tentei não fazer isso."

"Ufa... A bicha era grande, não era?"

"Isso era! Calculo uns dois, três quilos."

A maioria das pessoas teria entrado em pânico só de ver uma cobra grande daquelas tão de perto, mas, felizmente, Big George não tinha medo de cobra. Como sempre havia trabalhado ao ar livre, ele já tinha lidado com muitos espécimes.

Big George era muito corajoso quando precisava ser. Certa vez, ele tinha entrado num chiqueiro para salvar uma criança de três anos que tinha caído lá dentro. E, como todo mundo sabia, porcos são capazes de atacar e comer qualquer coisa, e Big George ainda tinha cicatrizes nos braços para provar.

Depois que os dois se secaram com alguns farrapos, Big George entrou em sua caminhonete para voltar para casa, e Idgie em seu carro para segui-lo. Mas, antes disso, ela pegou a garrafa de uísque que deixava escondida debaixo do banco e tomou alguns goles. Chegar tão perto de ser mordida por uma cobra tinha mexido com ela. Sentada ali, começou a pensar em como a vida era imprevisível. Uma hora estamos vivos, na outra, podemos morrer.

Ela bebeu mais um gole. Idgie tinha prometido para Ruth, jurado por Deus que nunca mais voltaria ao clube de pesca. Mas, por outro lado, Ruth só voltaria do acampamento da igreja no dia seguinte, e Idgie não queria voltar para casa naquele momento. Era só seguir mais um pouquinho pela estrada. Talvez ela desse uma passadinha para beber só um copo. Que mal um copinho só podia fazer?

O clube de pesca era uma construção de madeira comprida com um fio de luzes azuis pendurado ao longo da varanda. Assim que abria a porta, o visitante era recebido por um forte cheiro de uísque e cerveja choca, além da música alta e do barulho das pessoas rindo lá dentro. Idgie achava o máximo.

"O gato é a beleza da natureza"

Atlanta, Georgia
2015

Ruthie estava em casa lendo o jornal quando o telefone tocou. Tentando adivinhar quem ligaria tão cedo, ela atendeu. Era seu pai, que parecia muito empolgado.

"Oi, Ruthie, adivinha só? Arranjei um gato."

"O quê?"

"Um gato! Um tigrado de pelo longo e alaranjado, bem grandão. Está sentado na mesa me encarando."

"Um gato de verdade?"

Ele deu risada. "Sim, um gato de verdade."

"Quem te deu um gato?"

"Ninguém. Eu estava andando pelo terreno ontem, e ele veio andando pelas árvores e me seguiu até o meu quarto. Quando abri a porta, ele só entrou."

"Mas, papai, o senhor sabe que o gato deve ser de alguém..."

"Não. Eu procurei o dono. Ele não tem coleira e está bem malcuidado. Então, com certeza, é um gato de rua. E o coitadinho estava morrendo de fome. Comeu um frango quase inteiro ontem à noite. Engraçado, né?"

"É, mas, papai, o senhor sabe que não pode ter um gato em Briarwood."

"Eu sei. Mas mesmo assim eu arranjei um gato. Enfim, querida, quando você vier me visitar hoje, será que pode me trazer um pacote de ração, uma caixinha higiênica e um saco de areia?"

"Mas, papai, o senhor não pode ter um gato."

"É um gato muito esperto. Vou batizá-lo de Virgílio. E, só de olhar, calculo que ele tem uns oito quilos, por aí... Deve ter muito de gato selvagem, então vê se traz bastante ração, tá?"

Ruthie desligou, se perguntando como lidaria com a situação. Seu pai não podia ter um gato. Em primeiro lugar, ele já estava muito velho para isso. Sem dúvida, o bicho viveria mais que ele, e Ruthie, o que faria? Em segundo lugar, era uma regra. Ele sabia muito bem que animais eram proibidos em Briarwood. E, em terceiro lugar, e mais importante, ele poderia acabar tropeçando no gato de madrugada e morrendo, ou... O telefone tocou mais uma vez. Era seu pai de novo.

"Viu, Ruthie, traz uma escova também. Preciso escovar o pelo dele, sabe?"

"Papai, escuta..."

"Tchau, querida."

Puxa vida... O que ela ia fazer? Se não comprasse as coisas que ele tinha pedido, o gato ia acabar sujando o quarto inteiro. E, conhecendo seu pai, se ela não levasse, ele convenceria alguém a fazê-lo. Concluiu que era melhor agradá-lo por alguns dias e torcer para ninguém descobrir o bichano. Se era mesmo de rua, o gato acabaria fugindo na primeira oportunidade.

Mas o maior problema a essa altura era onde ela ia levar uma caixa de areia e um saco de areia de gato para o quarto do pai sem que ninguém percebesse.

Por sorte, depois de uma passadinha num pet shop, Ruthie conseguiu entrar escondida pela porta lateral de Briarwood, levando duas sacolas grandes, sem que a vissem. Ela bateu na porta de seu pai e, assim que ele abriu, entrou correndo no quarto.

Bud ficou muito feliz em vê-la. "Nossa, obrigado, querida. Eu agradeço muito."

Ela olhou ao redor. "Cadê o gato?"

"Está tirando um cochilo ali no quarto. Quer conhecer ele?"

Ela o seguiu, depois olhou pelo canto da porta e viu uma coisa que mais parecia um croissant gigante deitada na cama.

"Deus do céu, papai, esse bicho é do tamanho de um leão."

"Eu sei, não é uma graça? E ele é um gatão muito bacana, Ruthie. É só fazer carinho que ele começa a ronronar que nem um filhote..." Bud andou até a cama e pegou o gato no colo. "Olha, pode pegar. Ele não morde."

"Não, obrigada."

Assim que Bud encheu a caixinha de areia, Virgílio a estreou. Ele ficou arranhando tudo e fez o que tinha que fazer enquanto Bud abastecia o novo comedouro e o colocava no chão.

Depois que Virgílio comeu tudo e estava limpando os bigodes, Bud sorriu. "Ele não é lindo, Ruthie?"

"Sim, ele é muito lindo. Mas, papai, a gente tem que conversar sobre isso."

Eles foram até a sala e se sentaram, e Virgílio foi atrás. Ele pulou no colo de Bud e olhou Ruthie direto no rosto.

Bud disse: "Viu como ele é mansinho, Ruthie?".

"Vi que ele é muito mansinho, papai, mas ele não pode ficar aqui. E se você acha mesmo que ele é um gato de rua, posso levá-lo para o abrigo de animais em Buckhead, tenho certeza de que vão encontrar uma casa legal para ele morar."

"Ele já tem uma casa legal pra morar, e ele sabe... Não sabe, menino?"

Virgílio encarou Bud com um olhar amoroso.

Ruthie percebeu que o gato não fugiria tão cedo.

"Além do mais, não posso pôr o gato na rua. Você não lembra, Ruthie, que, quando eu ainda tinha a clínica, as pessoas me ligavam e diziam 'Então, doutor, esse gato ou cachorro apareceu na minha porta e não quer ir embora, o que eu faço?', e eu falava 'Bom, deixa ele entrar. Esse bichinho te escolheu. Os animais são muito mais inteligentes do que a gente pensa, então você deve estar precisando de um amigo de quatro patas, mas ainda não sabia'."

"Mas, papai, aqui é uma casa de repouso. O lugar tem regras."

"O Virgílio não liga pra isso. Acho que ele deve ter uns doze anos na idade dos gatos, ou seja, mesma idade que eu... Então ele está pronto para se aposentar. Enfim, a gente conversou bastante ontem à noite, e ele disse: 'Bud, meu velho, acho que chegou a hora de a gente arranjar outro lugar pra morar'."

"E o que o senhor falou?"

"Eu falei 'Olha, Virgílio, eu tenho que concordar. Seria ótimo ter mais espaço pra gente'. Então vou me candidatar para um apartamento de dois quartos no térreo. Gatos adoram olhar pela janela."

"Papai, o senhor está querendo ser expulso daqui?"

Ele pareceu surpreso. "Não. Só precisamos de um pouco mais de espaço, né, menino? Ah, e mais uma coisa. O Virgílio precisa de um arranhador e, depois, quando tivermos mais espaço, de uma daquelas plataformas bem grandes para gatos."

Bem nessa hora, Virgílio desceu do colo e foi caminhando até Ruthie, se esfregando em sua perna.

Bud ficou encantado. "Ah, olha isso, Ruthie. Que fofura! Ele gostou de você."

Soltando um suspiro, ela se agachou e fez carinho no gato. "Que tamanho de arranhador?"

"Ah, acho que precisa ser bem grande."

No carro, voltando para casa, Ruthie ficou se perguntando como ia conseguir entrar em Briarwood com um arranhador sem que o sr. Merris visse. Coitado do papai. Não havia dúvida de que ele estava louco pelo gato. Ela deveria só ter pegado o Virgílio e o levado para a instituição, mas seu pai parecia tão feliz... E o gato era mesmo muito mansinho. Puxa vida. Essa história não acabaria bem.

A ORDEM DE DESPEJO

ATLANTA, GEORGIA

A FILHA NÃO estava enganando ninguém. Pelo vídeo do sistema de segurança, o sr. Merris conseguiu ver nitidamente que havia um enorme arranhador de gato por dentro do casaco dela. Ele estava desconfiado disso desde antes. Várias pessoas contaram que tinham ouvido um miado baixo vindo da unidade do sr. Threadgoode.

Se o sr. Merris não tivesse tanto medo de contrariar Martha Lee, ele teria expulsado o sr. Threadgoode quando ele desapareceu e causou todo aquele alarde. E agora mais essa... Esse óbvio desrespeito às regras e normas de Briarwood. "Isso não pode ficar assim. É preciso obedecer às regras." Sob sua administração, a Mansão Briarwood era uma instituição muito organizada, e o sr. Threadgoode estava perturbando a ordem. "Precisamos tomar providências." Ele não podia deixar os residentes fazerem o que bem entendessem. "Precisamos manter o decoro, custe o que custar."

E se Martha Lee Caldwell de fato telefonasse para reclamar sobre a ordem de despejo, ele sempre poderia colocar a culpa no departamento de saúde.

Ruthie recebe uma ligação

Ruthie sabia que essa ligação viria, só não sabia quando. Mas, quando ela atendeu o celular, dito e feito: era o sr. Merris.

"Sra. Caldwell, bom dia. Como vai a senhora?"

"Tudo bem, sr. Merris. E o senhor?"

"Bem também... Obrigado por perguntar. Ahn, estou ligando porque parece que estamos com um probleminha."

"Ah, é?", ela perguntou, esperando que o inevitável acontecesse.

"Como estou certo de que a senhora sabe, temos uma regra que proíbe animais aqui em Briarwood."

"Sim... Eu sabia disso."

"Entendo. A senhora está ciente de que seu pai está mantendo um gato vivo dentro da unidade?"

Ruthie não queria mentir. Ela vinha entrando escondida com ração e areia de gato havia duas semanas, então ela se limitou a dizer: "Ahn...".

"Pois é, enfim, é o que está acontecendo, e infelizmente uma das nossas faxineiras não sabia disso, assim como eu, e acabou abrindo uma gaveta, e o gato pulou e a atacou. E a machucou bastante."

"Ah, não..."

"Então tenho certeza de que você entende que, por mais que não queiramos, nessas circunstâncias, precisei emitir um aviso de despejo."

"Vão expulsar o meu pai?"

"Ah, não... o gato. Agora, posso deixar que você cuide da remoção, ou um dos nossos funcionários pode pegar o gato e levá-lo aonde seu pai achar mais adequado."

"Sr. Merris, deixe eu falar com ele primeiro, e aí a gente vê o que fazer."

Bud estava esperando sua ligação e começou a falar assim que atendeu o telefone. "Antes de mais nada, Ruthie, o que ela queria abrindo minha gaveta de cuecas? Ela não tinha nada que fazer isso... É claro que o Virgílio pensou que ela era uma ladra. Ele só quis proteger as minhas cuecas."

"O que o Virgílio estava fazendo na sua gaveta de cuecas?"

"Ele dorme lá. É o lugar do cochilo diurno."

"O sr. Merris disse que o gato atacou a funcionária."

"Ah, pelo amor de Deus. Eu vi. Não foi nada. A unha mal entrou na pele. A mulher está exagerando."

"Bom, tanto faz, mas o sr. Merris disse que emitiu um aviso de despejo. O que o senhor vai fazer?"

"Ainda não sei."

"Bom, devo ir buscar o gato?"

"Não... Ah, não sei. Eu te ligo de volta."

Depois de desligar, ela se sentiu muito mal. Coitado de seu pai. Ele parecia tão chateado. Ela pensou que sempre havia a opção de levar Virgílio para sua casa, mas talvez isso causasse um problema ainda maior. Martha Lee tinha uma alergia mortal a pelos de animais e nunca mais poderia entrar na casa.

Quanto mais Ruthie pensava nisso, mais ela via que essa ideia não era assim tão ruim.

A insurreição

Na tarde seguinte, quando voltaram do almoço, todos os residentes da Mansão Briarwood encontraram um informativo que tinha sido colocado sob as portas.

Atenção, residentes
Compareçam à reunião do conselho no auditório,
hoje às 20h.
MUITO IMPORTANTE!

Todo mundo ficou curioso para descobrir do que se tratava. Naquela noite, depois do jantar, os idosos foram até o auditório, e, para a surpresa de todos, Bud Threadgoode estava em cima do palco, sentado ao lado de uma mesinha. Sobre a mesa estava o que parecia ser uma caixa transportadora de animais. Algumas pessoas sentadas na frente viram que havia alguma coisa alaranjada se mexendo lá dentro.

Todo mundo se sentou. Inclusive o dr. Merris, que tinha sido avisado sobre a reunião improvisada. Bud se levantou.

"Boa noite, senhoras e senhores. Muito obrigado por terem vindo. Imagino que devem estar se perguntando por que convoquei esta reunião. Foi para discutirmos o caso do sr. Virgílio contra a Mansão Briarwood Inc., uma situação muito séria."

Ele deu uma palmadinha na caixa e disse: "O sr. Virgílio me escolheu como seu representante porque, apesar de entender nosso idioma, ele não fala. Então vou ser direto com vocês. Dois dias atrás, o sr. Virgílio recebeu uma ordem de despejo, que determina que ele deve desocupar as instalações dentro de três dias. O aviso cita infração da regra número 246 do estatuto da Mansão Briarwood. E o sr. Virgílio se opõe veementemente a isso, porque, número um, a posse representa o exercício da propriedade, e número dois, ele deve ser o morador mais silencioso e mais asseado da instituição. Ele não fuma, não bebe, não recebe pessoas do sexo oposto em seu quarto, não dá festas de arromba. Na verdade, ele acredita que sua presença melhorou o bem-estar na Mansão Briarwood, porque ele eliminou três grandes roedores que andavam pelo terreno e está disposto a apresentar o que restou desses ratos como prova". Bud ergueu uma pequena sacola e em seguida a pousou novamente sobre a mesa.

"Eu e o sr. Virgílio pedimos a oportunidade de contestar a regra 246, estabelecida em 1947, que afirma o seguinte: 'Residentes não podem, sob qualquer circunstância, alimentar ou manter animais no local', argumentando que essa regra está desatualizada e é desumana.

"Esta mesma lei proíbe os residentes de terem até mesmo um passarinho. Eu e o sr. Virgílio afirmamos, ainda, que, dentre todas as faixas etárias, são os idosos que mais precisam ter seres vivos por perto. Um ser que eles possam amar e de que possam cuidar. E, com tantos animaizinhos abandonados precisando de uma casa, acreditamos que mudar essa regra beneficiaria a ambas as partes.

"Agora, como acionistas da Mansão Briarwood Inc., nós, como residentes, temos a maioria dos votos para revogar as leis de acordo com a nossa necessidade. Então, eu proponho uma votação. Quantos de vocês concordariam que um vizinho tivesse um animal pequeno e, se pudesse, algum de vocês estaria interessado em ter um gatinho?" Bud olhou para o outro lado da sala e várias mãos se levantaram ao mesmo tempo. Um por um, lentamente, muitos outros residentes fizeram o mesmo.

Bud olhou para o grupo. "Ótimo. Então vamos discutir a possibilidade de..."

Mas antes que Bud pudesse continuar seu discurso, uma senhora na terceira fileira se levantou e disse: "Bud, e coelhos? Eles não latem e podem ser domesticados".

Várias pessoas na plateia concordaram, assentindo e murmurando.

Outro homem, que estava nos fundos, gritou: "E um furão? Eu adoro furões".

O sr. Merris soltou um gemido e foi se encolhendo cada vez mais na cadeira. Quando a reunião acabou e as pessoas fizeram fila para subir no palco e fazer carinho no sr. Virgílio, ele viu que os sinais estavam claros. Após dois dias, depois que a votação oficial foi realizada e enviada ao conselho, ele estava encrencado.

Quando Bud soube da novidade, olhou para Virgílio, que estava aninhado em sua nova plataforma, dormindo profundamente. "Olha, Virgílio, você conquistou uma coisa muito importante, mesmo que você nem saiba."

Nos seis meses seguintes, Briarwood se tornou o lar permanente de seis gatinhos filhotes e três gatos adultos, e muitos dos residentes passaram a ser voluntários de uma associação de proteção aos animais, abrigando gatinhos e coelhinhos, um furão e uma coruja bebê até conseguirem encontrar seus novos lares.

E era muito agradável andar pelos corredores e ouvir o canto alegre dos passarinhos vindo dos quartos. Até o sr. Merris precisou admitir que a conversa durante o jantar se tornara muito mais animada. Os residentes se divertiam mostrando fotos dos bichinhos uns aos outros e contando histórias sobre as coisas fofas e engraçadas que tinham feito.

E até o sr. Merris começou a levar seu pequeno dachshund, Winnie, para o trabalho.

Um mês depois, Bud foi transferido para um apartamento maior, no térreo, com uma bela janela para Virgílio ficar. Mais tarde, ele disse: "Sabe, Ruthie, quando eu volto para minha casa e vejo aquelas duas orelhas alaranjadas me esperando na janela, fico tão feliz que meu coração parece que vai explodir".

O testamento

Ruthie estava folheando uma de suas velhas revistas de arquitetura e pensando que gostaria de ter dinheiro para redecorar a sala de estar quando seu pai telefonou.

"Oi, querida."

"Oi. O que está aprontando por aí?"

"Estou fazendo algumas alterações no meu testamento, e preciso falar com você sobre uma coisa."

"Ah, papai, não quero falar de testamento. Você sabe que eu fico chateada."

"Eu sei, querida, mas é o seguinte. Não estou dizendo que vai acontecer alguma coisa, mas se alguma coisa acontecer comigo, eu preciso deixar as coisas ajeitadas para o Virgílio."

"Ah..."

"E minha pergunta para você é: você ficaria muito chateada se a Lois ficasse com ele? Ela sabe que estou preparando meu testamento e perguntou se podia ficar com ele. Ela mora do outro lado do corredor e adora o gato. Mas, se você quiser ficar com ele, é só eu falar que vou deixá-lo com a minha filha."

"Não, não. Não tem problema, papai. Olha, se ela quiser, deixa ela ficar com ele."

"Que bom, Ruthie. Acho que ele ficaria mais feliz se continuasse aqui, no lugar em que está acostumado. E ele gosta da Lois. Então, ótimo. Ela vai gostar de saber."

"Era só isso?"

"Não. Tem mais uma coisa. Lembra daquela surpresa que eu disse que você ia ganhar quando eu morresse?"

"Sim?"

"Bem, eu decidi não esperar. Vou te entregar agora."

"Meu Deus, o que é?"

"Está preparada?"

"Estou."

"É a coleção de sapos da sua mãe. Eu sei que você deve achar que a gente doou tudo quando nos mudamos, mas eu guardei os sapos pra você. Tem mais de duzentos. Deixei todos guardados, e vou enviá-los pra você. E aí, o que achou? Ficou surpresa?"

"Fiquei sem palavras."

Quando desligou o telefone, Ruthie sentiu um leve alívio. Se alguma coisa acontecesse com seu pai, é claro que ela ficaria com Virgílio. Mas, ao que tudo indicava, ele ficaria melhor com Lois. Depois, ela se perguntou: quem era Lois? E como ela sabia que seu pai estava fazendo seu testamento? É claro que seu pai querer lhe entregar sua herança antes da hora era uma gentileza. Mas, olhando ao redor, ela se perguntou que cargas d'água ia fazer com duzentos sapos de cerâmica.

A ligação de Evelyn

Atlanta, Georgia
Dezembro de 2015

Ruthie entrou no carro e imediatamente limpou as mãos com o gel desinfetante que guardava no porta-luvas. Olhou seu cabelo no espelho retrovisor e suspirou. Ela já previa: estava mais curto de um lado. Mimi não só tinha feito um corte horrível como devia ter lhe passado gripe. E tudo isso logo antes do Natal. É claro, Mimi só tinha contado a Ruth que estava gripada quando seu cabelo já estava molhado e coberto de xampu. Só depois de começar a tossir, Mimi tinha dito: "Desculpe, estou com gripe, mas vim trabalhar mesmo assim. Detesto decepcionar as minhas clientes". Ruthie tinha passado as horas seguintes tentando não respirar.

Mais tarde, enquanto entrava de carro em sua casa, ela acenou para o pequeno exército de jardineiros que Martha Lee tinha contratado para pendurar luzes de Natal e recolher folhas secas.

Logo que entrou, viu que o sinal luminoso de mensagem estava piscando e apertou o botão da secretária eletrônica. Era sua filha, Carolyn, pedindo desculpas e dizendo que não conseguiria voltar para Atlanta para o Natal. Ela não dizia o motivo, mas não importava. A questão era que Ruthie e seu pai passariam mais um Natal sozinhos. Ruthie tinha passado o Dia de Ação de Graças na casa de Carolyn em Washington no ano anterior. Mas, toda vez que ela tentava ajudar, cozinhar ou até lavar a louça, Carolyn não deixava. "Não, mãe, não faz isso. Fica sentada na sala e descansa."

Com seu filho, Richard, a história era bem diferente. Sua falta de entusiasmo para seguir a carreira de negócios tinha sido uma decepção para Brooks, porque, de certa forma, ele sempre desejara que Richard assumisse os empreendimentos da família. Mas Richard tinha escolhido seguir outro caminho. Ele e sua namorada, Dotsie, tinham saído do agito da cidade grande e se mudado para uma cidadezinha no sul do Oregon. Ambos eram veganos, cultivavam couve e só se locomoviam de bicicleta.

No verão anterior, quando Ruthie os visitara no pequeno sítio em que moravam, ela quase tinha morrido de fome. Ela amava o filho, e Dotsie era muito simpática, mas couve não era sua comida preferida. No final daquela semana, ela pensou que seria capaz de matar para comer um cheeseburger.

Mas Richard e Dotsie pareciam muitíssimo felizes. E Carolyn, que fazia parte da alta sociedade de Washington, estava mais que feliz; estava louca de felicidade. Por motivos diversos, seus dois filhos estavam vivendo muito bem. Ruthie parecia ser a única que andava meio sem rumo.

Ultimamente, ela tinha começado a se perguntar se a sensação de ser uma pessoa inútil tinha algo a ver com seus filhos. Talvez precisasse sair e fazer algo que não fosse ficar na mesma casa, na mesma Rotatória, na mesma rotina pelo resto da vida. Meu Deus, depois de ter começado a vida como tinha começado, cheia de esperança e ambição, como é que ela tinha acabado daquele jeito? Subiu a escada e se deitou na cama, esperando os sintomas da gripe se manifestarem.

Algumas horas depois, bem quando Ruthie estava prestes a levantar, o telefone tocou. Era Evelyn Couch ligando de Birmingham.

"Oi, o que você está fazendo?"

"Estou na cama, com um cabelo horrível. E você?"

"Tô morrendo de tédio."

"Ai, eu também. Estou tão entediada que já estou me achando um tédio."

"Sabe, Ruthie, andei pensando... Você está entediada. Eu estou entediada. Quer aproveitar um pouco a vida?"

"Claro. Desde que não seja nada ilegal."

Evelyn deu risada. "Não é. O que você acha de vir para Birmingham passar o fim de semana? Queria pedir sua opinião sobre uma coisinha."

"Vou adorar ir, mas não fica olhando para o meu cabelo..."

"Prometo. Me manda mensagem quando souber a hora em que vai chegar."

A ligação de Evelyn não poderia ter vindo em hora melhor. Ruthie tinha ganhado uma perspectiva, um plano, e se sentiu muito melhor por isso. E as duas sempre se divertiam quando se encontravam.

Ruthie se perguntou se a opinião que Evelyn queria pedir era sobre a possibilidade de as duas viajarem juntas mais uma vez. Evelyn havia planejado a última viagem. Em maio, elas haviam viajado de cruzeiro para o Havaí, e tinha sido inesquecível. Tinham até feito aulas de dança havaiana no navio. Ruthie tinha que admitir: apesar de ser mais velha, Evelyn sabia requebrar o quadril. Quando ela disse isso, Evelyn deu risada e disse: "Querida, é que eu tenho muito mais quadril pra requebrar".

Tinha sido tão bom sair da Rotatória e fugir de Martha Lee por um tempo, por menor que fosse. Certa noite, quando estavam à beira da piscina do navio, bebendo piña coladas, Ruthie de repente se deu conta de algo e se virou para Evelyn. "Sabe, Evelyn, você é a minha Ninny Threadgoode."

"Como assim?"

"Bom, eu estava muito triste, aí você me ligou e olha eu aqui, navegando no mar azul sem me preocupar com nada!"

Evelyn disse: "E se não fosse a Ninny, eu nunca teria conhecido você, nem seu pai. Nem o Virgílio".

Ela pegou seu drinque e o ergueu no ar. "Brindemos à Ninny Threadgoode."

Ruthie fez o mesmo. "Sim, sim! À Ninny Threadgoode, onde quer que você esteja!"

Nesse exato momento, a orquestra havaiana começou a tocar "Lovely Hula Hands", e Evelyn olhou para Ruth. "Quer dançar?"

"Ah, por que não? Só se vive uma vez, não é?"

"É, e se você tiver sorte, duas!"

Quando as duas estavam na pista de dança fazendo os passinhos que tinham aprendido nas aulas, um homem chamado Morrie, que estava na mesa ao lado, cochichou para a esposa: "Irma, olha aquelas duas mulheres... A mais gordinha até que sabe dançar!".

O TEMPO ACABOU

KISSIMMEE, FLÓRIDA
1989

IDGIE SEMPRE ENSAIAVA ir para Maryland para visitar Bud e Peggy, mas nunca tinha ido. Depois que Julian morreu, coubera a ela administrar os laranjais do irmão e tocar sozinha sua banca de frutas e mel de abelha.

Também tinha estado ocupada com deveres oficiais. Depois de tantos anos falando para o público na banca de frutas, os moradores da cidade tinham começado a chamá-la de "prefeita", e, dez anos depois, não foi que a elegeram a primeira prefeita mulher de Kissimmee? À época a imprensa deu atenção ao caso, e o jornal *The Miami Herald* enviou um repórter para entrevistá-la. Mas Idgie, de seu jeitinho Idgie de ser, tinha pedido para tirar a foto ao lado de duas das velhas cabras de Julian, dizendo ao repórter que eram membros importantes do conselho municipal.

Naqueles anos, Bud e Peggy também planejavam descer para visitá-la, mas tinham estado tão ocupados gerenciando a clínica e criando Ruthie que não haviam conseguido. Bud jamais se perdoaria por isso. Idgie o criara, pagara sua faculdade e o apoiara a vida toda. Ele e Peggy tinham planos de se aposentar e morar na Flórida, onde comprariam uma casa ao lado da de Idgie.

Seria tão legal. Poderiam pescar ou andar pelos bosques, como faziam antigamente. Mas isso nunca aconteceu.

Idgie não havia contado a ninguém da seriedade de sua doença, senão eles teriam feito o possível e o impossível para visitá-la o quanto antes. Eles pensavam que tinham todo o tempo do mundo. Idgie também. Ela nunca tinha sossegado, mas, por fim, quando ficou tão debilitada que já não conseguia fazer as coisas sozinha, se mudou para uma casa de repouso da região. Todos os dias, até seus últimos, seu quarto vivia cheio de visitantes e amigos do AA.

Quando o médico disse a Helen, uma enfermeira que vinha cuidando de Idgie, que tinha chegado a hora de telefonar para seus familiares, as notícias não eram nada boas. Helen havia se apegado muito a Idgie nas semanas anteriores. Então, depois de chorar um pouco no banheiro, ela se recompôs e entrou no quarto de Idgie.

Idgie a recebeu com um sorriso fraco e disse: "Bom dia, flor do dia!".

Helen começou a mudar alguns vasos de flores de lugar e, como quem não quer nada, disse: "Querida, o médico acha que é uma boa ideia ligarmos para o Bud e avisarmos que você está aqui".

Idgie, com uma expressão alarmada, teve dificuldade para se sentar na cama. "Ah, Helen, não... Promete que você não vai ligar para o Buddy."

"Mas, minha querida, você não acha que ele precisa saber?"

"Não. Aquele menino vive muito ocupado, não precisa vir correndo até aqui. E ele vai ficar muito chateado se me vir assim, só pele e osso. Promete que você não vai ligar pra ele."

"Bom... Se é isso que você quer..."

"É, sim. E, além do mais, eu estou pronta para ir para um lugar melhor, como dizem." Então ela deu uma piscadinha para Helen. "A não ser, é claro, que eu vá direto para o inferno. Mas isso não me incomodaria. No inferno não deve fazer mais calor do que na Flórida em agosto."

Dizem que ela se foi em paz. Quando ligou para Bud para avisá-lo, Helen lhe explicou o motivo para não ter ligado antes. Ele ficou muito triste, mas compreendeu. Idgie sabia que teria sido muito difícil para ambos. Além do mais, em seu testamento, ela tinha nomeado Bud seu único herdeiro, então não havia dúvida do que Idgie sentia por ele. Tinha sido mais fácil para ela se despedir dessa forma. Idgie não quis velório, nem qualquer outra cerimônia. Só quis ser levada de volta para a Parada do Apito e enterrada ao lado de Ruth e do resto da família. E ela foi.

Imogene "Idgie" Threadgoode
1908–1989
Como é bom estar em casa

A nova proposta

Birmingham, Alabama

Ruthie chegou à casa de Evelyn bem na hora do almoço. Depois de botarem as novidades em dia, Ruthie disse: "Fiquei curiosa... Sobre o que você queria minha opinião?".

Evelyn sorriu. "É só uma coisinha que andei pensando."

"O quê?"

"Sobre nós duas e nossa situação. Eu sou viúva, você também."

"Triste verdade."

"E aí, você acha que vai se casar de novo, Ruthie?"

"Acho que não. Eu nunca conseguiria encontrar um homem que substituísse o Brooks. Ele foi o amor da minha vida. E você?"

"Nunca. Eu gosto de ser solteira. Além do mais, todos os homens da minha idade querem namorar mocinhas. Quando não é isso, querem alguém para cuidar deles."

"Isso é verdade."

"Então, Ruthie, o que a gente vai fazer com o resto da nossa vida?"

Ruthie olhou para ela e disse: "Engraçado você perguntar isso. Não faço a mínima ideia".

"Olha, engraçado mesmo. Termina seu chá e vamos para o carro."

* * *

Enquanto dirigia, Evelyn estava muito sorridente, e isso deixou Ruthie ainda mais curiosa. Ela ainda não conhecia Birmingham o suficiente para saber aonde estavam indo, mas, até onde sabia, parecia que tinham saído da cidade e estavam andando em círculos.

"Aonde você está me levando? De volta para a Georgia?"

"Você vai descobrir logo, logo."

Evelyn seguiu as instruções da voz do GPS e virou à esquerda numa rua de cascalho bem comprida de mão única, depois parou o carro num ponto qualquer, ao lado de uma estrada de ferro que Ruthie não conhecia. "Chegamos."

Ruthie olhou ao redor. Não tinha muita coisa para ver, além de lixo e meia dúzia de construções cobertas de trepadeiras. "Isso eu entendi, mas que lugar é este?"

"Desce, que eu te mostro." Ruthie saiu e Evelyn disse: "Bem-vinda à Parada do Apito."

"O quê? Você está de brincadeira. Isto é... a Parada do Apito? Meu Deus... Tem certeza?"

"Tenho certeza. Acabei de comprar a cidade."

"O quê?"

"Eu comprei tudo!"

Ruthie olhou o monte de lixo e de ervas daninhas que havia ao redor. "Mas por que você compraria isso?"

"Bom... Você está procurando alguma coisa pra fazer, e eu também estou. Então vamos reabrir o velho Café da Parada do Apito! E talvez até a cidade inteira. O Bud não ia adorar essa ideia?"

"Claro que sim", disse Ruthie. "Ele ficaria radiante, mas como a gente vai fazer isso? Quer dizer, olha, está tudo caindo aos pedaços..."

"Fácil. Chamei minha equipe, e vão conseguir as plantas originais das construções no escritório de planejamento do condado. A gente restaura o que puder e constrói de novo o que não puder, seguindo o projeto de antigamente."

"É mesmo?"

"É. E o que você me diz? Vai ser muito bacana. Eu sei que não é pouca coisa, mas a gente consegue."

"Mas, Evelyn, não vai custar muito dinheiro fazer uma coisa dessas?"

Evelyn meneou a cabeça. "Ah, querida, eu tenho muito dinheiro para investir, e prefiro fazer isso a deixar o dinheiro parado no banco."

"Sério?"

"Sério. E com seu talento para decoração, a gente vai conseguir deixar esse lugar igual era antes, mas ainda melhor."

"Você acha que a gente consegue mesmo?"

"Sem dúvida! Agora estamos no meio do nada, mas depois que criarmos novas estradas, acho que as pessoas vão vir em peso. Dentro de alguns anos, a gente pode ter uma cidade inteira aqui, com casas, prédios e tudo o mais."

Ruthie olhou para a amiga com uma expressão deslumbrada. "Evelyn, você nunca deixa de me surpreender."

"É claro que, para isso, você precisaria se mudar para Birmingham", Evelyn disse, "por pelo menos um ano. Topa?"

"Claro que sim."

E assim começou o projeto "Revitalização da Parada do Apito".

Na manhã seguinte, quando iam se encontrar com o mestre de obras contratado por Evelyn para discutir o projeto, Ruthie foi ficando ainda mais animada. Ela disse:

"Nossa, Evelyn, só de pensar em fazer isso para o papai... Ele queria tanto voltar para casa, mesmo não tendo sobrado mais nada. Ele quase se matou só para ver o local onde a cidade ficava. Imagina como vai ficar feliz quando vir que o café, e talvez a cidade, estão em pé de novo!".

Evelyn respondeu: "Ele vai ficar muito surpreso".

Ruthie suspirou aliviada. "Eu sempre quis fazer alguma coisa pelo meu pai. Ele está numa idade em que posso perdê-lo de vez. Agora, graças a vocês, eu *posso* fazer alguma coisa. E não consigo pensar num presente melhor que esse."

"Concordo", Evelyn disse. "Mas não vamos deixar o Bud ver a cidade antes de limparmos tudo. Aí a gente pode mostrar para ele."

Só nos Estados Unidos

Só nos Estados Unidos uma mulher poderia começar a vida sem dinheiro nenhum e acabar virando multimilionária. Uma mulher que só precisava se preocupar com encontrar boas maneiras de investir seu dinheiro. Evelyn tinha descoberto que, do jeito que Birmingham estava crescendo, qualquer imóvel comercial na região seria um ótimo investimento. Ao longo dos anos, ela tinha comprado terrenos que mais tarde haviam sido transformados em shopping centers e edifícios comerciais.

Três semanas antes, Ted Campbell, seu corretor de imóveis, tinha ligado contando que encontrara um terreno de trinta acres nos arredores que talvez interessasse a Evelyn. Ted sabia que ela adorava terrenos com vista livre e campo aberto.

Na manhã seguinte, em pé ao lado de Ted, olhando para os trilhos do trem, que ficavam lá embaixo, ela sentiu que conseguia ver o que havia a quilômetros dali. Evelyn adorou. Não só adorou como, desde o instante em que começaram a andar junto dos trilhos, percebeu que já tinha estado ali. Ela pediu para Ted fazer uma proposta de compra.

Ninny Threadgoode sempre havia falado da Parada do Apito com muito carinho. Sabia que Ninny ficaria radiante se descobrisse que ela pretendia comprar aquelas terras. E o preço estava excelente, ainda mais considerando que ela compraria uma cidadezinha inteira, inclusive o cemitério e as construções que continuavam em pé. Céus, por aquele preço, ela perderia dinheiro se não fechasse negócio!

Contando para o papai

Atlanta, Georgia

A primeira coisa que Ruthie fez depois de voltar para Atlanta foi ligar para seu pai e convidá-lo para almoçar em seu restaurante favorito.

Enquanto ele devorava seu segundo prato de feijão-fradinho, ela disse:

"Papai, o senhor acharia muito ruim se eu fosse morar em Birmingham, pelo menos por um tempo?"

Ele pareceu surpreso. "Birmingham?"

"É. É o seguinte. A Evelyn está com um projeto novo e me convidou para ser sócia dela. Mas para isso eu precisaria ficar longe por um tempinho."

"Ah, é?"

"Eu ainda poderia vir ver o senhor toda semana, e pensei que agora que você tem o Virgílio e a sua nova amiga, a Lucy..."

"Lois."

"Lois, isso. Pensei que talvez o senhor não se importasse tanto. E lembre que eu não vou estar tão longe, e..."

Bud a interrompeu. "Querida, se é isso que você quer fazer, vá em frente. Não se preocupe comigo. Eu fico bem. E você sabe que tenho muito carinho pela Evelyn. Que tipo de projeto é esse?"

"É só um pequeno empreendimento em que ela está trabalhando. Vou te contar mais daqui a um tempo. Então ótimo. Eu vou ficar no chalé de visitas da Evelyn. Tudo bem?"

"Tudo bem, claro! Estou muito feliz por você, querida. De verdade. Eu não queria falar nada antes, mas acho que você não tem andado muito feliz, e mudar de ares pode te fazer muito bem."

"Eu acho que sim. E acho que vai ser muito legal."

"Que boa notícia! Vamos comemorar esse seu novo projeto. O que acha de a gente comer uma fatia daquela torta de limão?"

"Vamos!"

"E de repente uma de bolo de coco?"

"Por que não?"

Mais tarde, quando Ruthie o levou de volta para Briarwood, ela o acompanhou até a entrada, e Bud disse:

"Ruthie, quer conhecer minha amiga Lois? Eu sei que ela quer te conhecer!"

"Claro que quero, se ela quiser..."

"Espera aqui, que vou buscá-la."

Alguns minutos depois, ele voltou com Lois. Ruthie ficou surpresa ao ver que Lois era uma senhora mais velha que seu pai, e que era muito bonita, se vestia de maneira muito elegante e usava o colar de pérolas mais lindo que Ruthie já tinha visto. Isso sem falar no anel de diamantes, que tinha o tamanho de uma pequena maçaneta.

"Ah, Ruthie", Lois disse, "posso chamá-la assim? Escutei tanto sobre você, estou simplesmente encantada por finalmente conhecê-la."

Quando voltou para casa e pensou em sua mudança para Birmingham, Ruthie se deu conta de que um projeto como aquele poderia levar mais de um ano, talvez dois. Não havia motivo para manter a casa em Atlanta e deixá-la vazia, gerando gastos todos os meses. Gastos que só serviriam para afundá-la ainda mais nas dívidas que ela já tinha. E, de qualquer forma, a casa já era grande demais para uma pessoa sozinha. Talvez esse fosse o momento de enfim vender a casa e encontrar um apartamento pequeno para alugar mais perto de seu pai, para quando ela viesse visitar. Se fizesse isso, estaria colocando todas as suas fichas em uma única aposta. Mas ela sentiu que era agora ou nunca. Fechou os olhos e se jogou de cabeça. "Me aguarde, Parada do Apito, porque estou chegando!"

Quando contou o plano aos filhos, Richard, seu filho, achou a ideia ótima, mas Carolyn teve um verdadeiro chilique. As duas passaram dias trocando telefonemas acalorados.

"É a casa da nossa família, mãe. Você não pode simplesmente vender a casa. E onde eu vou ficar quando for pra Atlanta?"

"Bom, querida, você pode ficar na casa da sua avó, como você sempre faz."

"Mas eu quero poder ir à casa ao lado e te visitar. E por que você vai passar um ano no Alabama? Quem vai cuidar do vovô?"

"Ele está ótimo em Briarwood, e Birmingham não fica tão longe assim. Em caso de emergência, eu chegaria aqui em poucas horas."

"Mas eu não quero gente desconhecida morando na minha casa."

"Estou em contato com a corretora da sua avó, e ela vai cuidar para que não sejam pessoas desconhecidas. Ela já falou que seus amigos do clube, os Vaughan, têm interesse em comprar a casa. Você deve conhecer essa família..."

"Olha, mãe, a única coisa que posso dizer é que, se estivesse vivo, o papai ficaria muito chateado."

Na verdade, conhecendo Brooks, Ruthie sabia que ele ficaria muito feliz em vê-la seguindo sua vida.

Mãos à obra!

Quando Ruthie, enfim, conseguiu voltar para Atlanta, Evelyn já tinha conseguido o financiamento, providenciado o projeto e a planta baixa de algumas construções e contratado uma equipe de limpeza que estava a postos para começar. A primeira coisa que precisavam fazer era tirar todos os entulhos que cobriam a área, e depois cortariam toda a vegetação e veriam as condições dos prédios que estavam embaixo. E encontraram algo incrível: o salão de beleza de Opal Butts estava praticamente intacto. Até os velhos secadores de cabelo continuavam em pé, e, acondicionados nas prateleiras, havia frascos de xampu e de coloração que não haviam sido usados.

Infelizmente, do café quase nada tinha restado. O balcão e as cabines de madeira continuavam lá, bem como algumas mesas e cadeiras, mas não ia muito além disso. Mas, para o alívio de Ruthie e Evelyn, alguns dos prédios do quarteirão pareciam não ter sofrido danos estruturais.

Na primeira semana de trabalho, a equipe de limpeza se deparou com um velho barracão de madeira que ficava nos fundos do café. Ruthie e Evelyn foram até o local para ver o que havia no depósito. Lá, encontraram a porta de tela original do café, com as palavras TOMATES VERDES FRITOS escritas, um antigo piano de armário e uma cabeça de veado imensa. E, empilhadas num canto, estavam caixas e mais caixas de enfeites de Natal e uma fantasia de Papai Noel coberta de naftalina. Elas também encontraram pacotes de chiclete Juicy Fruit e fumo de mascar Red Man, um calendário de 1930 e uma caixa de charutos vazia.

Mas, para Ruthie, o melhor dos tesouros que encontraram naquele dia foram as cerca de vinte fotos emolduradas que alguém havia embrulhado num lençol. Uma delas era uma foto de Idgie, Ruth e o pequeno Buddy em pé na frente do café. Bud parecia ter mais ou menos cinco anos e estava vestindo um traje de banho e sandálias de couro brancas. E havia muitas fotos de Sipsey e Big George. Evelyn adorou ver uma foto em que Ninny e seu marido, Cleo, posavam ao lado de Julian e Idgie. Como foi bom viajar no tempo. A última foto que viram era de um boneco de ventríloquo e tinha um autógrafo: "Para Buddy. Com amor, Chester".

"Quem é Chester?", perguntou Evelyn.

"Não faço a mínima ideia."

"Eu também não, mas assim que terminarmos a obra do café, essas fotos todas vão voltar para a parede, exatamente onde estiveram antes. Não vai ser ótimo?"

Ruthie ficou radiante com o que encontraram. Sua ideia era deixar o café o mais autêntico possível, e ela podia usar tudo — a cabeça de veado, o piano, os enfeites de Natal e talvez até o velho traje de Papai Noel.

Quando a equipe de limpeza terminou seu trabalho, tinham removido cerca de cinco toneladas de carros e caminhonetes velhas, lixo e destroços. Sem tanta coisa espalhada, a aparência do entorno ficou bem melhor.

Algumas semanas depois, o quarteirão inteiro e todos os prédios que restavam foram dedetizados. Toda a construção, inclusive das novas ruas asfaltadas e do novo sistema de esgoto, estava programada para começar assim que os alvarás fossem emitidos, algo que o empreiteiro garantia que aconteceria a qualquer momento.

Então, enquanto esperavam para começar as obras, Ruthie pensou que era o momento perfeito para levar seu pai à cidade e mostrar a ele o que estavam planejando. Ela vinha torcendo para que a limpeza acabasse antes do aniversário de Bud, e deu certo. Ela não via a hora de revelar a surpresa.

23 E QUEM?

ATLANTA, GEORGIA
2016

NA ROTATÓRIA CALDWELL, Martha Lee sentiu que um muro de tijolos muito pesado de repente tinha caído sobre ela. Havia acabado de receber a notícia mais arrasadora de sua vida. Naquele momento, estava num cômodo escuro, esparramada sobre o divã, quase incapaz de se mexer, de tão estarrecida. Daquele dia em diante, sua vida, como ela a conhecia, tinha acabado. Como poderia seguir em frente? Por que continuar? Deitada, ainda ouvindo seu coração bater acelerado, ela se perguntou se tinha coragem suficiente para se matar.

Pouco mais de trinta minutos antes, ela havia recebido os resultados de seu teste de DNA da 23andMe, que revelava que ela era 70% inglesa, 2% irlandesa e 28% chinesa. Gerta, sua secretária pessoal, tinha pesquisado mais informações e descoberto que, infelizmente, o ancestral de Martha de nome Lee não tinha sido o duque Edmond James Lee, mas, sim, um horticultor chinês chamado Henry Wong Lee, que fora contratado para cuidar das propriedades da família. O retrato que ficava em sua sala de estar, o mesmo que ela mostrara para Atlanta inteira, era de uma mulher com quem ela não tinha nenhum parentesco.

Depois de ler o resultado, Martha ficou tão debilitada que mal conseguiu esticar o braço para tocar o sininho de prata que ficava sobre a mesa de cabeceira. Assim que ouviu o débil ding-dong do sino, Gerta correu pelo corredor para chegar à biblioteca. Quando abriu a porta e viu o rosto pálido de Martha Lee, ela levou um susto.

"Sra. Caldwell, está tudo bem?"

Martha Lee olhou para ela e disse, em tom melancólico: "Não, querida. Eu nunca mais vou ficar bem, até o dia em que eu morrer. Fale para o Cook me trazer um copo grande de gim gelado e um revólver".

"Um revólver? Ah, sra. Caldwell, isso eu não posso fazer. Eu ficaria com medo só de pegar um revólver. Não consigo. Ora, a senhora pode acabar se machucando!"

Martha suspirou. "Ah, então tá. Só me traz o gim."

De alguma maneira, Martha Lee conseguiu enfrentar as semanas que se seguiram sem atentar contra a própria vida. E, naquele dia, ela chegou até a vislumbrar alguma esperança de que nem tudo estivesse perdido. Gerta estava muito ocupada pesquisando a história de todas as dinastias chinesas, procurando desesperadamente alguma conexão entre as famílias Wong ou Lee com os antigos imperadores manchus. E, conforme disse a Martha Lee, era difícil saber. Ela poderia muito bem descobrir que era descendente direta da própria imperatriz Dowager.

Com o passar do tempo, quando conseguiu se acalmar um pouco, Martha Lee se deu conta de que essa nova revelação sobre suas origens talvez até fizesse sentido. Ela sempre tivera um carinho especial por tudo o que vinha do oriente: arte, tapetes, móveis. E de fato tinha a maior coleção de vasos da dinastia Ming da cidade de Atlanta. E a imperatriz Dowager... Puxa, como esse nome lhe agradava!

E, como ela disse a Gerta, "temos que respeitar nossos genes, não acha?".

Gerta assentiu. Ela era 98% alemã e adorava cerveja desde que se conhecia por gente.

Um mês depois, bem quando Martha Lee estava começando a se animar de novo, outro golpe a atingiu. O advogado de seu falecido marido, que cuidava de todas as suas finanças, foi até a casa e lhe informou que seu dinheiro estava acabando e ela não podia mais manter a casa. Ela não ficou nada feliz em saber disso.

"Quando tempo eu tenho até me obrigarem a sair?"

"Seis meses, pelo menos." Ele olhou ao redor e disse: "É claro que você pode conseguir um tempinho a mais, Martha".

"Como?"

"Pode vender parte das suas antiguidades. Você tem uma bela coleção. Imagino que aqueles vasos valham bastante."

Martha Lee ficou indignada. "O quê? Eu nunca seria capaz de vender a minha coleção. Não são simplesmente antiguidades, Ronald." Martha Lee fez um gesto na direção dos vasos. "São relíquias preciosas que pertencem à minha família há mais de seis séculos."

"Entendi. Então, Martha Lee, é melhor começar a procurar um lugar em Briarwood."

A surpresa

Parada do Apito, Alabama
Dezembro de 2016

Bud atendeu o telefone e era Ruthie.

"Oi, papai, tudo bem?"

"Olá! Cadê você?"

"Ainda em Birmingham."

"Ah... Ainda se empenhando no seu projeto?"

"Ah, sim. Mas conheço alguém que vai fazer aniversário nesse domingo..."

"Nem me fale. Estou tentando esquecer disso."

"Então, papai, será que a sua amiga Lois poderia cuidar do sr. Virgílio por alguns dias?"

"Com certeza, por quê?"

"Porque eu quero que o senhor venha passar seu aniversário em Birmingham. E tenho uma coisa para te mostrar. E se eu buscar o senhor em Briarwood no sábado de manhã e te levar de volta na segunda de manhã? O senhor aceita?"

"Claro, parece ótimo."

* * *

Na tarde de sábado, algum tempo depois que ela e Bud chegaram à casa de Evelyn, Ruthie disse: "Papai, a Evelyn e eu temos uma surpresa para o senhor. Queremos te levar a um lugar, mas tem que prometer que vai fazer o que a gente pedir".

"Tudo bem", ele respondeu.

Quando chegaram ao carro de Evelyn, Ruthie disse: "Entre e não faça nenhuma pergunta".

Ele deu risada, entrou e se sentou.

"Agora, papai, vou colocar esse lenço nos seus olhos, e o senhor só pode tirar quando a gente avisar."

"Estou sendo sequestrado?"

"Está."

Ele soltou uma risadinha. "Vocês não vão me levar para o hospício, vão?"

"Não. Comporte-se bem, que logo o senhor vai descobrir."

Enquanto passavam por Gate City e seguiam a velha estrada de cascalho de mão única, Ruthie teve receio de que ele adivinhasse onde estavam, mas ele não adivinhou.

Evelyn estacionou o carro bem na frente do café, do outro lado da rua.

"Já chegamos?", Bud perguntou.

"Chegamos, mas só olha quando eu disser que pode." As duas saíram do carro e o ajudaram a sair, depois o viraram para que ficasse de frente para o café. "Tá. Agora pode olhar."

Bud sorriu e tirou o lenço de cima dos olhos. Por um instante, ele pareceu não saber onde estava.

"Papai, é a Parada do Apito! Olha, lá estão o antigo café e o salão de beleza!"

Bud estava chocado. "Estou vendo, mas não consigo acreditar. Eu pensei que tudo tinha sumido! Me disseram que não tinha mais nada aqui, só lixo."

Evelyn disse: "Não tinha, mas eu e a Ruthie mandamos limpar tudo, e agora vamos reconstruir a cidade do zero".

"Vocês estão brincando."

"Não, papai, tem muita coisa que sobrou. Só precisamos reconstruir."

"Vocês só podem estar brincando. É nesse projeto que vocês duas andam trabalhando?"

"É. A Evelyn comprou a cidade inteira. E vamos reabrir o velho café, e esperamos aquecer o comércio. O que o senhor acha?"

"Não consigo pensar. Ainda estou em choque!" Ele olhou para Evelyn. "Você comprou a cidade inteira?"

"Então, Bud, eu me dei conta de que, do jeito que Birmingham está crescendo rápido, assim que a gente construir estradas e criar um acesso à rodovia, vai fazer toda a diferença. Eu acredito que a gente possa fazer as pessoas voltarem a morar aqui."

"Você acredita?"

"Claro! Vamos começar a construir algumas casas, e, com a propaganda certa, acho que não tem como dar errado."

Quando entraram no velho café, Bud parou por um instante e olhou ao seu redor. "Meu Deus, eu não entro aqui há mais de sessenta anos. Nem acredito que nós dois ainda estamos de pé."

Ruthie disse: "Eu estava procurando alguma coisa pra fazer, então, depois que a obra terminar, vou vir morar aqui nos fundos e administrar o café".

Então Ruthie contou que planejava recriar o exterior e o interior do café, para que ficasse igualzinho ao que era nos anos 1930. "As pessoas são loucas por esse visual antiguinho e divertido."

Bud disse: "Eu posso te ajudar, Ruthie. Eu me lembro exatamente onde cada coisa ficava. O piano ficava bem ali, naquele canto. E tinha uma cabeça de veado ali em cima".

Evelyn deu risada. "Olha, Ruthie, acho que você encontrou seu assistente de criação."

Antes de saírem do café, elas mostraram a Bud todas as fotos que tinham encontrado. Ele olhou uma por uma e comentou: "Meu Deus, olha o Chester! Não pensava nesse carinha havia muitos anos...".

"O que a gente quer saber é: quem era o Chester?"

Bud deu risada. "Um amiguinho meu. A gente trocava cartas."

Ruthie balançou a cabeça. "Só o senhor mesmo, papai, para trocar cartas com um boneco de ventríloquo."

Eles passaram no cemitério para visitar os túmulos de Idgie, Ruth e Ninny. Depois, elas acompanharam Bud pela região e as várias casas que pretendiam reformar. A última casa estava em péssimo estado, com a tinta toda descascada, mas, quando a viu, Bud exclamou: "Meu Deus! Essa é a casa da tia Ninny e do tio Cleo. Meu Deus... Eu passei tanto tempo aqui. A tia Ninny sempre lia a seção de humor do jornal para nós quando éramos pequenos, bem ali, na varanda".

Eles subiram os degraus que levavam à porta, e Ruthie disse: "Papai, espera. Antes de a gente entrar, quero te entregar uma coisa". Ela lhe entregou a chave da porta e disse: "Feliz aniversário, papai! Presente de nós duas".

Bud olhou para a chave e depois olhou de novo para Ruthie. "Não sei se entendi."

"A casa é sua. É seu presente de aniversário."

"Você não pode estar falando sério." Ele olhou para Evelyn.

Evelyn disse: "Ela está falando sério, sim. E a gente vai deixar tudo arrumadinho para o senhor... e para o Virgílio, é claro".

Bud ficou embasbacado. "Você quer dizer que não preciso mais morar em Briarwood?"

"Isso, papai. Aqui é a sua casa, se você quiser. O que me diz?"

"Bom, eu nem sei *o que* dizer. Vocês duas vão me fazer ter um infarto, isso sim!"

Evelyn disse: "É melhor o senhor dizer sim. O senhor quer morar aqui?".

"Se quero? Quando posso me mudar?"

"Assim que a gente conseguir terminar a obra", respondeu Evelyn.

"Ainda não consigo acreditar. Ruthie, quando posso contar para o Merris que vou embora?"

"A gente ainda não tem uma data certa, mas vamos pedir para a equipe correr o máximo possível."

"Minha nossa, eu pensei que nunca mais veria a Parada do Apito. E agora eu vou morar aqui!"

De repente, os olhos de Bud se encheram de lágrimas. "Ruthie, Evelyn, acho que esse é o melhor presente que eu ganhei na vida."

* * *

Ruthie sabia que não seria fácil deixar tudo pronto, mas ver os olhos de seu pai brilharem como brilharam quando ele viu a Parada do Apito de novo faria tudo valer a pena. Embora Bud nunca tivesse dito isso, ela notou, por sua reação, como ele estava insatisfeito com sua vida em Briarwood. Fazia muito tempo que ela não o via tão empolgado com alguma coisa. Graças aos céus conseguiria tirá-lo de lá e levá-lo para sua casa, para o lugar em que ele merecia estar. Ruthie queria que seus últimos anos de vida fossem anos felizes.

Ao longo das semanas seguintes, Evelyn e Ruthie se divertiram muito com os planos para reconstruir a velha casa de Ninny para Bud. Seria igualzinha ao que era antes. As únicas diferenças seriam uma nova banheira com chuveiro e uma rampa para cadeira de rodas, para caso ele algum dia precisasse usar uma. A arquiteta também fez um projeto para construir uma pequena edícula nos fundos, para abrigar uma cuidadora, se ele precisasse. Bud telefonava quase todos os dias, querendo saber como tudo estava andando. Ruthie estava empolgada e não via a hora de levar o pai para morar em sua casa nova. Mas então, algo inesperado aconteceu.

No fim das contas, talvez Bud não pudesse se mudar.

Uma notícia terrível

Parada do Apito, Alabama
2017

Tinha demorado algum tempo, mas todos os alvarás de construção haviam sido emitidos e a obra finalmente ia começar a todo vapor. Naquele dia, estavam se preparando para iniciar a restauração do café. A equipe estava no sótão, checando se havia algum dano estrutural que precisassem abordar e examinando as vigas de madeira com a ajuda de lanternas, quando o mestre de obras entrou no café e os chamou. "Peguem as ferramentas e voltem pra casa, pessoal. O trabalho acabou por hoje."

Jim Carder, dono da construtora que Evelyn e Ruthie tinham contratado para construir a estrada, ainda estava esperando os alvarás para começar o trabalho. Ele finalmente havia ido ao cartório do Condado de Jefferson para tentar descobrir qual era o entrave. Quando chegou lá, o encarregado por todas as licenças relacionadas a sistemas de esgoto e estradas o levou à sua sala, abriu um mapa e lhe deu a má notícia.

"Jim, essas ruas e canos de esgoto que você está propondo passam bem no meio de uma propriedade privada. Sinto muito, mas não posso emitir esse alvará."

"O quê? Mas a dona desses terrenos não é a sra. Couch?"

"Ela é dona da maior parte, sim. Mas bem aqui", ele apontou para uma parte do mapa que ficava entre a propriedade de Evelyn e a rodovia interestadual, "tem esse terreno de vinte acres que pertence a outro dono, e é por aqui que suas instalações precisam passar".

"Não é só isso", disse Jim. "A obra inteira depende do nosso acesso à rampa de saída da rodovia. Ela planeja construir casas e imóveis comerciais ali. Sem esse acesso, ficaríamos ilhados. Precisamos conseguir o direito de passagem forçada."

"Eu entendo, Jim, então a única coisa que posso fazer é te entregar uma cópia do contrato, e talvez você consiga resolver com o proprietário. Talvez eles te vendam o terreno ou te concedam passagem. Mas, até lá, estou de mãos atadas. Sinto muito."

"Caramba... A Evelyn já gastou uma fortuna limpando tudo, desenhando os projetos. Por que você não me falou isso antes?"

"Nós mesmos só soubemos disso poucos dias atrás. Meu assistente consultou um mapa antigo para procurar o sistema de esgoto original, e aí viu um nome diferente no terreno. Mandei que consultasse o cartório para ver se não tinha sido algum erro... Demorou um tempo até o pessoal do cartório nos responder, mas não era erro nenhum. De acordo com as informações que eles têm, aquele terreno específico tinha sido retirado da propriedade da família Johnson em 3 de novembro de 1932 e transferido para um tal Arvel Ligget de Pell City, Alabama. Aqui, tenho uma cópia da transferência da escritura."

Jim pegou o papel e o olhou. "Isto está de acordo com a lei?"

"Sim, infelizmente. Foi autenticada e assinada, e a testemunha foi uma tal de srta. Eva Bates."

"Quem é esse tal de Arvel Ligget? 1932? Caramba, esse cara já deve ter morrido há muito tempo."

Depois de três semanas revirando documentos antigos, eles descobriram que Arvel Ligget tinha, de fato, morrido havia muito tempo. E não tinha feito um testamento. Ele também tinha quarenta e dois descendentes que disputavam suas várias propriedades havia anos, inclusive o terreno de vinte acres perto da Parada do Apito, e todos se diziam seus herdeiros legítimos. Era impossível comprar o terreno de um deles ou tentar negociar a passagem.

Quando Jim deu a notícia para Evelyn e Ruthie, as duas ficaram arrasadas. Jim contou que a única coisa que podiam fazer a essa altura era postergar a obra e esperar, mas que ele não estava otimista. Com tantos processos judiciais em andamento, eles poderiam levar anos para conseguir uma decisão definitiva sobre a propriedade daquela terra. E, mesmo assim, não tinham como saber se a pessoa que fosse declarada proprietária estaria disposta a fazer um acordo.

Evelyn sabia que, sem acesso à rodovia, continuar as obras seria jogar dinheiro fora. Por isso, depois de discutir essas questões com Ruthie, o projeto foi interrompido.

"Eu sinto muito, Ruthie... Pode me culpar. Fui eu quem te arrastei para essa confusão toda", ela disse.

"Não seja boba, Evelyn. Não é culpa sua."

"Mas, ainda assim, estou me sentindo péssima. Você acabou de vender sua casa... É claro que eu posso pensar em outros projetos pra gente fazer..."

"Ah, eu sei... Quem me preocupa mais é o papai. Ele tem estado tão animado, pensando que ia voltar para a cidade dele. Tenho medo de ele ficar muito triste. E, para falar a verdade, acho que eu estou decepcionada também. Sei que pode parecer besteira, mas estando aqui, ouvindo tantas histórias sobre ela, eu não sei por que, mas meio que comecei a sentir que a tia Idgie poderia ter passado o bastão para mim, ou que eu poderia ser a nova Idgie Threadgoode. Talvez continuar o legado dela de alguma forma."

"Eu entendo", disse Evelyn.

"Eu a vi uma vez, na Flórida, quando eu era pequena."

"É mesmo? Você nunca me contou isso."

"Faz tanto tempo que mal consigo me lembrar. Eu era muito criança. Mas me lembro de ter gostado muito dela. Disso eu me lembro."

Dot Weems

Fairhope, Alabama
Natal de 2000

Queridos,

Imagino que a essa altura todos vocês saibam que perdi o Wilbur em junho. Sou grata por todos os anos que tivemos juntos, mas às vezes ser humana dói muito, sem dúvida. Eu sei que não estou sozinha. Muitos de nós perdemos pessoas que amamos. Acho que é o preço que pagamos por ter uma vida longa. E não se trata só de perder a pessoa, mas de perder a pessoa com quem você compartilhava tantas memórias especiais, e de repente se dar conta de que agora essas memórias são só suas. Por isso é mais importante do que nunca que a gente não perca o contato. Hoje em dia, minha velha turma da Parada do Apito são as únicas pessoas para quem eu posso perguntar: "Lembra daquela vez...?". Já me perguntei muitas vezes aonde essas memórias vão quando a gente morre. Será que elas continuam flutuando por aí, pelo nada, ou será que morrem conosco? Se for assim, pensem nos bilhões de memórias lindas que se apagam e acabam sumindo...

Enfim, vai ser um Natal muito melancólico sem o meu Wilbur. Então espero que todos vocês me entendam e me perdoem por não fazer minha longa carta de Natal este ano.

Com todo o meu amor,

Dot

Dot Weems

Fairhope, Alabama

Uma rápida atualização:

Oi, turma! Bem quando eu decidi que não ia dar bola para o Natal este ano, uma coisa maravilhosa aconteceu. Primeiro, preciso relembrar um dia do último verão. Eu e o Wilbur fomos à joalheria para comprar um novo cristal para o velho relógio de bolso ferroviário que ele tinha. Enquanto ele falava com o joalheiro sobre o relógio, uma mocinha muito bonita que trabalha lá veio até mim e disse que tinham acabado de receber um novo par de brincos de ouro e pérolas. Ela me perguntou se eu gostaria de ver os brincos. Então, só para me distrair, fui até o balcão e experimentei os brincos mais lindos que vi na minha vida. Falei que tinha adorado e perguntei quanto custavam. Quando ela me falou o preço, eu quase caí dura ali mesmo, e devolvi os brincos na mesma hora.

E qual não foi a minha surpresa:

Não sei por que demorei tanto para me desapegar das coisas, até mesmo de detalhes, mas ontem de manhã eu enfim comecei a juntar algumas das roupas do Wilbur para doar para o Exército da Salvação. Eu estava limpando a gaveta de meias quando encontrei uma caixinha de veludo preto escondida dentro de um dos pares.

Abri a caixa e encontrei uma surpresa. Dentro da caixa estavam os mesmos brincos de ouro e pérolas que eu tinha experimentado no verão passado, junto de um bilhetinho que dizia "Feliz Natal! Com amor, Wilbur".

Liguei para a joalheria, e eles me contaram que o Wilbur tinha combinado com aquela moça para ela me fazer experimentar os brincos, porque assim ele saberia se gostei ou não antes de comprá-los. Nem preciso dizer que vou levar esses brincos comigo para sempre, não porque eles são lindos (e são mesmo), mas porque foram um presente do meu Wilbur.

Feliz Natal!
Dot

MAGOANDO ALGUÉM

ATLANTA, GEORGIA

RUTHIE NÃO QUERIA dar a má notícia a seu pai por telefone, então, quando voltou para Atlanta, ela marcou um dia para ir buscá-lo. Quando estacionou na frente de Briarwood, o sr. Merris estava saindo na mesma hora e a viu, para sua infelicidade.

"Ah, olá, sra. Caldwell. Veio ver seu pai?"

"Sim, sr. Merris, vou levá-lo para almoçar."

"Ah, que ótimo... Bem, sentiremos a falta dele quando ele for embora, mas ele contou para todo mundo sobre sua casa nova, então tenho certeza de que ele vai ficar muito feliz."

Ruthie sentiu um aperto no peito. Ela queria que ele não tivesse dito nada, mas, conhecendo seu pai e sabendo como tinha ficado animado, aquilo não foi nenhuma surpresa. Mas seria muito mais difícil dar a notícia a ele, disso não havia dúvida.

Mais tarde, durante o almoço, depois de explicar ao pai o que tinha acontecido, e que reconstruir a Parada do Apito não seria mais possível, Ruthie viu que ele estava desolado. Mas, como sempre, Bud ficou mais preocupado com ela do que consigo mesmo. Ele disse: "Fico muito triste que isso tenha acontecido, depois de todo o esforço que vocês duas fizeram. O que você acha que vai fazer daqui em diante?".

"Ainda não sei, papai. Mas o senhor vai ficar bem? Eu quis tanto fazer isso pelo senhor... E agora não posso mais."

"Eu sei, querida. Você fez tudo o que podia. Mas, às vezes, as coisas não são como a gente gostaria. E não se preocupe nem um segundo comigo, meu bem. Eu vou ficar ótimo."

"Vai mesmo, papai?"

"Com certeza. Promessa de escoteiro."

De volta a seu apartamento naquela tarde, Bud começou, aos poucos, a desencaixotar as coisas que tinha começado a guardar para a mudança para a Parada do Apito. Aquilo tudo tinha sido um sonho lindo que não se tornaria realidade. E tudo por causa de uma porcaria de terreno... Coitada da Ruthie. E coitado dele. No dia seguinte, precisaria contar para Merris que continuaria morando em Briarwood. Isso não seria nada agradável. Ainda mais depois de sair falando para todo mundo que sua filha reconstruiria uma cidade inteira para ele.

De volta ao começo

Atlanta, Georgia

Ruthie nunca tinha gostado muito da realidade nua e crua. Encarar os fatos não era sua maior especialidade. Nesse caso, o fato era que o projeto de reconstruir a Parada do Apito não ia mais acontecer.

Depois de dar a notícia a seu pai, Ruthie voltou para sua casa na Rotatória Caldwell, sentou-se e chorou por um bom tempo. Ela gostaria de ter um pouco mais de tempo, mas o corretor de imóveis tinha telefonado e informado que os Vaughan, que haviam comprado a casa, tinham pedido uma garantia de trinta dias para poder se mudar o quanto antes. Por isso, naquele momento, ela tinha que encaixotar uma casa cheia de móveis e uma vida inteira de memórias. Seu plano era mandar tudo para a Parada do Apito, mas agora ela não tinha onde colocar tudo aquilo e nem onde ficar. Evelyn, sempre querida, tinha proposto que ela ficasse na casa de hóspedes até encontrar um novo projeto, mas Ruthie não queria dar trabalho à amiga. E, se ela não estivesse trabalhando, por que ficaria lá? Precisava voltar e ficar perto de seu pai.

* * *

Carolyn ainda estava chateada com a decisão de vender a casa, e Ruthie faria tudo para não precisar contar à filha que o projeto da Parada do Apito tinha sido cancelado. Quando voltou para Atlanta, tudo o que Martha Lee tinha a dizer foi: "Olha só o que o gato trouxe!". Talvez ela tivesse *mesmo* vendido a casa antes da hora. Deveria ter ficado onde estava. Todos os seus grandes planos tinham virado fumaça, e ela havia voltado para a estaca zero. Só que agora não tinha casa para morar.

A última coisa que Ruthie queria fazer no momento era procurar um apartamento e levar suas coisas para um depósito frio e impessoal. Mas não lhe restava outra opção. Nas semanas seguintes, trabalhou da manhã à noite, encaixotando as coisas e tentando encontrar um lugar aceitável para alugar. Ela estava exausta. E logo começou a se perguntar por que não jogava a toalha de uma vez e também se mudava para Briarwood. Era um pouco cedo, ela sabia disso, mas era muito provável que acabasse morando lá de qualquer forma. Por que esperar?

O fim de uma era

Silver Spring, Maryland
2002

Peggy estava na sala dos fundos da clínica quando ouviu seu celular fazendo um bipe.

Ela olhou e viu um e-mail de Opal Butts, que estava em Birmingham. Depois de ler, ela disse a Bud: "Querido, é a Opal. A Dot Weems faleceu".

Bud estava olhando o raio X e se virou para ela.

"Ah, não... O que aconteceu?"

"A Opal disse que ela teve um derrame."

"Meu Deus, que tristeza... Quantos anos ela tinha?"

"Acho que ela já tinha seus noventa anos, no mínimo."

"Acho que sim. Ou talvez até mais. Ela já era uma mulher feita quando éramos crianças." Bud suspirou. "Meu Deus... Dot Weems se foi. Difícil acreditar nisso. Bem, sem dúvida é o fim de uma era."

Peggy disse: "Concordo, e, agora que o Grady e a Gladys Kilgore também se foram, logo não vamos ter mais ninguém que nos conheceu naquela época".

Dot Weems tinha chegado aos 101 anos e continuou fazendo trabalho voluntário na Biblioteca de Fairhope três vezes por semana até o dia de sua morte. Muita gente sentiria sua falta. Sua vida tinha sido longa e certamente havia ajudado a conectar muitas pessoas.

O cadáver

Dois meninos franzinos e maltrapilhos de doze anos, Cooter e Lucas, saíram de Gate City para caçar confusão naquela manhã. Os dois tinham passado no estacionamento de trailers e surrupiado o pacote de maconha do irmão mais velho de Cooter. Eles enfiaram tudo nos bolsos, subiram em suas bicicletas e saíram da cidade o mais rápido possível. O irmão mais velho já tinha sido preso e era violento. Os garotos sabiam que, se fossem pegos, levariam uma surra daquelas.

Quando estavam longe o suficiente, eles pararam no acostamento da estrada, esconderam as bicicletas no meio de arbustos e entraram no bosque. Quando se sentiram seguros, encontraram uma pequena clareira, sentaram-se atrás de uma árvore e tiraram tudo o que tinham dos bolsos. Haviam conseguido pelo menos dez baseados já enrolados, um isqueiro e três sacos plásticos cheios de comprimidos.

O maior dos dois, Cooter, que se achava barra-pesada, disse: "Caramba! Eu vou é fumar dois baseados desses, talvez até três". Mas Lucas estava nervoso e não parava de olhar ao redor. "Você não acha que seu irmão pode ter vindo atrás da gente, não, né?"

"Nada... Me passa o isqueiro." Lucas jogou o isqueiro vermelho para Cooter, e o isqueiro caiu bem atrás dele. Quando Cooter esticou o braço para pegá-lo, viu alguma coisa branca se projetando para fora das folhas. Quando olhou mais perto, levou um susto. "Jesus Cristo... É um braço! Que merda é essa? Tem um corpo aqui! A gente tem que ir embora!" E os dois saíram correndo o mais rápido que conseguiram. Quando alcançaram a estrada, estavam ambos sem fôlego e brancos feito fantasmas. Eles sacudiram os braços e conseguiram avisar o próximo carro que vinha pela estrada. Quando o carro parou, correram e disseram para o motorista: "Tem um corpo lá embaixo, senhor! A gente encontrou um corpo!".

O motorista do carro ligou para a emergência.

Naquela tarde, a tenente Geena Hornbeck entrou no refeitório do corpo de bombeiros e viu dois colegas da equipe de resgate sentados à mesa, rindo de alguma coisa.

"Qual é a graça?"

"Ah, Geena, você perdeu essa! Hoje de manhã, eu e o Harry recebemos uma chamada de emergência e, quando chegamos ao local, dois meninos magrelos vieram correndo, gritando que tinham visto um cadáver, que alguém tinha sido assassinado e cortado em pedacinhos. Disseram que havia braços e pernas, sangue por todo lado. Um deles estava tão assustado que tinha feito xixi na calça."

"E tinha um cadáver, afinal?", perguntou Geena.

"Espera, essa é a graça. Aí nós descemos até onde eles disseram que o corpo estava e vimos o que tinham encontrado. Era um braço postiço que alguém tinha jogado lá embaixo, e estava caído embaixo de uma árvore."

"Não..."

"Pois é. Enfim, a gente cavou e procurou por todo lado, para ver se tinha mais alguma coisa lá embaixo, mas não encontramos nada, só um pouco de maconha, que os meninos tinham deixado, e um pote de vidro com uns documentos dentro."

"Onde foi isso?", perguntou Geena.

"Para os lados de Gate City, lá embaixo dos trilhos. Talvez alguém tenha jogado do trem, algo assim. Sei lá. Como é que alguém perde a merda de um braço postiço?"

Geena disse: “Gente, vocês não vão acreditar, mas por acaso eu conheço uma pessoa que perdeu uma prótese alguns anos atrás. E, pelo jeito, o local parece ser o mesmo”.

Os dois homens ficaram surpresos. “Você está de brincadeira.”

“Não, meu marido conheceu esse homem no trem. Chegamos até a visitá-lo no hospital. Vocês ainda estão com o braço?”

“Sim, está lá fora, em cima da mesa. Você lembra o nome desse homem?”

“Sim, o nome dele é Bud Threadgoode, e ele mora em Atlanta.”

“Threadgoode?” Harry olhou para o amigo e perguntou: “Não era esse o nome no documento que a gente achou no vidro?”.

“Era. Mas não era Bud Threadgoode. Era um nome de mulher, tipo Irene ou algo assim.”

Geena ficou curiosa. “Que documento era esse?”

“Uma escritura de terras dos anos trinta, algo assim. De repente ele estava carregando esse documento na ocasião, vai saber?”

“Vocês ainda estão com a escritura?”

“Não. O chefe disse que parecia ser real, então a enviou para o cartório.”

Geena disse: “Ah, entendi. Mas, enquanto isso, vou tentar achar o telefone dele, para avisar que encontramos o braço. Não vejo a hora de contar para o Billy! Ele não vai acreditar”.

Depois que Geena saiu, Harry disse: “Só posso dizer que esse tal de Threadgoode deve ser um cara bem esquisito, para perder um braço e andar por aí com os documentos da família num pote de vidro”.

“Você ainda tá começando. Espera só pra você ver. Ano passado, precisei tirar um cara de cima de uma árvore, porque ele achava que era uma águia. Você ainda não viu nada. O que mais tem por aí é gente louca!”

Boas notícias

Ruthie estava em Atlanta quando seu celular tocou. A ligação era de Birmingham, mas o número não era o de Evelyn.

Ela atendeu. "Alô?"

"Sra. Caldwell, aqui é Jim Carder, e estou ligando para contar o que imagino serem boas notícias. Ainda não consegui falar com a sra. Couch, mas acabei de receber uma ligação do cartório do condado, e, não sei como, eles encontraram uma escritura que contém o nome do proprietário daquele pedaço de terra. E o nome não é Ligget."

"O quê?"

"É um termo de renúncia, pelo qual o proprietário transferiu o terreno para outra pessoa, e foi assinado em 11 de agosto de 1935. O terreno foi transferido para uma srta. Imogene Threadgoode, já falecida, então, se conseguirmos negociar a venda ou a passagem com os herdeiros dela, acho que podemos dar continuidade ao projeto. Ótima notícia, não?"

Ruthie ficou maravilhada. "Você não faz ideia."

"Então vamos tentar encontrar o atual proprietário."

"Sr. Carder, o atual proprietário, sr. James Threadgoode Jr., por acaso é o meu pai, e ele está sentado na minha frente agora."

* * *

Mais tarde, Jim lhes enviou por fax uma cópia do termo de renúncia, e Bud olhou o documento e disse: "Essa é mesmo a assinatura da tia Idgie".

O documento era datado, e tinha sido registrado em cartório e assinado por testemunhas, então era válido. Bud, é claro, precisou apresentar o testamento de Idgie, que comprovava que ele era seu legítimo e único herdeiro, e Jim o levou para ser registrado no cartório do Condado de Jefferson. Algumas semanas depois, uma transferência oficial da propriedade nomeou James Threadgoode Jr. proprietário do terreno, e passou a caber a ele conceder as certidões necessárias à empresa da sra. Couch. Nesse dia tão feliz, Bud entregou os documentos a Ruthie e disse: "Aqui está, minha querida. Aproveite!".

Uma semana depois, a esposa de seu amigo Billy, Geena, a bombeira, tinha conseguido seu número e telefonou para avisar que dois de seus colegas haviam encontrado seu braço, junto do pote de vidro com uma escritura que continha o sobrenome Threadgoode. Ela disse: "Estou com seu braço, mas eles enviaram o documento para o cartório".

"É, eu sei", ele respondeu. "Me mandaram na semana passada. Mas, Geena, o que eu quero saber é: onde foi que encontraram esse pote de vidro?"

Ela contou que investigavam os arredores e que o pote estava enterrado embaixo da mesma árvore em que tinham encontrado seu braço.

Bud não fazia ideia de que aquele terreno pertencia à tia Idgie, nem, o que era mais misterioso ainda, por que cargas d'água ela tinha enterrado o documento num pote de vidro. Mas ela o fizera. E bem quando Ruthie mais precisou dele, alguém o tinha encontrado.

Naquela noite, deitado na cama, Bud não pôde não se perguntar o que o levara *àquela* árvore, e não a qualquer outra, naquele dia. Havia centenas de árvores ao longo dos trilhos — por que aquela? Tinha sido Idgie? Se ele não tivesse deixado seu braço ali, a chance de alguém um dia encontrar aquele vidro seria de uma em um milhão. Não, estava mais para uma em um bilhão. Não podia ser apenas uma coincidência. Depois de pensar um pouco mais, Bud se convenceu de que aquilo só podia ser obra de sua tia Idgie. Coisas loucas assim não aconteciam na vida real. Idgie amava Ruthie e sem dúvida quis que Ruthie ficasse com aquele café, e por isso fez de tudo para que ele fosse dela.

Depois de tantos anos, a tia Idgie ainda estava cuidando deles. Bud decidiu que não contaria a ninguém que fora ela que o guiara àquela árvore. Seria um segredinho dos dois.

Um velho conhecido

Clube de pesca
11 de agosto de 1935

Idgie não se lembrava de como havia ido parar no salão dos fundos do clube de pesca às duas da manhã. Eva Bates tentara impedir que ela apostasse com ele, mas o homem a desafiara. Pelo visto, os dois se conheciam de antigamente. E naquele momento, anos depois, ele ainda tinha as pequenas cicatrizes no rosto para nunca se esquecer da noite em que havia tentado matar o gato de Idgie e ela havia descarregado sua espingarda nele. Arvel Ligget tinha esperado muito tempo pela chance de pegar Idgie Threadgoode fora da cidade.

Não era fácil encarar o rosto de Arvel, mas mais difícil ainda era simpatizar com ele. A Grande Depressão tinha dizimado o Alabama. Segundo as más línguas, tinha gente tão necessitada que se casava só para ter o que comer. E Arvel Ligget sabia muito bem como se aproveitar dos menos privilegiados. Ele tinha um ponto de agiotagem em Pell City, e muitas pessoas lhe deviam dinheiro. Além disso, ele se garantia no carteado. Quase ninguém naquela região tinha dinheiro vivo para apostar, e Arvel havia tirado casas, terrenos e fazendas inteiras de homens desesperados que se julgavam capazes de ganhar dele na mesa de pôquer; homens pobres, que tinham família para sustentar e ficavam sem casa para morar. Mas ele não se importava com isso. Quando via que as famílias não iam desocupar o imóvel, ele fazia seus capangas as despejarem.

Arvel estava decidido a acertar as contas com Idgie, então, quando a viu sentada no bar do clube de pesca, soube que aquela era sua chance. Ele a desafiou a jogar uma partida no salão dos fundos. No início, ela disse que não queria, mas ele a provocou. "Eu te desafiei... Tá com medo de enfrentar um homem de verdade?" Em situações assim, Idgie dificilmente se esquivava estando sóbria, que dirá bêbada e furiosa. Antes mesmo de se dar conta, ela já estava no salão dos fundos.

Depois de uma hora na mesa de pôquer com Arvel, Idgie estava prestes a perder tudo o que tinha. Sua amiga, Eva Bates, estava muito preocupada e, com o olhar, pediu ajuda para seu pai. Mas não havia nada que Big Jack Bates pudesse fazer na ocasião. O jogo era limpo, e Ligget tinha acabado de ganhar a última rodada.

Idgie tinha arranjado um problemão. Acabara de perder seu carro e seu relógio, e depois havia apostado quinhentos dólares com Arvel — valor que nem ela nem Ruth tinham.

Idgie fez uma nota promissória para os quinhentos dólares, depois disse: "Chega. Você já tirou tudo o que eu tinha".

Arvel ficou decepcionado. "Ah, você não pode desistir agora. Vamos jogar mais uma rodada."

"Você já levou tudo. Não tenho mais nada pra apostar." Idgie empurrou a cadeira e começou a se levantar.

Ligget disse: "Espera, espera. Não quero te ver indo pra casa assim, de mãos vazias. Eu proponho o seguinte. Vou te dar uma chance de ganhar tudo de volta, e ainda vou colocar uma graninha a mais. Tudo o que você me deve, mais um terreno de vinte acres lá na Parada do Apito que eu ganhei um tempo atrás. Vai. Uma rodada. Cinco cartas. Quem ganhar leva tudo".

Idgie disse: "Eu já te falei, Arvel. Não tenho mais nada pra apostar".

Arvel sorriu. "Tem, sim."

"O quê?"

"Você ainda tem o café, não tem?"

Idgie balançou a cabeça. "Não. Não posso apostar o café. Eu ganhei o café do meu pai."

"Seu pai já morreu. E se eu não receber os quinhentos paus que você me deve em três dias, eu vou pegar o café de qualquer jeito, então é melhor você tentar a sorte. Ou vai amarelar?"

O que ele disse fazia sentido. Idgie não sabia onde arranjar quinhentos dólares.

Arvel começou a misturar as fichas de pôquer nas mãos, sorrindo para Idgie e cacarejando, como uma galinha, em silêncio. "Pensa só, Idgie. Você pode tirar a sorte grande. E aquele terreno é dos bons..."

"Mas eu não posso apostar o café. Metade do imóvel é da Ruth. Não posso correr o risco de perder tudo."

"Por que não? Se você perder, aquela sua sócia bonitinha ainda pode fazer uns bicos pra ganhar dinheiro. Conheço muito homem que pagaria para tirar uma casquinha dela."

De repente os olhos de Idgie brilharam de raiva. "Seu filho da mãe. Queria ter te matado quando tive a oportunidade."

Ele deu risada. "Mas não matou. E quando eu ganhar aquele café, sabe o que vou fazer? Vou tocar fogo em tudo. Você e a sua família acham que têm o rei na barriga."

Idgie sentiu o rosto e as orelhas queimarem de ódio. "Vai pro inferno, Arvel. Pode dar as cartas!"

Do canto do salão, Eva Bates deixou escapar um grito. Então ela olhou para Arvel e implorou: "Cê sabe que ela não tá falando sério. Ela encheu a cara. Deixa ela ir pra casa...".

Arvel disse: "Agora já foi. Ela falou pra dar as cartas".

Eva olhou para seu pai, mas, novamente, ele estava de mãos atadas. O jogo tinha começado. Big Jack foi até a mesa e ficou em pé ao lado deles, observando Arvel para garantir que ele não roubasse. Eva, balançando as mãos, disse: "Meu Deus, fiquei tão nervosa que meu ouvido tá apitando!".

Depois que Idgie cortou o baralho, Arvel lhe deu sua primeira carta. Ela levantou o cantinho para olhar. Era um valete de paus. Começar com uma carta de figura era bom. A próxima era um oito de espadas. Idgie estava prendendo o fôlego e pensando: "Por favor, que a próxima seja um valete". Mas não, era um quatro de copas. Depois a quarta e penúltima carta foi arremessada pela mesa. Dois de espadas. Não ia ajudar em nada.

O medo devia ter deixado Idgie sóbria, porque ela sentia o coração pulando dentro do peito e suas mãos estavam suando.

Arvel lançou sua última carta pela mesa. Idgie respirou fundo e olhou qual era. Oito de ouros. Ela tinha um par de oitos, e mais nada.

Arvel olhou mais uma vez para suas cartas, sorriu e colocou mais uma ficha na mesa. "Eu aposto quinhentos dólares a mais", ele disse, esperando que Idgie respondesse se ia desistir ou pagar.

Idgie sabia que ele poderia estar blefando... ou talvez não. Se ela desistisse agora, não ficaria ainda mais endividada do que já estava, mas ele ficaria com o café. Seria o fim de tudo o que ela e Ruth tinham conquistado com tanto esforço.

De repente, o salão ficou tão silencioso que dava para ouvir o tique-taque do relógio no outro cômodo.

Por fim, Idgie disse: "Vou pagar, e ainda te dou mais quinhentos". Ela colocou mais uma ficha no centro da mesa.

Arvel pareceu surpreso, mas também colocou uma ficha sua no centro da mesa, e aparentemente estava feliz.

Big Jack disse: "Certo, Ligget. Mostre suas cartas". Arvel continuou sorrindo quando baixou suas cartas uma a uma, depois disse: "Pode começar a chorar. Um par de setes, carta alta, ás de espadas". Ele esticou o braço para pegar suas fichas do outro lado da mesa.

Big Jack disse: "Espera aí, Ligget. E as suas, Idgie?".

Idgie mostrou suas cartas, e Big Jack falou: "Com os oitos e o valete, ela ganhou".

Ligget semicerrou os olhos. Não estava acostumado a perder. Ele disse: "Vamos mais uma vez. Eu aposto mais quinhentos. E te dou uma outra fazendinha linda que eu tenho".

Big Jack balançou a cabeça. "Não, por hoje chega, Arvel. Eu vou fechar o salão. Agora paga o que você deve pra ela. Preciso ir pra casa."

Arvel, mal-humorado, contou as notas e jogou o dinheiro na direção de Idgie, junto das chaves de seu carro.

Big Jack disse: "E vamos precisar da escritura daquele terreno que ela ganhou".

"Não tá aqui comigo. Mando entregar pra ela depois."

"Você não vai mandar coisa nenhuma. Eva, vai lá buscar um daqueles termos de renúncia e meu carimbo notário. Você vai transferir aquele terreno pra ela hoje, senão não vai sair daqui".

Ligget pensou em não assinar, mas, graças à natureza de seu negócio, Big Jack sempre andava com um revólver preso à cintura. Quase nunca o usava, mas o usaria se fosse preciso. Ele ficou olhando para Arvel, com a mão calmamente pousada sobre a arma. Arvel entendeu o recado e assinou o termo de renúncia, transferindo o terreno para Idgie. Depois que ele assinou, Big Jack datou e carimbou o documento, entregando-o a Idgie. "Toma, Idgie." Então Big Jack disse: "Eva, o que acha de acompanhar a Idgie até a casa dela? Assim ela chega sã e salva lá".

Na manhã seguinte, Idgie acordou com a mesma roupa, lembrou-se de repente do que tinha acontecido e começou a suar frio. Se algum dia Ruth descobrisse aquilo — que ela, por bobagem, tinha corrido o risco de perder tudo o que elas tinham, tudo o que tinham conquistado com tanto esforço naqueles anos todos —, era provável que ela nunca mais visse Ruth ou Buddy. Percebeu que precisava dar um jeito de se livrar daquela prova do crime. Poderia pedir para seu irmão, Cleo, ficar com o dinheiro que ela ganhara, isso não era nenhum problema. Não se importava com aquele terreno de merda. Ficava muito longe dos trilhos e não valia um tostão sequer. Mas ela também não queria que aquele idiota do Ligget ficasse com o terreno, então precisaria esconder muito bem aquele documento. Ela achava que Ligget era bem capaz de tentar conseguir a terra de volta. Mas era Ruth quem mais lhe preocupava. Se Ruth um dia visse aquele papel com a assinatura de Idgie, e visse a data, saberia exatamente onde Idgie estivera, o que tinha ido fazer e quando. Idgie sabia que dessa vez não ia conseguir inventar uma desculpa convincente. Só de pensar nisso ficava desesperada. Ela se levantou da cama num pulo, correu até o barracão dos fundos da casa, pegou uma pá e um pote de vidro vazio e entrou no carro. Com a cabeça latejando e vontade de vomitar, passou do lago Double Springs e estacionou. Atravessou a campina segurando a pá e o pote de vidro, indo na direção da mesma árvore de que sempre tirava o mel. Quando chegou lá, ainda com a cabeça latejando, começou a cavar um buraco bem na base da árvore. Enquanto cavava, sentia o sol quente da manhã nas costas e o suor escorrendo pelo rosto. Havia centenas de abelhas zumbindo ao seu redor. Quando achou que o buraco estava fundo o suficiente, colocou o termo de renúncia no pote de vidro, fechou bem a tampa e o enterrou onde sabia que ninguém o encontraria. Especialmente Ruth. Ruth morria de medo de abelhas.

Naquela manhã, voltando de carro para o café, ainda enjoada e trêmula, Idgie prometeu a si mesma que nunca mais apostaria. E cumpriu a promessa: nunca mais voltou ao clube de pesca. A não ser para buscar a cachorrinha para Bud, mas nesse dia ela foi até a varanda e nem entrou.

Buddy e Ruth nunca saberiam disso, mas quase metade das despesas do curso universitário de Bud tinham sido pagas com aquele único jogo de pôquer em que Idgie tinha dado sorte. Já Arvel Ligget, alguns meses depois de ser derrotado naquela partida, perdeu a sorte de vez. Ele deveria saber que apostar dinheiro vivo era perigoso. Havia muitos homens que sabiam que, antes de ir para casa depois de uma partida, Ligget tinha o hábito de enfiar todo o dinheiro ganho em sua meia direita. Não foi surpresa para quase ninguém quando seu corpo foi encontrado no meio da floresta. Estava descalço e tinha um picador de gelo cravado no pescoço.

Alguns diziam que tinha sido seu próprio primo quem o matou. Os Ligget nunca foram uma família unida — especialmente quando havia dinheiro em jogo.

Prontos para recomeçar

Parada do Apito, Alabama

Quando os documentos foram emitidos, Evelyn ligou para Ruthie na mesma hora. "Você consegue vir para cá o quanto antes?"

"Estou fazendo as malas agora mesmo. Chego aí em três horas, acha que é suficiente?"

As novas estradas que levavam à cidade foram construídas, bem como novos meios-fios e calçadas. As redes de utilidades públicas haviam sido instaladas, e, com muito esforço da equipe, a obra do café estava quase concluída. Evelyn e Ruthie tinham feito uma perfeita réplica da Parada do Apito, mas dessa vez era ainda melhor. Ao contrário de antes, tudo o que havia na cozinha do café funcionava perfeitamente, e agora ainda tinham ar-condicionado. O imóvel residencial dos fundos estava quase pronto para receber Ruthie. Ela queria morar lá, porque assim poderia supervisionar o restante do trabalho.

À medida que o projeto ganhava corpo, Evelyn Couch, que fazia parte do conselho de um grupo de teatro da região, ligou para seus amigos Philip e Bruce, que eram cenografistas, e os chamou para participar do trabalho. Ruthie lhes explicou o que queria, e, munidos das antigas fotos da cidade, eles começaram a trabalhar. Philip encontrou uma foto da antiga placa do cruzamento da ferrovia da Parada do Apito e fez uma nova, que foi instalada no mesmo lugar em que a antiga estivera. Eles também refizeram as placas originais do café e o letreiro verde das janelas, que dizia TOMATES VERDES FRITOS. Copiaram até os cardápios originais que usavam no café nos anos 1930. Só os preços foram atualizados. Quem seria capaz de servir um café completo por 25 centavos hoje em dia?

A casa de Bud estava ficando muito bonita. E, na velha casa da família Threadgoode, a madeira apodrecida tinha sido substituída e pintada. O gramado tinha sido refeito, e o velho cinamomo que ficava na frente da casa, podado.

Parada diante da casa, admirando tudo, Evelyn disse: "Quer saber, Ruthie? Essa casa velha daria uma ótima pousada. Tem oito quartos e uma cozinha bem grande...".

Ruthie concordou. "Seria perfeito. Encontrei na internet umas fotos de um papel de parede vintage com estampa de rosas. Posso fazer a casa inteira respeitando esse período. Ela foi construída em 1894, então quem entrar nela vai sentir que voltou no tempo. Acho que as pessoas adorariam se hospedar aqui."

Evelyn olhou para ela e sorriu. "Estamos nos divertindo à beça, né?"

Várias semanas depois, Ruthie estava acompanhando a instalação da cabeça de veado acima do balcão do café quando seu celular tocou. Era seu pai.

"Oi, sou eu... Querida, você está sentada?"

Puxa vida. Ela procurou uma cadeira e se sentou. Pelo tom da voz do pai, sabia que ou algo terrível ou algo maravilhoso tinha acontecido.

"Sim, papai, o que foi?"

"Eu queria que você fosse a primeira a saber que nós fugimos juntos."

"Vocês o quê?"

"Eu e a Lois nos casamos num cartório em Columbus."

"Você e a Lois fugiram para se casar?"

"Só fugimos para Columbus. Voltamos a tempo de almoçar."

"Nossa, isso foi uma surpresa... Por que você não me contou?"

"Eu ia contar, mas achei que você poderia ficar chateada... Por causa da sua mãe."

"Não, não. Estou feliz por você, papai. Eu gosto da Lois."

"A gente pode ir aí fazer uma visita? Já reservamos um carro com motorista e tudo. Quero que ela veja onde vamos morar."

"Claro, papai."

"E o Virgílio pode ir junto?"

"Claro."

Essa era uma notícia que Ruthie não estava esperando, mas, ao mesmo tempo, não havia por que se opor. Quanto mais alegria, melhor.

Como a comunidade da Mansão Briarwood era muito unida, a novidade se espalhou rapidamente. Na Rotatória Caldwell, Martha Lee ficou sabendo da grande notícia por telefone.

Quando desligou, parecia estar prestes a desmaiar. Ela se voltou para Gerta e exclamou: "Meu Deus, o Bud Threadgoode acabou de se casar com a herdeira da Coca-Cola!".

Por sorte, Gerta a segurou antes que ela caísse no chão.

O passado voltou com elas

Parada do Apito, Alabama

Embora tivessem tentado manter segredo sobre as obras, um artigo sobre o projeto de reconstrução foi publicado no jornal *The Birmingham News*. Eis que isso acabou sendo ótimo para Evelyn e Ruthie, que a essa altura estavam contratando funcionários para trabalhar na grande inauguração.

A neta de Opal, Bea, que também era cabeleireira, leu na reportagem que a cidade da Parada do Apito seria reaberta. Ela logo ligou para o escritório e deixou uma mensagem. "Sra. Couch, você não me conhece, mas meu nome é Bea Wallace, e minha avó, Opal Butts, era dona do salão de beleza da Parada do Apito. Eu queria saber se a senhora já alugou o imóvel do salão. Se não, eu adoraria conversar sobre ele."

Mais cedo, Alberta Peavey também tinha telefonado, dizendo que tinha muita experiência como chef de cozinha e que poderia levar as receitas de sua avó para o café. Isto é, se houvesse mesmo uma vaga de emprego.

Quando soube disso, Evelyn quase começou a chorar. De repente, o passado começava a retornar, dessa vez através das descendentes das mulheres da Parada do Apito.

E, logo, mais uma delas chegaria.

Depois de saber que a velha igreja da Parada do Apito havia sido restaurada, uma jovem pastora que tinha acabado de sair do seminário apareceu no escritório e se mostrou interessada em fundar uma nova congregação. Ela explicou que isso tinha um significado especial, porque seu avô havia sido o pastor da cidade. Seu nome era Jessie Jean Scroggins.

Elas só precisavam de alguém para administrar a nova pousada.

Era sábado, e Ruthie estava pesquisando papéis de parede na internet quando seu celular tocou. Ela atendeu, e uma voz que parecia conhecida disse: "Sra. Caldwell?".

"Sim?"

"Você não deve se lembrar de mim, mas fui a enfermeira de seu pai alguns anos atrás, no Hospital Universitário."

"Terry?"

"Sim. Você lembrou!"

"Claro que me lembro de você! Tudo bem?"

"Tudo indo... Como vai o nosso querido Buddy? Maroto como sempre?"

"Ah, com certeza, mas que surpresa receber sua ligação! Você continua trabalhando no hospital?"

"Não, me aposentei ano passado."

"Ah, é mesmo?"

"É, já era hora, mas, olha, sei que você está ocupada então serei direta. Li algumas matérias no jornal sobre o que você e a sra. Couch estão fazendo, e li que estão procurando uma pessoa para gerenciar uma pousada."

"Estamos, sim."

"Olha, pode ser uma ousadia, mas eu queria saber se posso me candidatar para o emprego."

"Ah, Terry, sério mesmo?"

"Sério. Já cuidei de muita gente, tenho experiência com atendimento e, acredite se quiser, sou uma cozinheira de mão cheia."

Nesse momento Evelyn entrou pela porta, e Ruthie disse: "Só um minuto, Terry". Ela cobriu o bocal do celular com a mão.

"Evelyn, é a Terry, a enfermeira que cuidou do papai daquela vez."

"Ah, sim... Ela está bem?"

"Ela se aposentou e quer saber se pode se candidatar para cuidar da pousada."

Evelyn foi até Ruthie e pegou o celular. "Terry, aqui é a Evelyn Couch. Mas é claro que você pode se candidatar! Venha já pra cá!"

Depois que Terry conseguiu o emprego, Ruthie disse: "O papai não vai adorar? Ele gostava muito da Terry. E acho bom ter uma ex-enfermeira por perto, não acha?".

"Acho", Evelyn respondeu. "E pensa só, Ruthie. Você vai administrar o café, a Terry vai tocar a pousada, Bea vai ficar com o salão, isso sem falar na Alberta cozinhando e na Jessie Jean cuidando da igreja. Vai ser uma cidade só de mulheres. Seu pai vai ser o único homem aqui."

Ruthie sorriu. "Pelo que conheço do papai, ele vai achar o máximo."

Olhem só o que o gato trouxe

Parada do Apito, Alabama

Estava caindo uma daquelas tempestades repentinas típicas do Alabama quando ela ouviu alguém batendo com força na porta dos fundos do café. Ruthie a abriu, e, para sua surpresa, lá estava Martha Lee Caldwell, completamente encharcada, com uma mala nas mãos.

"Eu vim para o Alabama, não trazendo um banjo,* mas para implorar por sua compaixão."

"Ah, Martha, entre... O que aconteceu? O que está fazendo aqui? Não era para você estar em Briarwood?"

Martha Lee entrou. "*Era*, mas aquele merdinha do Richard Merris disse que Briarwood tem uma lista de espera e que eu sou a sexta pessoa da lista. Dá pra acreditar? Eu? Numa lista de *espera*? Ele disse que minha situação financeira não é suficiente neste momento. Bem, veremos se é isso mesmo."

Então ela lançou o melhor olhar de humildade que conseguiu forçar e disse: "Será que você teria um cantinho, por menor que fosse, onde eu pudesse ficar esperando minha vaga? Eu prometo não fazer barulho nenhum".

* Referência à letra de "Oh! Susanna", canção tradicional norte-americana: "I come from Alabama/ With my banjo on my knee". (N. T.)

"Ah, claro que sim. Mas, meu Deus, Martha, a Carolyn está sabendo disso? Tenho certeza de que ela adoraria te receber."

Martha Lee olhou para ela com uma cara estranha. "Você não está sabendo?"

"Não, sabendo do quê?"

"A Carolyn vai se divorciar."

"O quê?"

"Sim. Mas vou deixar que ela te conte os detalhes, preciso me deitar agora. Estou um caco de tão cansada."

É claro que, depois disso, Ruthie passou a noite inteira sem pregar o olho.

O telefonema veio na manhã seguinte, bem cedo.

"Mãe, o Brian me deixou e foi morar com outra mulher."

"Ah, meu bem, o que aconteceu?"

"Ele me trocou pela auxiliar odontológica. Dá pra acreditar?"

"Não..."

"É tanta humilhação que não sei se vou aguentar. Todos os nossos amigos sabem. Não posso ficar nem mais um minuto aqui."

"Sua avó sabe que o Brian se mudou?"

"Sabe. Mas não posso falar com ela sobre isso, ela não entenderia. Preciso passar um tempo com você. Eu e a Cameron podemos ir ficar aí com você?"

"É claro que podem, querida, e não se preocupe. A gente vai dar um jeito, tá?"

"Ah, obrigada, mamãe. Não sei o que eu faria se não pudesse contar com você."

Depois de desligar o telefone, Ruthie estava triste por sua filha, mas também um pouco esperançosa. Era a primeira vez que ela ouvia Carolyn dizer que precisava dela. E foi muito bom. Era verdade que o mundo dava voltas. Sua filha e sua neta ficariam com ela na Parada do Apito. Talvez para sempre. Quem saberia dizer? Tinham inaugurado uma escola não muito longe dali. Ruthie tinha que se segurar para não colocar a carroça na frente dos bois. Mas tudo era possível.

A grande inauguração

Parada do Apito
Dias atuais

Todo mundo compareceu à grande inauguração do café. O filho de Ruthie, Richard, e sua namorada, Dotsie, chegaram de Oregon e ficaram encantados. Como eram veganos, eles podiam comer tomates verdes fritos à vontade. Bud e Lois também estavam na festa, junto de Billy Hornbeck e Geena. E muitos dos netos do reverendo Scroggins e do xerife Grady foram de avião. Janice Rodgers, uma famosa apresentadora do jornal da TV local, compareceu ao evento e filmou uma reportagem especial sobre a cidade e o café, além de entrevistar Bud sobre os tempos de antigamente. Depois, o prefeito de Birmingham deu uma passadinha na cidade e presenteou todo mundo com uma placa que declarava que o dia 28 de julho para sempre seria o "Dia da Parada do Apito". Todos os maquinistas da ferrovia ficaram sabendo da ocasião, e todos os trens que passaram por ali soaram o apito em comemoração àquele dia.

Mais tarde, Bud e Lois foram caminhando até o café para almoçar, e, depois que Bud comeu um prato inteiro de tomates verdes fritos, Alberta Peavey saiu da cozinha e perguntou: "Estavam bons, sr. Threadgoode?".

Ele olhou para ela e sorriu. "Alberta, minha querida, digamos o seguinte: se eu não fosse casado, te pediria em casamento aqui mesmo. Esses são os melhores tomates verdes fritos que eu como desde 1949."

Foi um daqueles dias de que Bud jamais esqueceria. Sua família inteira estava reunida, e a Parada do Apito indo de vento em popa novamente.

Martha Lee, com sua nova sócia, Carolyn, tinha aberto uma loja de antiguidades no imóvel em que antes ficava a agência do correio. Elas venderiam belíssimas porcelanas da Ásia, é claro. O novo Salão de Beleza Bea das Abelhas era vizinho de porta e estava fazendo o maior sucesso.

Já Evelyn Couch estava radiante. Como sempre, depois de um começo atribulado, mais um de seus empreendimentos estava dando certo. Ela não costumava desistir fácil, e tinha ficado feliz por voltar à ativa. Estava, aliás, começando a construir um condomínio com trinta apartamentos de dois andares, que ficaria atrás do café e se chamaria Um Lugarzinho na Ferrovia. Planejava vender os apartamentos para um público jovem, por isso incluiria no projeto uma academia de primeira linha com uma grande piscina aquecida e coberta e um bar que venderia café e suco de frutas. Ela mesma pensava em ir morar lá. Sua casa era grande demais para uma pessoa só, e, além do mais, tinha descoberto que era ótimo ter amigos mais jovens.

Dizem que timing é tudo. Por pura sorte, alguns meses depois que o café foi inaugurado, Birmingham de repente se tornou uma cidade conhecida por sua gastronomia. Com uma crítica muito elogiosa no jornal *The Birmingham News* e uma ótima resenha na TV, o Café da Parada do Apito, quase do dia para a noite, se tornou o lugar da moda. Um lugar que, como um crítico gastronômico escrevera, oferecia "uma culinária autêntica e surpreendentemente deliciosa, com ingredientes que vão direto da horta para a mesa".

Não demorou para que os clientes começassem a vir de longe, inclusive de Atlanta e de Nashville. O sucesso foi tanto que precisaram expandir o café e quase triplicar seu tamanho. Alguém comentou que, se Ruth e Idgie pudessem ver o café hoje em dia, elas mal conseguiriam acreditar. Quem imaginaria que um dia os tomates verdes fritos de Sipsey seriam considerados um prato gourmet, ou que o Café da Parada do Apito faria reservas para almoço e jantar com semanas de antecedência?

E tinha uma coisa em que a própria Ruthie não conseguia acreditar: como a decoração do café era verde e branca, aqueles duzentos sapos de cerâmica tinham ficado uma verdadeira fofura nas prateleiras.

Epílogo

Um ano antes, Bud Threadgoode tinha desistido de fazer planos para o futuro, mas nesse dia, ele e Lois estavam ocupados planejando uma viagem pelo mundo.

Ruthie mal conseguia acreditar, mas naquela manhã seu pai iria para a Europa num voo particular com sua nova esposa e Virgílio. Ela só podia dar risada. A essa altura, Virgílio tinha conhecido mais países do que ela. Mas também não era ela quem tinha se casado com a herdeira da Coca-Cola. Antes de embarcar, Bud telefonou do aeroporto e disse: "Ruthie, não esquece o que eu te disse. Aproveite cada minuto. É isso que eu e a Lois estamos fazendo".

E, por acaso, ela também estava. Adorava acordar todas as manhãs, ir trabalhar no café, conhecer e cumprimentar pessoas de todos os cantos do país, servir comida boa e lhes contar a história de Idgie e Ruth. Na semana anterior elas tinham acabado de receber um ônibus cheio de turistas para o almoço.

Mas, entre tantos visitantes, havia uma pessoa especial que vinha frequentando o café: um especialista em investimentos aposentado de Birmingham, um viúvo muito charmoso. Ruthie notou que ele estava interessado, e foi uma surpresa perceber como isso a animou. Namorar, com a idade dela? E por que não? Seu pai tinha se apaixonado de novo aos 89 anos. Seu futuro estava em aberto, e as possibilidades eram infinitas. Não viviam dizendo que os sessenta eram os novos quarenta? E, na verdade, ele lembrava Brooks. Depois de passar tanto tempo desanimada, ela não via a hora de descobrir o que o futuro lhe traria.

Agradecimentos

Quero agradecer às minhas agentes, Jennifer Rudolph Walsh, Sylvie Rabineau e Suzanne Gluck, e à Random House Publishing pelo apoio que me ofereceram ao longo dos anos, com um agradecimento especial a Kate Medina, minha editora e amiga de longa data.

este livro, composto na fonte fairfield,
foi impresso em Pólen Soft 70g/m² na AR Fernandez.
São Paulo, fevereiro de 2022.